Verliebt im Tiny Haus Café

Mira P. Long

Copyright © 2022 Mira P. Long

Alle Rechte vorbehalten.

Impressum

Verliebt im Tiny Haus Café
©2022 by Mira P. Long

Besuchen Sie mich auf Facebook:
Mira P. Long Autorin

Oder auf Instagram:
Mira P. Long

Covergestaltung:
Janina Aasen/Pixaby

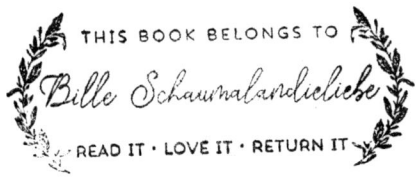

Alle Rechte vorbehalten.
Nachdruck, auch auszugsweise, nur mit schriftlicher
Genehmigung der Autorin.
Personen und Handlungen sind frei erfunden.
Etwaige Ähnlichkeiten mit real existierenden Personen sind
rein zufällig
und nicht beabsichtigt.
Markennamen sowie Warenzeichen, die in diesem Buch
verwendet
werden, sind Eigentum ihrer rechtmäßigen Eigentümer.

Verliebt im Tiny Haus Café

Kapitel 1

Ehrlich? Ich habe keine Ahnung, wie viel Liebesfilme ich in meinen 39 Jahren schon gesehen habe. Die meisten kann ich mitsprechen.

Manche gucke ich nur wegen des männlichen Hauptdarstellers, andere wiederum wegen der Schönen knutsch und Bettszenen. Dann schläft es sich hinterher doppelt so schrecklich allein!

Letztens habe ich bemerkt, dass ich teilweise sogar die Gesten der Hauptdarstellerin übernehme. Das macht es dann schon schön abstrakt, wenn ich mich dabei erwische, wie ich wie Cameron Diaz gucke, die bei „Liebe kennt keine Ferien" die Fensterscheibe vom Auto herunterlässt, als sie in England in dem kleinen Häuschen ankommt, das sie überstürzter Weise gemietet hat.

Als mir der Elektriker neulich sagte, ich bräuchte ein neues Waschbecken, denn das jetzige hat leider chronische Abflussprobleme.

Ich legte meinen Kopf schräg und glotzte ihn an. Meine Gestik war die Gleiche und ich hätte sie damit glatt doubeln können, wären meine Haare glänzend, blond, schillernd und nicht rot.

Julia Roberts wäre z.B. meine Kragenweite gewesen, leider haperte es da etwas mit der schlanken Taille, denn seit ich mit Ethan zusammen war, hatte ich mir angewöhnt, unendlich viel zu essen. Dauernd. So gesehen hatte sich ein Dauerhunger eingestellt.

Ja, wirklich. Manchmal ekelte ich mich selbst, wie gierig ich meine sorgfältig bereiteten Häppchen und Salate in mich reinstopfte. Früher, als ich noch schlank war, dachte ich, so essen nur Leute mit Schilddrüsenunterfunktionsstörung. Nein, ich schaffte es auch mit intakter Drüse und hatte in dem letzten Jahr fast acht Kilo zugenommen.

Im heutigen Zeitalter kann man die Netflix Serien vorspulen, sodass man eher an die schönen Stellen kommt oder um mit den traurigen schneller durch zu sein.

Mal abgesehen von den Stunden, die ich vor dem Fernseher verschleudert habe.

Wie viel Kilo Chips, Popcorn, Schokolade und, äh den Wein nicht zu vergessen, schon in meinem Verdauungstrakt die Kurven kriegen mussten, damit ich am nächsten Morgen nicht wie aufgebläht und gerädert auf den Wecker kloppe. Das wäre alles noch zu tolerieren, aber eines Abends liefen mir die Tränen, obwohl der Film alles andere als traurig war. Er war einfach nur schön. So schön, dass ich mir auch wünschte, ich würde das alles noch einmal erleben dürfen. Ist es möglich, die große Liebe im Leben ein zweites Mal zu finden?

Hätte ich ein Selfie von mir auf dem Sofa gemacht, es wäre eins von denen gewesen, wo man sich selbst nicht wiedererkennt und denkt, dass es an der Kamera Qualität liegen muss. Also wird aus dem spontanen Tinder Date auch nichts, da mein Körpergefühl scheinbar nicht mehr anwesend ist und mir gerade bewiesen hat, dass da erst ein Rundumstyling hermuss.

So konnte es nicht weitergehen. Wie gerne würde ich in die Zeit zurück hüpfen, wo die New Yorker Teenies nichts anderes im Sinn haben, als Partys, poppen und welche Elite Universität sie zu besuchen wünschen. Ich fühlte, dass ich etwas verändern musste. Der Wunsch in mir wuchs bei jedem weiteren Film, die mir ein suggerierten, es sei ganz einfach, meine Sehnsucht nach einem neuen Partner zu stillen, denn hinter jeder Upper East Side, in meinem Fall wohl eher Supermarkt um die Ecke oder so könnte ein Mr. Right schmachtend auf mich warten.

Mein ganzes Leben wollte ich die Art von Liebe, die man in Filmen sieht. Hoffnungsloser Romantiker. Aber ich wollte nicht nur die Liebe. Ich vermisste das Gefühl, jung zu sein, obwohl ich erst 39 war.

Ethan und ich sind genau drei Jahre zusammen gewesen. Er war Anwalt für Familienrecht und irgendwie hatte er sich plötzlich umorientiert, indem er eine seiner Klientin-in vögelte. Erst einmal, was als Ausrutscher galt und ich fast so irre gewesen wäre, ihm zu verzeihen. Doch bevor ich mir das richtig überlegt hatte und dazu Stellung nehmen konnte, kam er mir zuvor und hatte sie weiter beglückt. Ivy und Ethan war also Geschichte.

Nicht nur, dass er mich auf die Straße gesetzt hatte, na ja, nicht wörtlich, er hatte mir großzügigerweise zwei Wochen Zeit gegeben, nein, die Lady zog dann anschließend gleich mit Sack und Pack zu ihm. In unser Haus. (Eigentlich Ethans Haus) Es lag direkt am Hyde-Park und perfekt, um am Abend die Stadt unsicher zu machen. Wenn wir um die Häuser gezogen waren, brauchten wir kein Taxi mehr nehmen. Gemütlich schlenderten wir nach Hause. Hand in Hand. Im Winter, wenn es schneite, gab es nichts Romantischeres. Zu Hause den Kamin und Kerzen an und wenn wir uns zusammen auf die Couch gekuschelt hatten, gab es den besten Sex, den ich mir zu der Zeit denken konnte. Ethan war am Anfang eigentlich nie mein Fall gewesen, doch seine absolute Leidenschaft in allem was er anpackte, hatte mir mordsmäßig imponiert. Deshalb wusste ich auch, wie meine Chancen stünden, wenn er seine Neue so schnell bei sich einziehen ließ. Sie waren von zehn auf Nullkommanull gesunken, dass er je wieder zu mir zurückkommen würde.

Er meinte Figaro und ich hätten beide ein paar Kilo zu viel. Phö, als ob dass ein Grund gewesen wäre. Figaro war unsere Katze und weil ich scheinbar nicht auf mich aufpassen konnte, behielt er sie, damit sie bei ihm abspecken konnte. Die ersten Tage konnte ich nicht mehr schlafen. Er kam nicht mehr nach Hause und meinte, er würde so lange im Büro schlafen, bis ich ausgezogen wäre. In meinen Halbwachträumen sah ich mich an der Themse unter der Tower Bridge nächtigen. So überfordert war ich. Die Alternative zum Außenschläferdasein war Olivia. Meine beste Freundin. Nur mochte ich nie bei ihr übernachten. Ihr Appartement war völlig ok, doch sie hatte es nicht so mit der Strukturierung der täglich anfallenden Haushaltsarbeit. Höchstwahrscheinlich war ihr das Wort nicht mal geläufig, geschweige denn, dass sie wusste, dass sie einen Geschirrspüler hatte, der ihr unter Umständen viel Arbeit hätte abnehmen können.

Und dann war da noch ihr Freund Finley. Aus ihm würde ich in hundert Jahren nicht schlau werden. Ein Banker. Typisch mit seinen schnieken Anzügen, das Feinste vom Feinen. Roch aber immer, als ob er ständig kiffen würde. Als ich Oliva mal dezent fragte, wieso sein Aftershave nach Marihuana riecht, erwiderte sie nur, er nimmt es gegen seine Gicht. Merkwürdigerweise hatte er die bei unseren Treffen nie erwähnt und auf mich machte er einen überaus gesunden Eindruck.

Also schnappte ich mir meine Habseligkeiten, die in dem Auto meiner besten Freundin Platz hatten und als ich die Tür des Hauses ins Schloss zog, indem ich drei wundervolle Jahre verbracht hatte, wurde mir speiübel.

Ich musste quer durch die Londoner Innenstadt. Oliva wohnte etwas außerhalb. Gerade mal zehn Minuten war ich unterwegs gewesen. Der Verkehr wie immer ziemlich heftig und ein Vorankommen schwer denkbar. In Gedanken versunken hörte ich Musik aus dem Radio und stand mal wieder an einer roten Ampel. Mit Stielaugen wartete ich, dass sie umspringt, doch stattdessen durchzog mich eine Welle von Angst.

Augenblicklich begann ich hektisch zu atmen und eine Übelkeit überrollte mich erneut so heftig, dass ich dachte, dass wenige, das ich die letzten Tage gegessen hatte, wollte sich nun auch noch verabschieden. Suchend schaute ich auf die voll beladenen Sitze, ob eine Tüte oder sonst irgendetwas als Auffangbehälter dienen konnte. Fuck. Die Ampel sprang auf Grün und ich schaffte es gerade noch, das Fenster herunterzukurbeln, um dem Problem mit frischer Luft entgegenzuwirken. Es funktionierte einen Moment, sodass ich weiterfahren konnte. An der nächsten Ausfahrt bog ich ab, denn mein Puls pochte ebenfalls fühlbar bis an die Schläfen. Als ich auf eine Seitenstraße gelangte, nutze ich die nächste Einfahrt, um anzuhalten.

Es war die Einfahrt eines typisch englischen Herrenhauses, die ich nun blockierte, aber das war mir egal. Entsetzt über die Panikmache meines Körpers und das auch noch während des Autofahrens stieg ich wütend aus. Die Tränen schossen mir ins Gesicht und ich knallte die Tür des alten Autos so heftig zu, dass sich die Liste an der Fahrerseite leicht löste und hin und her schaukelte. Was war denn bloß los mit mir? Verzweifelt lehnte ich mich an das Auto und versuchte langsam und tief durchzuatmen, so wie ich es in meinen Yogastunden gelernt hatte.

Kaum das ich es wahrgenommen hätte, hielt auf einmal ein Auto direkt hinter mir. Der Fahrer wedelte wild mit den Händen hinter der Windschutzscheibe. Nur verklärt nahm ich ihn wahr und blieb, wo ich war, und widmete mich weiter meinen Atemübungen. "Würden Sie bitte die Einfahrt frei machen. Sie dürfen hier nicht stehen!" Laut brüllte er durch die heruntergelassene Fensterscheibe. Wenig verständnisvoll guckte ich ihn an und ging zu ihm.

"Machen Sie mal halblang. Ich hatte gerade ein Herzproblem. Man wird wohl noch durchatmen dürfen." Ohne weitere Worte sprang er aus dem Auto und guckte mich musternd an.

"Entschuldigung, was fehlt Ihnen denn?" Irgendwie sah ich nur seine braunen Augen, die mich so fürsorglich musterten, dass mir sofort wieder die Tränen kamen.

"Wissen Sie was...." hielt er meinen Arm und zog mich mit zu seinem Auto. Er öffnete die Beifahrertür und drückte mich fast hinein.

"Sie kommen jetzt erst mal mit hinein. Ich bin Arzt. Ich wohne in diesem Haus. Bleiben Sie hier sitzen. Ich fahre Ihr Auto an die Seite und schließe es ab." Er schloss die Tür und ging rüber zu Olivias Wagen.

Fraglich, ob er den überhaupt fahren konnte, denn im Vergleich zu seiner Luxuslimousine hatte sie ein antiquarisches Model. Als ich seine Figur und den Gang von hinten sah, erinnerte er mich sofort an Ethan und die Übelkeit begann erneut, sich breitzumachen. Hektisch versuchte ich aus dem Wagen zu kommen, doch da er aus war, funktionierte weder der Fensterheber noch ließ die Tür sich öffnen. Die Ergüsse meiner überschwänglichen Fantasie machten sich selbstständig und um mich nicht selber vollzuspucken, entlud sich mein Magen auf dem Fahrersitz. Großartig. Im selben Augenblick öffnete er die Tür und wollte sich setzen.

So gut es ging, legte ich ein Lächeln auf.

"Tja, dann müssen wir wohl zwei Autos hier stehen lassen." Schuldig verzog ich die Brauen nach oben.

"Können Sie mir bitte die Tür aufmachen. Hätte ich......" Aber er hatte die Fahrertür schon wieder geschlossen und kam zu mir herum, um mich aus meiner Misere zu befreien.

"Ist wohl nicht Ihr Tag heute?"

"Ihrer scheinbar auch nicht, oder hat schon mal jemand ihren Sitz so zugerichtet?" Mir ging es besser. Die Luft draußen war angenehm und das Gefühl im Magen hatte sich verzogen.

"Ich tippe mal auf Magen-Darm-Grippe oder ist was Kleines Unterwegs?" Erschrocken guckte ich ihn an. Während er seine Tasche von dem Rücksitz herauszog, schaute ich auf seinen Hintern. Diesmal wurde mir nicht übel, als ich ihn so von hinten sah. Er hatte sehr lange Beine, aber dennoch ziemlich athletisch. Wenn er Arzt ist, wird er sicher auch diesen Trend mitmachen, sich um Gottes willen gesund zu ernähren, Snacks nur in Form von kleinen Minikarotten knabbern und bloß keinen Alkohol. Er wartete wohl auf eine Antwort, doch irgendwie stand ich wie minderbemittelt hinter ihm und bekam nichts heraus. „Brauchen Sie noch etwas aus ihrem Wagen?" "Nein, wenn ich darf, würde ich gerne Ihre Toilette benutzen, dann geht es wieder und ich fahre weiter." Verschwitzt wischte ich mir die Haare im Gesicht zurück, von denen einige Strähnen scheinbar mit in den unglücklichen Moment geraten waren.

"Klar." Einen Moment guckte er mich musternd an. Während wir gingen, fragt er mich weiter aus, ob ich das öfter hätte. „In letzter Zeit hatte ich öfter diese Übelkeit, so seit ein paar Wochen." "Und ist vor ein paar Wochen etwas Außergewöhnliches passiert?" Wie ein Detektiv versuchte er den Grund meines Übels zu erforschen. Als wir das Haus erreichten, öffnet sich wie von selbst die Tür. Ein freundlicher älterer Herr kam heraus und guckte sich verwundert nach dem Verbleib des Wagens um.

"Hallo Isaak, ich musste den Wagen vorne am Tor stehen lassen. Würdest du bitte einen Eimer mit Wasser und Seife mitnehmen. Ach ja, und eine Tüte wäre auch von Vorteil. Auf dem Fahrersitz ist ein kleines Unglück passiert." Scheinbar war Isaak hier das Mädchen für alles. Nicht ganz ungewöhnlich in so großen Häusern. Ohne weitere indiskrete Fragen zu stellen, ging er wieder ins Haus, um die empfohlenen Utensilien zu holen.

Die Empfangshalle des Hauses wurde von einem überdimensionalen Kronleuchter geschmückt, der in der Mitte der Halle hing. Rechts zog sich eine ausladende Treppe hinauf, die von modernen Malereien gesäumt wurde. Eine sehr frische hellgrüne Wandfarbe brachte sie dabei zur Geltung.

"Wow, ein hübsches Haus haben sie da." Wie ein kleines Schulmädchen stand ich unter dem Leuchter und schaute mich um.

"Hier entlang, bitte." Freundlich winkte er mich zu sich.

"Wo haben Sie denn ihre Praxis?" Neugierig, was mich noch für Räumlichkeiten erwarteten, trotte ich ihm hinterher und meine Absätze hallten auf dem polierten Boden wider.

"Hier und in London. Ich war gerade drei Tage in der Klinik. Langes Wochenende."

Entspannt zog er sein Jackett aus und schmiss es über den Stuhl hinter dem großen Schreibtisch. Es sah nicht aus, wie ein Behandlungszimmerzimmer, wo man Patienten empfing, denn es hatte eher etwas Gemütliches, Einladendes. Die Fenster zogen sich bis zum Boden, so das viel Licht hereinfiel und die hohen Decken dadurch noch gewaltiger erscheinen ließ. Regale mit Büchern füllten die Wände und eine edle Designercouch stand gut in Szene gesetzt davor. "Behandeln Sie hier ihre Patienten?"

"Nein, aber ich dachte, es wäre ihnen lieber, wenn Sie sich hier ausruhen können.

"Das Bad?" Er nickte in Richtung einer weiteren Tür, die ich gar nicht wahrgenommen hatte, da sie gleich neben der war, durch die wir gerade hereingekommen waren.

"Ah." Langsam forschend suchte ich nach dem Lichtschalter, doch ging dies automatisch an, als ich die Tür weiter öffnete.

Ein kleines helles Bad. Endlich konnte ich mir den Mund waschen, die Hände und als ich die Gästehandtücher entdeckte, nahm ich mir eins und füllte etwas Seife darauf. Ich zog die ersten Haarsträhnen durch das Frottee, sodass ich das Gefühl bekam wenigstens wieder einigermaßen sauber zu sein. Ein Blick in den Spiegel ließ mich vor mir selbst den Kopf schütteln.

Oh Ivy, so etwas Peinliches kann auch nur dir passieren. Bestätigend schaute ich meinem Spiegelbild in die Augen. Immerhin hängen keine Stückchen mehr in den Haaren. Ich werde später bei Olivia duschen.

Als ich aus dem Bad zurückkam, war ich in dem Zimmer allein. Als wäre ich in einer anderen Welt gelandet, ging ich neugierig durch den Raum unweigerlich vom Licht des Fensters angezogen. Als ich hinausguckte, wurde mir klar, warum er mich allein gelassen hatte. Isaak hatte es geschafft, beide Wagen vor das Haus zu platzieren und sie standen zwischen den Autos und guckten gerade auf die Liste, die sich an Olivias Wagen gelöst hatte, dann sah ich ihn, wie er wieder hineinkam.

Schwungvoll öffnete er die Tür und kam zu mir herüber.

"Ihr Auto ist kaputt. Eine Liste hat sich gelöst."

"Zurzeit geht alles um mich herum kaputt, warum sollte die Liste also da bleiben, wo sie hingehört." Seine Augen verfolgen mich, während ich mich auf das Sofa fallen ließ.

"Ich heiße übrigens Christian, nicht Grey, aber ich kann auch mit Krawatten umgehen." Sein Witz brachte mich zum Grinsen in dieser trostlosen Situation, denn das Letzte was mir jetzt in den Kopf kam, war der heftige Sex von Anna und Christian Grey aus Shades of Grey, obwohl er definitiv der Mann wäre, mit dem ich mir das sonst hätte vorstellen können.

"Hören sie, es tut mir leid…das mit ihrem Auto, ich werde eine Reinigung bezahlen." "Das ist nicht nötig." Er setzte sich neben mich. "Wissen Sie, ich kann sie gerne untersuchen, aber ich vermute eine Panikattacke." "Eine Panikattacke?" Wiederholte ich. Auf die Idee wäre ich nicht gekommen. "So etwas habe ich ja noch nie gehabt." Sein Blick war wissend. Ich war überrascht von seiner guten Beobachtungsgabe.

"Na ja, wenn Sie nicht schwanger sind, sonst keine Probleme mit dem Magen haben, bleibt nicht mehr viel. Und was ist vor zwei Wochen vorgefallen?" Seine Folgerungen waren gespenstisch gut. Ertappt lehnte ich mich zurück.

"Trennung....vor...ein paar Wochen!" Fast musste ich mir das Losheulen wieder verkneifen. Außer mit Olivia hatte ich mit niemandem darüber gesprochen und den ganzen Stress seit Ethans Offenbarung in mich hineingefressen. Im wahrsten Sinne des Wortes, denn ich hatte kontinuierlich alles Essbare in mich gedrückt, bis vor ein paar Tagen, wo der Hunger plötzlich stoppte.

"Kann ich Ihnen zum Entspannen ein Glas Wein oder einen Sherry anbieten?"

"Ach danke. Das ist nett, aber ich glaube, ich werde gleich weiterfahren. Meine Freundin fragt sich sicher schon, wo ich bleibe." Hektisch überlegte ich, wo ich eigentlich meine Handtasche abgelegt hatte. Als er meine Unruhe deswegen bemerkte, fragte er, was mich so irritieren würde.

"Es ist nur meine Handtasche...ich weiß nicht, ob ich sie im Auto gelassen habe?"

Als er mein Anliegen hörte, stand er auf, ging in seine Empfangshalle und kam augenblicklich zurück. In der Hand meine Tasche.

"Danke, ich war so durcheinander, dass..." Er unterbrach mich.

"Ich schlage vor, Sie übernachten heute hier. Schicken Sie ihrer Freundin eine Nachricht. Isaak kann das mit der Liste in Ordnung bringen, aber ein bisschen Zeit müssen wir ihm schon geben." Erstaunt guckte ich ihn an und wenn ich mich so umschaute, wäre es hier eine bessere Alternative als bei Oliva und Finley. Ihre Wohnung war ohnehin nicht die Größte und als Arzt konnte ich ihm sicher vertrauen.

Als ob ich meine Gedanken laut ausgesprochen hätte, bekam ich einen beruhigenden Blick von ihm.

"Keine Angst, ich beiße nicht. Sie können eine Dusche nehmen und dann essen wir zusammen und wenn Sie hinterher Lust haben, können Sie mir ihre Geschichte erzählen. Als Arzt habe ich Schweigepflicht." Leicht blinzelte er mir dabei mit dem rechten Auge zu. Er stand auf und wie selbstverständlich hielt er mir die Tür auf. Als wir die Marmortreppe nach oben gingen, war ich schon ziemlich beeindruckt.

"Wohnen Sie denn ganz alleine hier?" Fragte ich ihn, denn wie konnte man sich in so einem großen Haus allein wohlfühlen.

"Ja, das heißt nein, Isaak wohnt auch hier. Wenn ich in London bin, ist es gut, dass jemand aufpasst." Das war einleuchtend. Ein Haus, das einen Aufpasser brauchte. Meine Augenbrauen zogen sich ungewollt nach oben. Ich folgte ihm durch einen langen hellen Flur, der mit weißem Teppich ausgelegt und modern beleuchtet war. Na, wenigstens ist es modernisiert, dachte ich, denn solche alten Häuser könnten nachts doch etwas Spukhaftes haben.

"Hier, bitte, fühlen Sie sich wie zu Hause und machen sie es sich bequem." Er öffnete mir eine Tür und trat zur Seite, um mich hineinzulassen.

"Sagen Sie bitte Ivy zu mir, ok?"

"Sehr gerne." Einen Moment guckten wir uns tief in die Augen.

"Christan." Ich ertappte mich beim Grinsen, als ich seinen Namen laut sagte. Oh Gott, hoffentlich dachte er jetzt nicht, dass ich mit ihm flirten wollte. Zum ersten Mal seit Wochen fühlte ich mich etwas besser. Sein Name erinnerte mich unweigerlich wieder an diesen Film. Er schien nett und normal, aber das war Ethan auch gewesen, als wir uns kennenlernten. Also Vorsicht, Ivy, diesmal wollte ich mich nicht Hals über Kopf verlieben. Ich wollte bewusster mit solchen Situationen umgehen, das hatte ich Oliva und mir versprochen, damit ich nie wieder in solch eine Lage kommen würde.

Er schloss die Tür und neugierig bestaunte ich das Gästezimmer. Die Decken waren sehr hoch, doch auch hier hatte sich ein New Age Stylist mit dem neusten Design ausgetobt und es gefiel mir. So gut, dass ich am liebsten alle meine Sachen aus dem Auto geholt hätte und hier eingezogen wäre. Das kleine Bad, das scheinbar jedes Zimmer hier hatte, war ausgesprochen einladen und ich nahm den Vorschlag an, eine heiße Dusche zu nehmen. Es tat so gut und als ich fertig war, fand ich neben den flauschigen Frotteehandtüchern einen ebenso kuscheligen Bademantel.

Ich hüllte mich hinein und genoss das Gefühl der Geborgenheit, das dieser Superflausch mit sich brachte. Ich war froh, dass ich hiergeblieben war, denn was, wenn ich im Auto noch einmal so eine Panikattacke bekommen hätte.

Als ich mich eine Stunde später wieder normal fühlte, wurde ich neugierig. Isaak hatte mir einen Tee gebracht und meine Lebensgeister waren geweckt. Warum lebte Christian hier alleine? Sicher ist er verheiratet gewesen und jetzt läuft die Scheidung mit Kind und Kegel.

Genau wie bei mir, nur das die Anwälte für mich nichts zu teilen hätten, außer einem Kater, der genau wie ich ein paar überflüssige Pfunde loszuwerden hatte. Aber Ethan und ich sind nicht verheiratet gewesen, also alles ziemlich einfach für ihn, mich einfach aus seinem Leben zu verbannen.

Im Schneidersitz hockte ich auf der Tagesdecke, die das scheinbar ziemlich neue und ausgesprochen große Bett überzog. Hier könnte ich mich wohlfühlen, vielleicht brauchte er ja noch eine zweite Angestellte, die sein

Anwesen zum Leben erweckte. Die Spiegelfront, ein paar Meter vor mir an der Wand, zeigt mir ungefiltert die Wahrheit. Ivy war wieder allein.

Keinen Job, keine Wohnung, aber in einem der schönsten Häuser, die ich je von innen gesehen hatte. Das musste ein Zeichen sein. Oliva und ich glaubten an Vorsehung. Auch sie hatte Finley kennengelernt, als sie dachte, als alte Jungfer irgendwann das zeitliche zu segnen.

Doch unser Abend in einem typisch englischen Pub verlief für sie so gut, dass er sie ansprach und sie noch am gleichen Abend in die Kiste gehüpft sind. Ich fand schon damals, dass er so einen süßlichen Geruch an sich hatte, aber Oliva fand es wahnsinnig anziehend und sexy und stürzte sich ins Vergnügen. Das ist genau drei Jahre her, denn ein paar Wochen vorher hatte ich Ethan kennengelernt.

Wir sind uns an der Ecke bei Harrods aus Versehen in die Arme gelaufen. Na ja, eigentlich hatte er mich fast umgerannt, als ich gerade von Oliva kam. Sie arbeitet bei Harrods in der Unterwäscheabteilung und wir hatten uns kurz in ihrer Mittagspause getroffen.

Während ich in Erinnerungen schwelgte, beguckte ich meine unrasierten Beine, die ich aus dem Bademantel streckte. Oh Mann, vielleicht hatte ich mich tatsächlich zu sehr gehen lassen. Ich brauchte nicht arbeiten, Ethan verdiente genug und er wollte, dass ich meinen Beruf als Künstlerin leben konnte. Natürlich lag da unterschwellig die Pflicht der Küchenchefin mit eingebaut, dass ich immer dafür sorgte, dass wir abends zusammen essen konnten.

Mit Wein und neu ausprobierten Desserts verwöhnte ich ihn und mich. Komisch nur, dass immer nur wir Frauen zunehmen. Meine Karriere als Malerin ließ derweil zu wünschen übrig. Die Garage, die er extra für mich umorganisiert hatte, damit ich es dort der Welt der Picassos und anderen Größen gleichtun konnte, richtete er liebevoll zu meinem sechsunddreißigsten Geburtstag her.

Meine Ambition war da, doch fehlte es an Käufern. Obwohl ich die Kunsthochschule geschmissen hatte, hatte ich doch ein Talent, wie er mir bestätigte, doch offensichtlich war er mit seiner Meinung allein. Ab und an kam ein Verkauf zustande, doch irgendwie hatte ich immer das Gefühl, es seien Leute, die von Ethan bezahlt worden waren, um eine Malerei von mir zu erstehen. Aber da ich es nie genau wusste, war ich immer sehr glücklich in solchen

Augenblicken, was wir dann am Abend gebührend feierten. Er führte mich in die besten Restaurants Londons aus. Oft trafen wir auf seine Klienten und ich war stolz gewesen, an seiner Seite zu sein. Es war eine fast perfekte Beziehung. Nur heiraten wollte er nicht und heute weiß ich auch, warum. Die Neue war bestimmt sechs Jahre jünger als ich und ihre Beine mindestens zehn Zentimeter länger. Ich musste endlich meine Beine rasieren. Und die Nägel machen lassen. Und .....es fiel mir auf einmal so viel ein, was ich gerne machen lassen würde. Schnell schlüpfte ich in meine Anziehsachen, damit nicht auch Christian sah, wie unrasiert ich war, denn das bezog sich ja nicht nur auf die Beine.

Ich wollte mit ihm essen und sein Angebot, heute hier zu übernachten, annehmen. Ich kramte mein Handy aus der Tasche und schickte Olivia eine Nachricht. Sie hatte schon ein paar Mal versucht, mich zu erreichen. Als sie die Nachricht bekam, kam sofort ein Anruf zurück.

"Ivy, wo steckst du denn? Finley und ich haben uns schon Sorgen gemacht." Nicht sicher, was ich ihr erzählen sollte, hielt ich es für das Beste, bei der Wahrheit zu bleiben. Natürlich folgte, wie ich angenommen hatte, die erstaunte Frage, wie ich bei einem Fremden übernachten könne?

"Seit wann bist du denn so spießig? Darf ich dich daran erinnern, wie oft wir früher nach heftigen Partys woanders übernachtet haben?" Tönte ich.

"Früher, das ist doch ganz etwas anders. Das kannst du doch nicht mit heute vergleichen. Heute verschwinden so viele Frauen, vielleicht will er dich auch nur in den Keller wegsperren und um die Ecke bringen. Weißt du wie der tickt?" Olivia war wirklich besorgt und ein mulmiges Gefühl machte sich unweigerlich auch in mir breit.

"Ich schicke dir den Namen und die Adresse gleich über WhatsApp, ok?" Damit beruhigte ich sie, doch machte es mich gleichzeitig stutzig, weil ich tatsächlich überhaupt nicht wusste, wo ich eigentlich war. Ich konnte mich nicht mehr daran erinnern, welche Ausfahrt ich eigentlich genommen hatte. Schnell versuchte ich Olivia abzuwürgen, damit sie nicht noch auf die Idee kam, jetzt am Telefon danach zu fragen.

Es war in Ordnung für sie gewesen, dass sie das Auto erst morgen zurückbekam, und ich sollte auf keinen Fall die Nachricht mit der Adresse vergessen. "Großartig, dann komme ich morgen zu dir." Ich steckte das Handy zurück in die Tasche. Der Gedanke, dass ich überhaupt nicht wusste, wo ich war, ließ mich unruhig werden. Vorsichtig öffnete ich die Tür zum Flur und lugte hinaus. Es war ruhig, nein, ein leises Klavierspielen tönte von irgendwoher aus dem Erdgeschoss. Ich zog mir schnell die Sachen über und folgte dem Klang nach unten. An etlichen Türen vorbei. Olivias Angstmacherei regte meine Fantasie so an, dass ich hinter den Türen schon die zersägten Leichen sah, wie bei etlichen True Crime Folgen, die ich mir eine Zeit lang angesehen hatte.

Er war Arzt, vielleicht ist er deshalb alleine. Dr. Frankenstein. Oh Ivy, du guckst definitiv zu viel Serien. Nur gut, dass Isaak keinen Buckel hatte, dann wäre es die reinste Rocky Horror Picture Show gewesen. Grinsend über mich selbst kam ich nach unten und ging der Musik nach. Ein Zimmer mit geöffneten Schwingtüren strahlte gemütliches Licht aus, und als ich hineinging, sah ich Christian an einem großen schwarzen Flügel sitzen.

Isaak war gerade dabei, ein Getränk zu servieren, und als er an mir vorbei den Raum verlassen wollte, fragte er mich, ob ich auch gerne einen hätte, bevor er das Essen serviert. Wow, wie elegant. Ich nahm das Angebot an, denn etwas Härteres als Tee kam mir jetzt sehr gelegen, um meine

Nervosität zu verstecken. Christian sah mich und kam sofort auf mich zu.

"Na geht es dir besser?"

"Ja, danke. Die Dusche hat sehr gutgetan und Isaak hatte mir einen Tee gebracht." Seine Stimme klang einfühlsam, als er mir anbot, auf dem Sofa vor dem Kamin Platz zu nehmen. Erst jetzt sah ich das Feuer, das gemütlich vor sich hin knisterte. Als wir uns setzten, war die Wärme, die es ausstrahlte, sofort zu spüren und es fühlte sich beruhigend an. Isaak kam mit dem Getränk und verließ uns wieder. Vermutlich hatte er in der Küche alle Hände voll zu tun.

"So und nun raus mit der Sprache. Ich habe zwar nicht Psychologie studiert, aber das sieht auch ein Blinder, dass es dir nicht gut geht."

"Doch, es geht mir schon viel besser, ehrlich." Verdrossen dachte ich an meine Stoppel an den Beinen.

"Ich brauche nur ein wenig Zeit, um mich wieder neu zu orientieren. Das ist alles." Er schaute mich mit gerunzelter Stirn an, als würde er mir das nicht abnehmen.

Er hatte nicht unrecht. Mein Leben machte gerade kopfstand.

"Ich weiß, es ist immer dieselbe Leier, aber man muss solche Einschnitte im Leben dazu nutzen, etwas Neues zu beginnen." Versuchte er möglichst lässig zu klingen. Ich nippte an dem Whisky, der mir stark durch die Kehle zog.

"Sicher." Einen Moment saßen wir schweigend da und schauten ins Feuer. Er war kein Mörder, die sahen anders aus. Die hatten so einen psycho Blick. Seiner war anders. Ganz anders. In seinen braunen Augen spiegelte sich das flackernde Feuer was ihnen einen besonderen warmen Glanz verlieh.

"Ich würde dich gerne malen." Murmelte ich.

"Wie bitte?" Fragend schaute er mich an und ich merkte, wie er meine Gesichtskonturen abscannte und auf den Lippen hängen blieb.

"Ich bin Künstlerin. Deine Augen, so etwas habe ich noch nie gesehen. Sie brennen!"

Er lachte verlegen und drehte den Kopf zur Seite, doch ich spürte das ihm das Kompliment guttat.

"Ich bin halt Feuer und Flamme für dich." Er lachte voller Herzblut und stand auf.

"Wollen wir etwas essen?" Er streckte mir seine Hand entgegen.

Es kam mir vor wie vor ewigen Zeiten in der Vorschule. Als wir uns aufstellen mussten, um gesammelt in die Aula zur alljährlichen Weihnachtsfeier zu gehen, nahm er meine Hand und hielt sie so fest wie Roger, der mit seinen knirpsigen sechs Jahren nichts schöner fand, als das kleine Mädchen mit den roten Haaren festzuhalten und feierlich die geschmückten Räumlichkeiten zu betreten.

"Ich mag deine Haarfarbe." Es war der gleiche bewundernde Blick über meine Haarpracht. und ich schaute verlegen zur Seite. Das Esszimmer war gleich nebenan und Isaak war eifrig dabei zu servieren. Es tat mir so gut in dieser Umgebung gelandet zu sein. Alles war so perfekt, so ruhig, keiner beschwerte sich über meine zugelegten Pfunde. Der große Esstisch war rund und Isaak hatte die Gedecke für uns nebeneinander platziert.

Sofort sprang mir das bedeutsame Gemälde an der Wand ins Auge.

"Wow, das ist ja fantastisch!" Meine Wertschätzung schien ihn zu freuen.

"Du segelst gerne?" Ich ging um den Tisch herum, um die Malerei genauer unter die Künstlerlupe zu nehmen.

"Es ist...es ist, also es ist einfach..... fabelhaft." Kaum konnte ich die richtigen Worte finden, denn es war in den kräftigsten Farben gemalt, die ich je gesehen hatte. Mein Herz hüpfte kurz und nachdem ich es aus der Nähe betrachtet hatte, ging ich zurück, um noch einmal den vollen Blick von weiter hinten zu genießen.

"Die Wellen, das Wasser, wer hat das gemalt?"

"Ein Bekannter von mir, er lebt in Cornwall."

"Ist es deine?" Fragte ich aufgeregt, denn das türkisfarbene Wasser, das sich in allen Schattierungen zeigte, war nur die Umrandung einer weißen Segelyacht, die auf den Wellen erstrahlte." Ich schlug die Hände über dem Kopf zusammen. Diese Malerei vermittelte mir so eine Energie, dass sich in mir auf der Stelle die Sehnsucht nach dem Meer breitmachte. Ich konnte die Seeluft förmlich riechen und die Schreie der Möwen nach frischem Fisch hören. Begeistert drehte ich mich zu Christian.

"Ja, es ist meine Yacht. Sie liegt in der Nähe von Brighton in einem kleinen Fischerhafen. Wann immer ich mich hier oder in London loseisen kann, bin ich dort. Sie ist wie ein zweites Zuhause für mich."

Isaak drängelte unauffällig, dass wir uns endlich hinsetzen sollten, denn er stellte das Essen nun einfach auf den Tisch und fragte schon, ob er Wein einschenken sollte. Grinsend blickten Christian und ich uns an und folgten seiner diskreten Aufforderung, uns endlich an seinen Kochkünsten gütig zu tun. Das sorgfältig geschnippelte Gemüse wurde mit typischen gebackenen Bohnen und einem Wildschweinbraten in roter Port Soße serviert. Es schmeckte vorzüglich und meine Laune war auf einmal, als ob ich wieder fünfundzwanzig war.

Unsere Unterhaltung war so angenehm und Christian erzählte mir vertrauensvoll von seiner tatsächlich gescheiterten Ehe, die aber kinderlos geblieben war. Seine Ex-Frau war wohl, wie sich nach und nach herausgestellt hatte, eher der Wald Liebhaber und immer für schöne Spaziergänge in den Wäldern zu haben. Er dagegen wollte nur an die See und segeln.

"Aber letztendlich liegt es auch an anderen Dingen, die einfach nicht zusammenpassen." Zwischendurch schaute ich immer wieder auf die Segelyacht an der Wand und überlegte mir, ob man in so einer Umgebung seine Probleme schneller bewältigen würde, denn mit jedem Hingucker auf das Kunstwerk bekam ich positive Energie, die mich, während wir dort saßen, wie eine Batterie auflud.

Auf einmal fiel mir Olivia ein. Ich sollte ihr doch meinen Standort durchgeben. Zu dumm. Ich erzählte Christian meine vorangegangenen Bedenken über ihn und er lachte glücklicherweise herzlich darüber.

"Also ich bin schon als Playboy eingestuft worden, aber ehrlich gesagt, als Dr. Frankenstein, das ist originell." Er strich sich mit der Hand über den Bartschatten. Ich lief nach oben und holte mein Handy, damit wir gemeinsam meinen Aufenthaltsort an meine Freundin schicken konnten.

"Oh je, wir sind in Lewisham und Olivia wohnt in Welling. Na, immerhin habe ich noch die richtige Ausfahrt genommen." Sie schickte mir als Bestätigung ein Herz zurück. Wahrscheinlich lag sie und Finley schon längst im Bett. Mir fiel ein, dass Christian morgen sicher auch früh raus musste.

"Ich denke, ich gehe jetzt auch ins Bett, du musst ja bestimmt morgen auch zeitig aufstehen und vielleicht kann ich Isaak noch mit der Reparatur der Liste helfen und dann fahre ich weiter." Leicht enttäuscht schaute er auf die Uhr.

"Musst du denn morgen arbeiten?" Fragte er mich neugierig.

"Nein, ich habe....ich muss." Ich kam ins Stocken. Nichts hatte ich morgen vor. Außer meine Habseligkeiten aus Olivias Wagen in ihre Wohnung zu tragen.

Also beschlossen wir uns noch vor den Kamin zu setzten, zumindest bis wir unseren Wein ausgetrunken hatten. Ich fragte Christian, ob ich ein Foto von der Malerei machen dürfe und er war richtig stolz, dass mir das Bild so gut gefiel.

"Vielleicht werde ich es mir auch malen und über mein Sofa hängen", sagte ich ihm freudig, als ich mehrere Aufnahmen mit dem Handy gemacht hatte.

"Hast du denn ein Sofa?" Lachte er spöttisch, als wir uns gemütlich in seins zurücklehnten.

"Tja," grübelte ich. In der Tat, ich hatte keins und viel bedenklicher war das eine Wohnung, wo ein solches abzustellen war, fürs Erste unerreichbar schien.

"Wie du vorhin selbst sagtest, man muss die "neuen" Chancen nutzen, wenn die Alten sich in Rauch aufgelöst haben."

Ich brauchte eine Wohnung und einen Job.

"Hast du schon einen Plan, oder ist das noch zu verfrüht, danach zu fragen?"

"Ein Plan? Nein, eigentlich habe ich noch keinen." Verlegen guckte ich ihn an. Irgendwie war es mir vor ihm plötzlich peinlich, dass es so offensichtlich war, dass es mir so schlecht ging. Scheinbar hatte ich mich in die Opferrolle begeben und solche Männer wie er wollten ganz sicher nur etwas von Frauen, die ihr Leben im Griff hatten, aber das hatte ich nicht und es war mir anzusehen.

"Warum bleibst du nicht bei mir?" Mit einem euphorischen Rutscher nach vorne an die Sofakante guckte er mich überrascht über seine für ihn sonst sicher nicht so spontane Art an.

"Meinst du das im Ernst? Wir kennen uns doch überhaupt nicht." Mein Einwand war berechtigt, dennoch war sein Angebot eine Fügung des Schicksals, denn ich hatte es innerlich gehofft, nicht bei Olivia wohnen zu müssen.

"Ich bin oft nicht im Haus und es stehen so viele Zimmer leer." Sprich über eine blinde Henne findet auch mal ein Korn. Mit großen Augen schaute ich um mich herum. Das Haus, in dem ich mit Ethan gewohnt hatte, war zwar auch schön gewesen, aber dies hier war an Eleganz und Größe fast nicht zu überbieten.

"Ich kann aber erst Miete zahlen, wenn ich einen....", gerade wollte ich das Finanzielle klären, als er mein Handgelenk umschloss. Die Wärme seiner Hand ließ sofort meinen Puls pochend fühlbar werden.

"Darüber mach dir erst mal keine Sorgen. Erhole dich und dann sehen wir weiter."

"Ich könnte im Garten etwas mithelfen..." Am liebsten wäre ich ihm um den Hals gefallen, doch das schien mir unangemessen. Er glitt von meinem Handgelenk mit seiner in meine Hand, hielt sie fest und beguckte sie hin und her. Au Backe. Beguckte er meine ungepflegten Fingernägel? Leicht verwirrt zog ich meine Hand zurück.

"Deine zarten Finger sollten nicht im Garten herumwühlen, aber mach, wonach dir ist, fühle dich hier wie zu Hause." Ich konnte seinen Blick nicht deuten. Ich bildete mir ein, ich hätte für einen kurzen Augenblick einen flirtenden Ausdruck bekommen, doch es war genauso schnell wieder vorbei.

"Danke dir Christian, es ist erleichternd, nicht bei Olivia einziehen zu müssen."

"Ist sie so schlimm?"

"Nein, ganz und gar nicht, aber ihre Wohnung ist nicht die Größte und ihr Freund Finley riecht ein bisschen streng." Seine Augen klebten an meinen und glitten zwischendurch auf meine Lippen, während ich ihm von meinen Freunden erzählte.

"Vielleicht sollte er mal eine Dusche nehmen?"

"Nein, er geht duschen, aber sein Aftershave ist so süßlich und muffelig, das mir immer übel wird. Außerdem komme ich von hier schneller nach London rein. Ich werde mich schnellstens um einen Job kümmern und dann zurück nach London ziehen."

"Was willst du denn machen?" Seine Anteilnahme an meiner Misere schien ehrlich. Erneut schenkte er uns ein wenig Wein nach und legte etwas Holz ins Feuer. Wie er da so auf und ab ging, erschien mir meine Situation gerade nicht als die Schlechteste. Zwar wussten wir noch nicht allzu viel voneinander, doch es schien, als ob uns irgendetwas verband.

Vielleicht war es nur die Tatsache, dass wir beide Singles waren und uns von unserem Partner getrennt hatten, doch es fühlte sich an, als ob uns etwas magisch anzog. Seine Malerei mit der Yacht hatte etwas in mir ausgelöst, dass ich lange Zeit nicht mehr gespürt hatte und für ihn war es vielleicht ein ebensolches Glücksgefühl, weil endlich jemand seine Leidenschaft teilen konnte.

Als ich am nächsten Morgen erwachte, nahm ich als Erstes das Gezwitscher der Vögel wahr. Ich drückte mich erneut in die Kissen und genoss die Situation. Das Zimmer wurde mit Sonnenstrahlen geflutet und die Luft war so erfrischend, dass ich sofort voller Ideen für den Tag war. Und ich hatte Hunger. Von Panikattacke keine Spur mehr. Die Sicherheit, die Christian mir mit seinem Angebot hier zu wohnen gab, ließ mein ich wieder zur Ruhe kommen.

Wie ein kleines Kind strampelte ich die Decke von mir und legte damit wieder den Blick auf meine Beine frei. Oh Graus. Zuerst werde ich meine Klamotten heraufholen, Olivia den Wagen bringen und dann ab in das nächste

Waxing Studio. Guter Dinge machte ich mich fertig. Als ich oben an der Treppe angekommen war, fühlte es sich an, als ob es mein Haus wäre.

Mit leicht hüpfendem Gang trabte ich hinunter. Isaak kam gerade aus einem der Zimmer, die sich im Erdgeschoss befanden und erzählte mir, dass er es geschafft hätte, die Liste am Auto zu befestigen.

"Vielen Dank Isaak, das ist wirklich sehr nett von Ihnen, meine Freundin wird sich auch freuen."

"Das habe ich gerne gemacht. Ich mag es, alte Autos zu reparieren. Sagen Sie ihrer Freundin einen schönen Gruß, wenn Sie mal etwas hat, kann Sie gerne zu mir kommen," verschmitzt grinste er mich an, denn es war definitiv absehbar, wann bei der alten Rostlaube das nächste Teil abfallen würde. Er drückte mir den Schlüssel in die Hand und fragte, ob er mir mit dem Ausladen helfen sollte.

"Danke Isaak, ich schaffe das schon, so viel ist es ja nicht." Eigentlich hätte ich gerne seine Hilfe angenommen, aber vor lauter Frust, dass ich bei Ethan ausziehen musste, hatte ich alles so unordentlich in irgendwelche Taschen und Kisten gestopft, dass ich Angst hatte, ihm würde aus einem dieser

Notauffangbehälter eine meiner Unterhosen entgegenspringen.

Meine Malutensilien wollte ich einen anderen Tag holen, die große Staffelei und die Leinwände hatten keinen Platz mehr gefunden.

"Möchten Sie nicht erst etwas frühstücken?" Irgendwie hatte ich das Gefühl, das Isaak sich freute, dass ich da war. Ein bisschen Leben in der Bude hat noch keinem geschadet.

"Ich würde gerne erst die Sachen reinbringen. Machen Sie sich keine Umstände, ich kann mir dann in der Küche selbst ein Brot machen, wenn das in Ordnung ist."

Er drehte sich um und lächelte mich an. Während er zurück in die Küche ging, hörte ich ihn noch reden.

"Aber natürlich. Kommen Sie nur, wenn Sie fertig sind, dann mache ich Ihnen einen Tee oder Kaffee, wenn Sie mögen." Was für ein lieber Mensch, dachte ich, als ich ihm nachguckte.

Draußen kitzelte mir sofort die Sonne in der Nase und ich musste herzhaft niesen. Ich bestaunte die Liste, die wieder an ihrem Platz saß und schloss das Auto auf. Freudig kramte ich die Sachen heraus und brachte sie in mein Zimmer. Wenn ich durch die Eingangshalle kam, beeilte ich mich extra etwas, um die Treppe hinaufzukommen, denn tatsächlich war für jeden, der mich sehen würde, ersichtlich, wie unordentlich ich meine Sachen aufeinander geschmissen hatte.

Oben im Zimmer suchte ich eine Wand, an der ich erst mal alles stapelte. Aufräumen konnte ich später. Als ich das meiste oben hatte, schaute ich mich um, ob genug Schrankplatz vorhanden sei. Der große Spiegelschrank ließ sich schwebend öffnen und bot definitiv mehr Platz, als ich eigentlich gebraucht hätte. Staunend stand ich davor und guckte gespannt auf die Fächer, wobei mir nicht ganz einleuchtete, was wo reingehört.

Es gab kleine Schubladen, scheinbar extra für T-Shirts, unterteilte vielleicht für Socken und natürlich eine Bügelstange, die automatisch die aufgehängten Blusen herumfahren konnte. Wow, bewundernd stand ich vor dem Schrank und murmelte mir lachend selbst zu, dass man für so ein Geschoss ja einen Führerschein bräuchte.

"Die hier kommen in die Kleine unten links."

Erschrocken durch die Stimme in der offenen Tür drehte ich mich um. Christian stand mit einem lachsfarbenen Slip auf dem Zeigefinger herum wirbelnd da und grinste wie ein Lausbube, der gerade etwas ausgefressen hatte. Er kam auf mich zu und verzog sein Gesicht zu einem Lachen. Autsch.

"Hübsches Teil." Bemerkt er. Ach, was solls es ist ja etwas ganz Normales. Wenigstens hat er einen meiner Neueren Slips gefunden und nicht die Sorte, die man immer noch mal behält, obwohl sie Asbach uralt sind, weil man meint, sonst zu wenig zu haben.

"Guten Morgen. Hast du gut geschlafen? Gefällt dir das Zimmer? Du kannst dich gerne umgucken. Es stehen sonst noch ein paar andere zur Auswahl."

Der Gedanke, ein anders Zimmer zu beziehen, war mir gar nicht gekommen. Immerhin konnte ich froh sein, hier fürs Erste überhaupt gut untergekommen zu sein. Entspannt schlenderte er in dem Zimmer umher und warf einen kurzen Blick auf meine Sachen.

"Nein. Alles gut. Ich habe so gut geschlafen wie lange nicht mehr. Das Bett ist herrlich und warum sollte ich das nicht jede Nacht wollen." Er blieb stehen und guckte mir erneut so tief in die Augen, das mich eine kleine Hitzewelle überkam und ich verlegen zur Seite schaute und den Schrank wieder schloss.

"Ich werde es später aufräumen, es ging gestern alles etwas schnell, als ich die Sachen in Olivias Auto getragen hatte." Fast entschuldigte ich mich für das Chaos, das so überhaupt nicht zu dem edlen Zimmer passen wollte.

"Ich habe heute noch frei, hast du Lust mit mir einen Ausflug zu machen?"

"Ich muss erst Olivias Wagen wegbringen", erwiderte ich in der Hoffnung, er könnte mir hinterherfahren und mich dann mitnehmen. Scheinbar hatte er den gleichen Gedanken.

"Prima, dann erledigen wir das zuerst und dann geht es weiter. In einer halben Stunde?" Sein Gesicht strahlte eine charismatische Freude aus, die mich einfach mitriss. Es war mir auf einmal schnurzpiepegal, was Ethan und seine Neue in unserem Haus machten. Na ja, also in Ethans Haus natürlich, aber ich fing an, eine andere Sichtweise zu bekommen. Wie Christian gesagt hatte, man soll aus negativen Momenten den positiven Faktor ziehen und das hier war definitiv eine Herzenswärme, die mir entgegenschlug, die mich jetzt schon ein klein wenig glücklicher machte.

Als er zur Tür herausging, schaute ich ihm gedankenversunken nach. Wie kann eine Frau so einen Mann verlassen. Ich wäre mit ihm überall hin mitgekommen.

Zwanzig Minuten später trafen wir uns draußen bei den Autos. Christian fummelte vorne an seiner Stoßstange herum, und als er mich sah, kam er freudig auf mich zu.

"Hat Isaak dir den Schlüssel gegeben?" Ich hielt ihn hoch in die Luft, um seine Frage zu beantworten.

"Olivia wird sich freuen. Das Ding da an der Seite, " deutete ich auf die Liste, "hat schon lange so herum geschaukelt."

"In welcher Richtung ist Welling jetzt eigentlich?"

Kapitel 2

"Ich kann vor Fahren, wie war ihre Adresse?" Es war so einfach mit ihm. Als ob er mir meine Gedanken von der Stirn ablesen würde. Ich gab ihm die Adresse, und als er sie in sein Navi eingegeben hatte, ging ich zu Olivias Auto und setzte mich hinein. Als ich den Gurt festmachte, kam kurz das gestrige Gefühl der Panikattacke wieder hoch, doch als ich rausguckte und sah, dass Christian langsam anfuhr und auf mich wartete, verging es sofort wieder. Ich verspürte eine Art von Sicherheit in seiner Nähe, die mir unendlich guttat. Also kurbelte ich die Fensterscheibe herunter, um ein bisschen frische Luft zu bekommen und signalisierte ihm per Lichthupe, dass er schneller fahren könnte.

Er fuhr so vorsichtig und ich sah, wie er sich im Rückspiegel immer wieder versicherte, dass ich auch hinter ihm bin. Ich hatte das Gefühl, das seine Augen nicht nur auf den Wagen schauten, sondern direkt zu mir. Der Verkehr war mäßig und so schafften wir es recht schnell bis zur Haustür meiner Freundin.

"Da bist du ja. Gott bin ich froh, hatte schon gedacht, ich sehe dich nicht wieder." Olivia war gerade vor dem Haus am Gras harken und lief in ihren Gummistiefeln übermütig auf mich zu.

"Ich habe dir doch gesagt, wo ich bin," fiel ich ihr um den Hals und deutete mit einem Nicken auf den Wagen von Christian, der ebenfalls gerade ausstieg und zu uns herüberkam.

"Sieht nicht aus wie ein Serienmörder, " kam Olivias erstaunter Ausruf, als sie ihn sah.

"Ach, es hat sich wohl schon herumgesprochen, dass ich der zweite Doktor Frankenstein bin?" Lachend drückte er Olivia die Hand und schaute mich mit einem ironisch heiteren Blick an.

"Sorry, aber man kann ja nie wissen und es liegt mir sehr viel an dieser Person hier." Schwungvoll legt sie mir ihren Arm um die Schultern und zog mich an sich.

"Das kann ich gut nachvollziehen und ist sehr lobenswert."

Kam seine ebenfalls gefühlsbetonte Aussage. Olivias Augen rollten zwischen uns hin und her und ihrem Gesichtsausdruck war zu entnehmen, dass sie eine gewisse Begeisterung zwischen uns sah.

"Du spinnst. Du hast mir damit gestern einen schönen Floh ins Ohr gesetzt." Kichernd guckte ich Christian an, der mir ebenfalls schmunzelnde Blicke zuwarf.

"Ja, nun denn. Möchtet ihr einen Tee oder Kaffee?" So gerne ich mit ihr jetzt auch eins unserer gemütlichen beste Freundin Schwätzchen gehalten hätte, war ich doch mehr angetan von dem Gedanken, mit Christian etwas zu unternehmen.

Dankend und verabschiedend zugleich nahm ich sie in den Arm.

"Christian hat heute frei und wir wollen etwas unternehmen. Ich rufe dich heute Abend an, ok?" Olivia verstand sofort das mir die Nähe dieses Mannes gut tat.

"Natürlich Liebes. Genießt den Tag, ich werde mich hier noch dem Rasen widmen. Der Nachbar hat sich beschwert, dass ich es in all den Jahren, die ich hier wohne, noch nie geschafft habe, mich um den Rasen zu kümmern. Also ist heute der Tag der Tage."

Lachend schwang sie die Harke um die eigene Achse. Wie sollte sie sich auch darum gekümmert haben, wenn ihr der eigene Haushalt schon zu viel war. Die Reaktion des Nachbarn war nachzuempfinden.

Christian stand bereits am Auto und hielt die Beifahrertür für mich geöffnet. Wie galant. Damit hatte Ethan am Anfang auch noch den Gentleman raushängen lassen. Als er um den Wagen herumkam und sich neben mich setzte, empfing ich ein rauschhaftes Gefühl von Glück und Zufriedenheit. Aus dem Radio war leise Musik zu hören. Eine ganze Weile saßen wir schweigend, bis ich ihn fragte, was wir denn vorhätten? Durch die Verkehrsschilder war mir klar in welche Richtung er fuhr, doch hatte er bisher nichts über das Ziel gesagt.

"Wohin fährst du denn?" Fragte ich ihn interessiert.

"Du warst gestern so angetan von meiner Yacht." Mit fragendem Blick schaute er zu mir herüber.

"Du willst mit mir zu deiner Yacht?"

"Wenn es dir nichts ausmacht?" Leicht nervös fasste er ein, zweimal fester um das Steuerrad, was ich darauf zurückführte, dass seine Ex Frau es gehasst haben muss und er von mir eventuell auch eine Absage erwartete.

"Na klar gerne aber sagtest du nicht, sie liegt in Brighton?"

"Genau, es ist nur eine gute Stunde. Ist das in Ordnung für dich?" Ich hätte mit ihm die nächsten vierundzwanzig Stunden im Auto verbringen können, aber das sagte ich ihm nicht.

"Gute Idee, vielleicht haben wir ja Glück und die Sonne kommt noch ein bisschen raus."

"Am Wasser klärt es meistens schneller auf." Er war sichtlich erleichtert, dass ich auf sein Ausflugsziel positiv reagierte.

"Ich bin mir sicher, es wird dir gefallen." Seine Begeisterung für sein Hobby war ihm mit allen physisch zur Verfügung stehenden Bewegungen anzumerken.

Mein ehemaliges Leben war plötzlich weit weg. Ich saß im Auto eines Mannes, bei dem ich einen optimalen Unterschlupf bekommen hatte und nun mit ihm auf dem Weg zu seiner Yacht war.

Die Wolken zogen am Himmel nur so vorbei und als wir in Brighton ankamen und ich das Fenster etwas herunterließ, roch es schon nach salziger Luft. Die Sonne hatte die Wolken vertrieben, sodass mein Eindruck von dem Weg hinunter zum Hafen mein Herz ein Stückchen höher hüpfen ließ.

"Ich wusste gar nicht mehr, wie schön es hier ist." Bestaunte ich die hellen Häuser mit den sorgfältig bepflanzten Blumenrabatten davor. Ein paar Möwen waren in der Ferne zu hören und hätte Christian den Weg nicht gekannt, hätten wir einfach ihrem Treiben folgen müssen und wären sicher an die Küste gelangt. "Es ist jedes Mal wie Urlaub, wenn ich hierherkomme, doch heute scheint ein besonderer Tag zu sein, so schön habe ich das Wetter auch lange nicht mehr erlebt." Die Energie, die wir beide von diesem Platz in uns aufsogen, war Entspannung pur. Er parkte das Auto neben einem Restaurant an der Hafenmeile.

"Da vorne ist es. Sind nur ein paar Meter zu laufen." Gespannt folgte ich seinem Zeigefinger, doch es waren zu viele, als das ich seine von der Malerei hätte herausfinden können. An einem kleinen Laden blieb er stehen.

"Wartest du einen Moment? Ich hole uns nur kurz einen Kaffee. Das hier ist der beste Kaffee, den du jemals getrunken hast." Er grinste mich an und verschwand in der sich automatisch öffnenden und schließenden Tür.

Ich drehte mich um und schaute über das Hafenbecken. Die Sonne spiegelte sich in Millionen von glitzernden Pünktchen auf dem seicht plätschernden Wasser und war fast schon so grell, dass es einem in den Augen wehtat. Seichte Brisen kamen vom Meer herüber und wehten meine Haare quirlig durcheinander. Dieser Ort war wirklich ein kleines Wunder. Es war lange her, dass ich als Kind mit meinen Eltern hier war. Unsere Sonntagsausflüge gingen fast immer ans Meer, denn Paps brauchte das, um wieder neu aufzutanken, meinte Mum immer. Nun merkte ich es auch. Wie ich da stand und die Luft tief einsog, spürte ich, wie gut es tat. Diese Ruhe und Schönheit der Natur begann mich neu zu inspirieren. Ich wusste nicht was, aber ich bekam das Gefühl, das etwas Neues für mich beginnen würde. Genauso, wie ich es mir gewünscht hatte.

Angeregt von den vielen Motiven, die mich hier überfluteten, überdachte ich meine bisherigen Malereien. Wenn ich so malen könnte wie der Künstler, der das Bild von Christians Yacht gefertigt hatte, dann könnte man davon bestimmt gut leben. Ich war lernfähig, also was hielt mich davon ab, eine andere Stilrichtung einzuschlagen. Wie eine neue Kraft, die sich in mir breit machte, war mein Entschluss gefasst und als mein Begleiter mit zwei duftenden "Kaffee to go" aus dem Geschäft kam, schien auch ihm meine veränderten Gesichtszüge aufzufallen.

"Ist etwas passiert, was ich wissen sollte?", fragte er neugierig und drückte mir den Pappbecher in die Hand.

"Nichts Außergewöhnliches, außer vielleicht ein kurzer Gedankenblitz, wie meine Zukunft aussehen könnte."

"Jetzt machst du mich neugierig. Darf man fragen, wie der aussah?" Seine Augen leuchteten in dem gleißenden Licht der Sonne, und als er mich ansah, sah es aus, als ob sie die Farbe von Braun in grün gewechselt hätten.

"Ich dachte an die Malerei in deinem Esszimmer. Wenn es mir gelingen würde, so zu malen, könnte ich sicher gut davon leben."

Er nickte mir liebevoll zu.

"Ich bin ziemlich sicher, dass du das kannst. Zwar habe ich noch keine Malerei von dir gesehen, aber dein Enthusiasmus spricht für sich." Langsam gingen wir in Richtung der Yachten und stoppten, als auch ich endlich aus ein paar Meter Entfernung erkannte, welche es war. Schneeweiß mit feuerroten Bojen an den Seiten, die verhindern sollten, dass der Wind und die Wellen sie nicht an das Nachbarboot drücken konnten. Eine Segelyacht, die man als geübter Segler auch alleine bedienen konnte, wie er mir versicherte. Mit einem großen Schritt landete er auf dem Bug und hielt mir den ausgestreckten Arm entgegen.

"Kommst du an Board?". Das ließ ich mir nicht zweimal sagen. Mit einem kleinen Anlauf stieß ich mich vom Pier ab und landete mit viel zu viel Schwung und dem Inhalt des Kaffees an Christians Brust. Zu dumm, dass dieser dabei aufging.

"Oh, das tut mir leid," besorgt sammelte ich den Becher und den abgesprungenen Deckel von dem Boden. Die braune Suppe ergoss sich über das ganze Deck sowie sein Hemd und die Hose. Er versuchte mir zu helfen, wobei wir uns beim Bücken fast die Köpfe aneinanderstießen. Als wir uns aufrichteten, spürten wir die gegenseitige Berührung der Haare des anderen an der Stirn.

"Wie viel Kaffee kann denn in so einem Becher sein?". Verwundert motzte ich über den mir sehr üppig erscheinenden Inhalt und wo er sich überall verteilt hatte.

Verschämt biss ich mir auf die Unterlippe.

"Deine Haare sind so dick." Erst jetzt bemerkte ich, dass er wie verzaubert auf meine Haare starrte und merkte, wie es in mir eine kleine Hitzewelle auslöste. Es war nicht nur die Energie der Sonne, die uns auflud. Gerade wollte er mit seiner Hand meine Haare anfassen, als er sie wieder zurückzog und offensichtlich aus seiner Gefühlsduselei heraus schreckte.

"Keine Sorge Ivy, ich habe genug zum Wechseln in der Kajüte. Komm, wir finden auch etwas für dich." Als ich an mir herunter schaute verstand ich was er meinte. Auch meine Hose war über und über mit braunen Spritzern versehen.

"Zu dumm, dass du jetzt nicht mehr von Almas gutem Kaffee kosten kannst, aber vielleicht teile ich meinen mit dir." Er war einfach perfekt. Er überspielte meine Tölpelhaftigkeit mit guten englischen Manieren. Das Schaukeln unter uns wurde plötzlich stärker, als ein Boot voller jubelnder junger Leute an uns vorbei rauschte und die dadurch ausgelösten Wellen viel zu schnell unter uns waren. Ich kam ins Trudeln und suchte nach der nächstbesten Möglichkeit, um mich festzuhalten.

"Diese Deppen, die fahren viel zu schnell hier." Sein Kaffee flog in hohem Bogen ebenfalls auf das Deck, denn er konnte mich gerade noch um die Hüfte festhalten und mich so vor dem Sturz ins Wasser retten. Einen Augenblick verharrten wir so, bis es wieder ruhiger wurde. Sein fester Griff fühlte sich irre gut an und ich guckte, ob nicht mehr dieser jungen, waschbrettbäuchigen Jugendlichen, die ihren angehenden Freundinin imponieren wollten und deshalb auf das Gaspedal drückten, in Sichtweite waren. Wir konnten uns das Lachen nicht verkneifen, denn die Yacht sah nun alles andere als weiß aus.

"Herrgott, diese jungen Bengel lernen es aber auch nicht. Erlaubt ist hier fünf Knoten und sie fahren sicher zwanzig." Langsam hangelten wir uns in Richtung der kleinen Tür in der Mitte des Decks, die die Treppe nach unten freigab. Ich war froh, dass überall Seile waren, denn ich hielt es jetzt für sicherer, mich festzuhalten. Er steckte den Schlüssel in das kleine Schloss der hölzernen Lammellentüren, drehte ihn herum und öffnete sie nach außen und befestigte sie mit kleinen Haken.

"Komm, wir ziehen uns zuerst um, dann schwinge ich den Feudel auf dem Vordeck."

Mit eingezogenen Köpfen gingen wir ein paar Stufen nach unten. Die kleine Kabine bot auf den ersten Blick alles, was man auf See benötigte. Es war gemütlich, wenn auch nicht allzu luxuriös, doch das erklärte ich mir damit, dass Christian wohl immer allein hier gewesen ist, denn seine Ex Frau hatte ja kein Interesse für diese Art von Freiheitsdrang. Er ging weiter nach hinten, wo sich das Bett befand und fing an, in den Schränken darüber herumzukramen.

"Mit einer passenden Hose für dich wird es schwer werden….". Er zog diverse Kleidungsstücke heraus, um sie dann mit wenig Begeisterung wieder zurückzustopfen.

"Nicht schlimm, es ist schon fast trocken, aber du solltest dich umziehen."

"Na gut," klang es ein paar Meter entfernt von mir. Ich inspizierte die Einrichtung und konnte nicht umhin ein Auge zu riskieren, als er sich die Hose auszog. Zwar stand er mit dem Rücken zu mir, doch der kurze Anblick seines wohlgeformten Hinterns war der reinste Augenschmaus.

Als er dann noch das Oberteil auszog, wurde mir kurz bewusst, dass ich mit diesem Mann nun unter einem Dach wohnte. Grinsend drehte ich mich weg, damit er mich nicht beim Stalken erwischte und sagte mir selber, das ich ungemein Glück gehabt hatte, ausgerechnet in seiner Auffahrt stehengeblieben zu sein. Er kam zu mir in den vorderen Teil zurück. Mein Blick blieb einen Moment an ihm hängen, denn er hatte ein zu enges T-Shirt angezogen und eine Jogginghose, die ihn verdammt sportlich aussehen ließ, als hätte er gerade trainiert.

Er strich sich die losen Haare schräg nach hinten, wobei sich seine Muskeln am rechten Oberarm vergrößerten. Wäre es nicht das leichte Schaukeln des Bootes gewesen, hätte ich gedacht, mir wird schwindelig vom Anblick dieses Körpers.

Er drängelte sich direkt an mir vorbei und öffnete den Kühlschrank.

"Schöne Bescherung, da will man Eindruck schinden und nichts zum Anbieten. Weißt du was, ich gehe noch mal schnell zu Alma und nehme einen zweiten Anlauf mit dem Kaffee. Du musst ihn probieren.....und, vielleicht kann ich noch ein Stück Kuchen dazu auftreiben. Mach es dir so lange gemütlich, ich bin gleich wieder da."

Sportlich stieg er die Treppe hinauf und dann hörte ich, wie sich seine Schritte auf dem Deck entfernten.

Kurz überlegte ich, ob ich mich auf die Bank setzten sollte und warten, doch ich ergriff die Initiative und suchte unter der Spüle nach einem Eimer und irgendetwas, was aussah wie ein Lappen. Ich wurde fündig und begab mich ebenfalls an Deck, um das Chaos zu beseitigen. Es stellte sich heraus, dass die Idee nicht die schlechteste war, denn der Kaffee fraß sich regelrecht in die weiße Oberfläche und wäre er da getrocknet, hätte man wohl richtig schrubben müssen. So konnte ich mit leichten Hin und Her Bewegungen die braune Suppe mit dem Lappen aufsaugen.

"Wow, kaum an Board und schon angeheuert. Ahoi Matrose." Seine Augen strahlten, als er mich auf seinem Bootsdeck herumkriechen sah.

"Ich mag es. Es gefällt mir hier und da du uns den Proviant besorgt hast, kann ich wohl meins tun und den Matrosen machen."

"Ich bin fasziniert. Ehrlich." Schmunzelnd steuerte er an mir vorbei und brachte die Tüte unter Deck. Kurze Zeit später, ich war gerade fertig und ziemlich stolz auf meinen Einsatz, rief er mich mit herausgestrecktem Kopf aus der Luke heraus.

"Ivy, kommst du?" Er war komplett in seinem Element, das schwang in seiner Stimme mit. Vorsichtig balancierte ich über das immer noch nasse Deck. Ich goss den aufgewischten Kaffee aus dem Eimer über Bord und als ob ich schon Jahre hier verbracht hätte, ging ich ganz selbstverständlich die Treppe zu ihm hinunter. Christian hatte den kleinen Tisch für uns gedeckt. Eine alte Kerze, die farblich schon gar nicht mehr zu erkennen war, stand in der Mitte und strahlte eine gemütliche Seefahreratmosphäre aus. Es musste lange her gewesen sein, dass er sie angehabt hatte.

Den Kaffee hatte er in Becher umgeschüttet und daneben jeweils einen Blaubeermuffin platziert.

"Ich glaube, das hast du dir redlich verdient.", sagte er ehrfürchtig. Ich setzte mich an den kleinen Tisch und genoss den ersten Schluck gut duftenden Kaffee.

"Oh mein Gott, der ist wirklich gut. Wow." Gierig probierte ich mehr davon, denn der Geschmack war einzigartig.

"Was mischt sie denn da zusammen?" Fragte ich, denn obwohl ich auch gerne Tee trank, hatte ich so etwas Schmackhaftes noch nie getrunken.

"Ich hab`s dir doch gesagt. Almas Kaffee ist der Beste. Wenn du mich fragst, weltweit, aber sie verrät mir ihr Geheimnis nicht, da kann ich noch so sehr versuchen, mit ihr zu flirten."

"Du meinst, sie tut etwas Geheimes mit hinein?"

"Anders kann ich es mir nicht erklären." Wir kippten den Kaffee in uns, als gäbe es kein Morgen und rätselten vergebens über die Zutaten. Der Muffin schmeckte ebenfalls so saftig nach frischen Waldblaubeeren, dass einem das Wasser im Mund zusammenlief.

"Also, wenn du wieder mal hierherfährst und Gesellschaft brauchst, dann fahre ich alleine schon wegen dem Kaffee und dem Kuchen mit." Meine Aussage gefiel ihm.

"Du bist immer willkommen Ivy". Ein flirtender Blick machte sich über seine Grübchen breit.

"Nun, und was sagst du zu dem Boot? Würde dir eine kleine Tour gefallen oder lieber ein andermal?" Durch das Malheur auf dem Deck war es spät geworden und die Luft draußen spürbar kühler. Seine Anwesenheit tat mir so gut, dennoch sagte ich ihm, dass ich das gerne vertagen würden, denn der Stress, die letzten Tage machte mich doch leicht müde. Er war verständnisvoll und einfühlsam für meine Situation,

wusch die Becher ab und dann machten wir uns auf den Heimweg.

"Ich könnte mir gut vorstellen, hier zu leben." Sagte ich, als wir gerade von dem Parkplatz losfuhren und ich aus dem Fenster auf die kleinen Läden schaute, die an uns vorbeizogen. Mit großen Augen schaute er mich an, als ob ich einen unausgesprochenen Wunsch von ihm erraten hätte.

"Davon träume ich, seit ich klein bin."

"Warum tust du es dann nicht?" Er könnte sich hier als Arzt niederlassen und jeden Abend und jedes Wochenende auf seinem Boot sein.

"Das ist eine berechtigte Frage. Wahrscheinlich, weil ich so im Alltagstrott bin und mich bisher niemand da herausgeholt hat." Er drehte den Kopf zu mir und in mir stieg das Gefühl hoch, dass er vielleicht mich meinen könnte.

Anderthalb Stunden später waren wir wieder zurück. Von der Autofahrt war ich so müde geworden, dass ich mich eine Stunde hinlegen wollte. Wir hatten uns viel über unsere Kindheit unterhalten und dabei erfuhr ich, dass seine Eltern früh bei einem Autounfall verstorben waren. Christian hatte das Haus geerbt und Isaak war seit der Zeit mehr ein Ersatzvater als eine Haushaltshilfe für ihn gewesen. Zufrieden kuschelte ich mich in das bequeme Bett und ließ die vergangenen Stunden auf mich wirken, bis ich einschlief. Durch ein zaghaftes Klopfen wurde ich ganze drei Stunden später geweckt. Die Tür öffnete sich ein wenig und Christian schaute neugierig in meine Richtung.

"Ich dachte ich gucke mal nach dir, ob da noch Lebenszeichen sind."

"Wie spät ist es denn?" Überrascht schaute ich auf mein Handy, das fast zwanzig Uhr anzeigte.

"Oh, ich bin so tief eingeschlafen."

"Gut so. Auf ärztliche Anweisung darfst du das die nächsten Tage wiederholen." Seine Gestik war vorsichtig, er blieb weiterhin in der Tür stehen.

"Hast du Lust, mit mir zu essen? Isaak hat etwas Deftiges zubereitet." Tatsächlich verspürte ich plötzlich großen Hunger, denn der Muffin und der Kaffee waren das Einzige gewesen, das ich heute gegessen hatte.

"Ich bin sofort unten." Antwortete ich.

"Prima, dann sage ich Isaak, dass er für dich mit decken soll." Er schloss die Tür und zufrieden drückte ich mich noch mal in die Kissen. Durch das Fenster sah ich, wie es draußen schon leicht dämmrig wurde und ich freute mich auf ein paar gemütliche Stunden mit meinem Hauswirt. Vielleicht würde er wieder den Kamin anmachen wie gestern. Seine Aufmerksamkeit mir gegenüber tat mir unendlich gut und mehr und mehr fühlte ich mich wie in einem meiner Lieblingsfilme. Ohne Frage war es der Hauptgewinn, den ich gerade gezogen hatte.

Zügig zog ich mir eine Jeans und ein weißes Sweatshirt über. Die Haare drehte ich zu einem Dutt zusammen und zog mit einem leichten rosafarbenen Lipliner meine Lippen an der Kontur entlang nach. Es sah gut aus und passte zu meinem hellen Teint und den lockigen roten Haaren. Etwas Wimperntusche fehlte noch, damit meine grünen Augen noch mehr zur Geltung kamen. Nachdem ich damit fertig war, drehte ich mich erneut vor dem Spiegel und es gefiel mir, was ich sah. Als ich die Treppe hinunterging, zog mir ein Bratenduft in die Nase, der ein sofortiges Déja-vu von Weihnachten bei mir auslöste. Höchstwahrscheinlich hätte auch eine Currywurst mit Pommes so gut gerochen, denn mittlerweile begann mein Magen zu knurren, als ob ich sechs Wochen gefastet hätte. War das nicht ein gutes Zeichen? Das ich wieder Hunger bekam? Isaak sah mich die Treppe herunterkommen und meinte, ich könne gleich ins Esszimmer gehen, er würde sofort auftragen. Dem folgte ich ohne Wenn und Aber. Christian kam auch gerade aus dem Kaminzimmer von der anderen Seite, und als wir uns sahen, starrten wir uns kurz und gedankenverloren an.

"Bitte. Setzt dich. Geht es dir jetzt besser?" Während wir uns auf die gleichen Plätze wie gestern zurecht rutschten, bestaunte ich erneut die Malerei an der Wand. Ein Hoffnungsschimmer, über den ich mich maßlos freute.

Ich bemerkte, wie Christian jeder meiner Bewegungen folgte.

"Also, wann fängst du wieder an zu malen?" Wollte er wissen.

"Sobald ich meine Utensilien habe und natürlich brauche ich auch eine Menge Platz." Christian lachte.

"An Zweitem sollte es dir hier nicht mangeln. Soll ich einen Service beauftragen, der dir deine Sachen abholt." Isaak kam mit dem Essen und meine Aufmerksamkeit wanderte ungeniert auf die Leckereien, die er auftischte. Es war köstlich, das Fleisch hatte er so zart hinbekommen, dazu den Rotkohl und Kartoffeln. Zum Nachtisch hatte er ein Zitronenmousse bereitet und als wir fertig waren, hatte ich das Gefühl, mich kaum mehr bewegen zu können.

"Dein Appetit ist offensichtlich wieder zurück. Sehr gut." Christian rief Isaak erneut, denn er sah, wie schnell ich fertig geworden war und wollte mir einen Nachschlag verpassen.

"Also, soll ich deine Sachen abholen lassen?" Er blieb eisern mit seiner Frage.

"Wenn es dir nichts ausmacht", gab ich dankend zurück. "Ich könnte es sonst auch alleine mit einem gemieteten Wagen abholen."

"Das könntest du ganz sicher, aber ich glaube, es ist besser, wenn du erst mal nicht mehr in das Haus zurückgehst. Also abgemacht. Gib mir einfach die Adresse, dann kann Isaak anrufen und einen Termin zum Abholen arrangieren." Wie einfach alles für ihn war. Wir nahmen unsere Gläser und zogen rüber in das gemütliche Zimmer. Die Wärme des Kamines und der Sherry wärmten meine Seele von außen und innen.

"Ab morgen muss ich wieder arbeiten, kommst du alleine hier zurecht?" Am liebsten hätte ich ihm gesagt, wie gerne ich ihn hierbehalten hätte, aber das stand mir nicht zu.

"Ja. Natürlich. Und wenn etwas ist, dann habe ich ja Isaak hier." Zufrieden nickte er und schenkte uns erneut nach.

Tiefenentspannt saßen wir auf dem Velours Sofa und schauten in das Feuer. Der Kamin war mit kleinen Fotos behangen und aus der Ferne konnte ich erahnen, dass es seine Eltern waren und er, als er klein war.

"Vermisst du sie sehr?" Fragte ich in die Stille, als ich bemerkte, dass er meinem Blick wieder gefolgt war.

"Meine Eltern? Ja, besonders meinen Vater. Er war ein toller Mann. So ausgeglichen, immer glücklich und meine Mutter war seine große Liebe gewesen." Er stand auf, ging rüber zum Kamin und nahm eins der Fotos ab, um es mir zu zeigen. Ein sehr altes Foto, Christian muss noch sehr jung gewesen sein.

"Wie ist es mit deinen? Wo leben sie?" Fragte er.

"Sie leben in Portsmouth, direkt an der Küste."

"Schön, dass du sie noch hast. Vielleicht können wir mal zu ihnen segeln." Eine großartige Idee. Ich hatte gehofft, dass er das sagen würde.

"Dad hätte sicher nichts dagegen, wenn wir ihn auf eine kleine Tour mitnehmen würden. Mum ist eher die Landkrabbe, ihr wird immer schlecht, egal bei welchem Seegang." Ich musste schmunzeln, denn obwohl die beiden ihr ganzes Leben an der See gelebt hatten und das nie missen wollten, war ihr regelmäßig übel geworden, wenn wir an sonnigen Tagen das Bootleben genossen. Nach und nach sind sie dann nicht mehr hinausgefahren, sondern haben den

Tag nur so auf dem Boot verbracht, während es im Hafen lag und sie sich den Wind um die Nase wehen ließen.

"Nichts lieber als das." Seine Begeisterung spiegelte sich in seinen glänzenden Augen wider. Auf einmal wechselte er das Thema.

"Warum wart ihr eigentlich nicht verheiratet?", fragte er und ging zurück zum Kamin, um das Foto wieder an seinen Platz zu hängen. Es schien mir, als ob er Fragen über meine Vergangenheit hätte, die er sich nicht traute auszusprechen. Noch nicht. Als Arzt wollte er Empathie zeigen und sicher einfach nur mitfühlend sein.

"Ich weiß es nicht. Er hat mich halt nie gefragt." Antwortete ich und schaute dabei kopfschüttelnd und nachdenklich in mein Glas. Wie oft hatte ich mich das in den letzten Wochen gefragt? Als ob Ethan gewusst hätte, dass ihm nach mir noch etwas Besseres über den Weg laufen würde.

"Im Grunde ist es total unromantisch, wenn man zusammenwohnt und kein gemeinsames Ziel hat."

"Wieso?" Fragte ich überrascht. "Man kann doch auch ohne Trauschein glücklich sein. Es kann auch schief gehen, wenn man verheiratet ist. Du machst keine Ausnahme." Christian kratzte sich verdrossen hinterm Ohr.

"Schon richtig, doch wenn man verheiratet ist, überlegt man sich den nächsten Schritt doch eher zweimal."

"Also habt ihr einmal mehr überlegt als Ethan und ich? Und stell dir vor, du hättest jemanden getroffen, in den du dich frisch verliebt hättest, wärst du dann trotzdem bei deiner Frau geblieben?" Seine Logik wollte mir nicht einleuchten.

"Ich glaube an die Liebe Ivy." Er setzte sich wieder neben mich und runzelte die Stirn, was seinem Aussehen keinen Abbruch tat.

"Also hat deine Frau dich verlassen?" "Ja, vielleicht."

"Wo lebt sie denn jetzt?"

"Wer? Harper? Meine Ex Frau?"

"Ja" wollte ich wissen. Denn auf einmal verglühte in mir der kleine Funken Hoffnung, dass ich diesen Mann besser kennenlernen könnte.

"Harper? Sie lebt in London. Wir arbeiten im gleichen Krankenhaus." Ich nippte enttäuscht an meinem Glas.

"Also seid ihr im Guten auseinandergegangen?", wollte ich wissen.

"Ist das nicht die beste Lösung?"

"Schon, ja." Warum konnten die anderen Männer und Frauen, die auseinandergingen, sich immer im guten Trennen, ohne den anderen dabei in die Hölle zu wünschen. Einen Moment kam die Wut, die ich auf Ethan hatte, wieder hoch und ich merkte das mein Gesicht vor Ärger heiß wurde.

"Hast du Fieber? Du hast auf einmal so rote Wangen?" Er rutschte an mich heran und hielt mir die flache Hand auf die Stirn. Der zarte Druck dabei tat so gut, als ob man beim Friseur saß und eine Kopfmassage bekam. Dann nahm er die Hand weg und fühlte an den Wangen.

"Hoffentlich hast du dir auf dem Boot nichts weggeholt." Seine Fürsorge war so rührend, dass ich ihm am liebsten um den Hals gefallen wäre.

"Ich denke, du solltest dich jetzt wieder hinlegen, wir können übermorgen weiterreden. Soll ich dir vorsichtshalber etwas gegen Fieber geben, falls es heute Nacht schlimmer wird?"
"Übermorgen?"

"Ja. Ich muss zwei Schichten im Krankenhaus übernehmen und bin dann am Freitagabend wieder hier." Plötzlich konnte ich nachvollziehen, warum es mit seiner Ehe nicht geklappt hatte. Harper und er hatten sicher oft verschiedene Dienste und so wenig Möglichkeiten, sich zu sehen. Wenn er dann an seinen freien Tagen auch noch auf der Yacht sein wollte und sie nicht klar, dann konnte es langfristig sicher sehr anstrengend werden. Ich leerte das Glas und stellte es auf den Tisch, der vor uns stand.

"Nein, ich brauche nichts, danke. Schlaf du auch gut...und, was sagt man bei euch? Ich wünsche dir ein paar ruhige Schichten?" Ich war angefressen. Diese Idylle hier mit ihm und heute, der Tag auf seiner Yacht hatte mir mehr als gefallen. Mehr als ich wahrhaben wollte. Ohne Weiteres hätte ich mich daran gewöhnen können und da ich als Künstlerin immer Zeit hätte, wenn ich es wollte, hätte ich seine freien Tage mit ihm auf dem Boot verbringen können. Aber wie sollte ich ihn besser kennenlernen, wenn er immer nur mal ein oder zwei Tage hier war. Ich bedankte mich für den schönen Abend und ging nach oben in mein Zimmer.

Mittlerweile war es halb eins geworden, also ging ich mir zuerst die Zähne putzen. Grübelnd stand ich da und überzog die normalen zwei Minuten mit drei weiteren, bis mir die

Zahnpasta zu scharf erschien. Wie konnte es sein, dass mir das jetzt alles quer lag. Der Tag hatte so schön angefangen, aber seine Aussage über seine Ehe machte mich stutzig.

Beim Durchqueren des Zimmers vom Bad zum Bett fiel mein Blick auf meine Klamotten, die immer noch unaufgeräumt auf dem Boden lagen. Die Vermutung war groß, dass Christian mit seiner Ehe nicht fertig war und vielleicht sollte ich doch lieber meine Sachen packen und zu Olivia ziehen. Mit einer Freundin hätte man sicher weniger Probleme als mit einem Mann, der seiner Verflossenen nachtrauert. Und Finley wäre es sowieso lieb gewesen, denn dann hätte er die Hausarbeit, die seine Freundin strickt, versuchte zu umgehen, auf mich abschieben können.

Verdrossen machte ich es mir im Bett gemütlich und schickte Olivia eine Nachricht, ob ihr Angebot zu ihr zu ziehen noch stehen würde. Natürlich würde sie mich aufnehmen, das hatte sie mehrfach angeboten. Als keine Nachricht mehr zu erwarten war, legte ich das Handy auf den Nachtisch und knipste das Licht aus. In dem Moment wurde ich hellwach und so begann eine ganze Stunde des hin und herwälzens, bis ich es nicht mehr aushielt. Obwohl ich so viel gegessen hatte, verspürte ich plötzlich den Drang nach etwas Süßem. Ob ich wohl einfach in die Küche gehen könnte, um in den Schränken nach Schokolade oder Ähnlichem zu suchen. Es ließ mir keine Ruhe.

Je mehr ich versuchte, nicht daran zu denken, desto wacher wurde der Schokoladenteufel in meinem Magen. Er hatte bestimmt etwas und ich war sicher, dass ich es finden würde. Ich machte das Licht wieder an. Im Haus war es ruhig. Leise schlich ich zur Tür. Die Idee schien mir plötzlich gruselig. Ich kannte die Küche ja noch nicht und was, wenn Isaak auf einmal mit Schlafmütze und Kerze in der Hand hinter mir stehen würde, weil er Einbrecher vermutete.

Egal, ich musste etwas finden, sonst würde ich die ganze Nacht wach liegen. Ein paar kleine Lichter waren an und so war es kein Problem, durch den Flur nach unten zu gelangen. Dabei überlegte ich, ob die Tür, an der ich so still wie möglich versuchte, vorbeizukommen, wohl Christians Schlafzimmer wäre.

Die Küche war gut ausgestattet, leider sehr minimalistisch und was ich gehofft hatte zu finden, wollte mir jetzt gar nicht einleuchten, wo ich danach hätte suchen sollen. Nichts stand irgendwo herum, so wie man es in einer Küche vermutete. Ein Korb oder zwei, ein offenes Regal, nichts von alledem. Blanke Türflächen, die selbst jetzt im dämmrigen Licht fast zu glänzen schienen. Verzweifelt suchte ich den Lichtschalter, entschloss mich jedoch zuerst einen kurzen Blick in den Kühlschrank zu riskieren.

Er war voll bis unter die Decke mit Gemüse und allen anderen gesunden Sachen nur keine Schokolade. So ein Mist. Typischer Arzt Haushalt. Die Türen daneben gaben das Geschirr frei und die anderen, die sich aufziehen ließen, enthielten Backwaren wie Mehl und Zucker. Einen kurzen Moment überlegte ich, ob ich mich im Zweifelsfall über den Zucker hermachen sollte, um wieder schlafen zu können. Doch die Idee schien mir zu absurd.

Da fiel mir eine weitere Tür auf, die scheinbar zu dem Tiefkühlschrank gehörte. Vielleicht hatten sie Eis da. Schon komisch, wenn man des Nachts in anderer Leute Kühlschränke herumstöberte. Ich musste über mich selber grinsen und noch mehr, als ich tatsächlich fündig wurde. Schokolade und Erdbeereis. Perfekt. Ich holte die zwei Boxen heraus und versuchte nun die Schüsseln oder einen Teller ausfindig zu machen. Es klapperte etwas, als ich mir einen Teller herausnahm und eine unter den Oberschränken gezogene Lichtleiste schaltete sich automatisch an. Gott, was bin ich zusammengefahren. Dachte ich doch, es hätte mich jemand beim Eis stibitzen erwischt. Obwohl Christian so großzügig war und mich hier wohnen ließ, fühlte ich mich sehr fremd und es wäre mir unangenehm gewesen, wenn er mich hier nachts herumlaufen wüsste.

Ich nahm mir von beiden Sorten eine Riesenportion und wollte zurück ins Bett damit, als ich plötzlich Schritte vor der Küche hörte. Es war Christian. Er kam herein und schaute mich mit ebenfalls sehr wachen Augen an.

"Du kannst auch nicht schlafen?" Fragte er mitleidig.

"Nein, es fehlen scheinbar noch ein paar Kohlenhydrate", erwiderte ich, während ich ihm den Teller mit der übergroßen Eisportion unter die Nase hielt.

"Wow, ein paar ist gut." Irgendwie hatte ich das Gefühl, sein Atem roch leicht nach Alkohol.

"Du wirst einen großen Löffel dafür brauchen." Mit ziemlicher Sicherheit hatte er die Flasche, von der wir am Kamin getrunken hatten, mit nach oben genommen, denn sein Gang war mehr als unsicher, als er zu der Schublade mit dem Besteck ging.

Er öffnete sie, schaute hinein und es sah so aus, als ob er überlegte, was er da eigentlich wollte.

Ich ließ die Hände mit dem Teller sinken. Oh je. Dann stellte ich ihn auf der Kochinsel ab und ging zu ihm hinüber. Fragend guckte er mich an.

"Einen Löffel," wolltest du mir geben. "Und, ich glaube, da sind sie." Ich nahm einen heraus und hielt ihm diesen vor die Nase. Verlegen kratzte er sich an dem drei Tage Bart, der ihn verdammt sexy aussehen ließ. Er grinste mich an und seine weißen Zähne blitzen zwischen den Lippen, die viel heller waren als seine braune Haut und darum so prall und doch so zart aussahen. Er merkte, dass ich wusste, dass er etwas mehr getrunken hatte, doch sein Versuch, die Schultern nach hinten zu ziehen und sich mehr aufzurichten, um so wieder eine andere Ausstrahlung zu bekommen, schlug fehl, indem er erneut ins Wanken kam.

"Also Herr Doktor, ich schlage vor, wir gehen jetzt zusammen nach oben und versuchen die Nacht mit dem zu beenden, was man normalerweise so tut."

Seine Augen hingen auf meinen Lippen und kaum hatte ich dies ausgesprochen, legte er mir seine rechte Hand in den Nacken und zog mich bestimmt an sich. Er küsste mich innig auf den Mund und obwohl es sich wie die beste Schokolade der Welt anfühlte und ich davon mit ziemlicher Sicherheit hätte süchtig werden können, kam mir seine Ex Frau und Ethan in den Sinn, doch ich vertrieb diese Gedanken sofort wieder. Er legte seine linke Hand um meine Hüfte und zog mich enger an sich heran. Meine Gedanken überschlugen sich, während wir neben dem schmelzenden Eis standen und unseren Gefühlen frei Lauf ließen. Für einen Augenblick versanken wir beide in der perfekten Beziehung oder zumindest nur dem Gedanken daran. Seine Berührungen taten so gut und mit klopfendem Herz nahm ich seine Hände auf meinem Rücken wahr, wie sie langsam auf und ab fuhren. Je inniger wir uns küssten, umso mehr konnte ich seinen Geruch wahrnehmen. Ich legte meinen Kopf leicht zur Seite.

"Es gefällt dir nicht?" Fragte er vorsichtig und ich bekam den Eindruck, dass sein Rausch spurlos verschwunden war.

"Und ob es mir gefällt." Meine Stimme war fast nicht zu hören, ich wollte einfach, dass er weitermacht.

"Ich wollte dich nicht...du weißt schon." Er drehte sich weg, setzte die Hände demonstrativ in die Hüfte und starrte die Wand an. Dann drehte er sich zurück zu mir.

"Es tut mir leid, Ivy. Ich habe zu viel getrunken und als du sagtest, wir sollten das machen, was man normalerweise nachts macht, hat bei mir irgendetwas ausgesetzt. Entschuldige bitte." Verlegen schaute ich zur Seite. Ich stand mitten in der Nacht in der Küche eines Mannes, den ich kaum kannte und hatte von ihm den aufregendsten Kuss meines Lebens bekommen. Doch jetzt entschuldigte er sich und mein Herzschlag ging zurück in den Normalmodus. Ich winkte ab.

"Ach alles gut. Wir fühlen uns wohl beide gerade etwas allein. Ist morgen wieder vergessen." Ich kniff die Augen zusammen, denn dies mochte vielleicht für ihn gelten, aber ich wusste, dass ich diese Zärtlichkeiten lange nicht vergessen würde. Er schaute mich an und ich hatte das Gefühl, das mir seine Augen etwas anderes sagten. Doch er drehte sich um, und während er die Küche verließ, hörte ich nur noch ein leises "Schlaf gut Ivy".

Ein paar Momente lang rührte ich mich nicht, horchte, wie er wieder nach oben ging. Dann schaute ich auf das Eis. Die Lust darauf war mir plötzlich vergangen. Ich entsorgte es mit fließend heißem Wasser in der Spüle und suchte stattdessen nach einer Weinflasche. Das musste ich erst mal verdauen und wie ging das besser als mit einer kräftigen roten oder von mir aus auch weißer Traube.

Aus dem Flaschenregal zog ich mir einen heraus, der einen Schraubverschluss hatte, denn ich wollte nicht noch mal eine halbe Stunde nach einem Korkenzieher suchen, da war mir die leicht zu öffnende Variante lieber. Danach verließ auch ich die Küche wieder und beeilte mich, in mein Zimmer zu kommen, damit mich nicht noch jemand mit der Flasche erwischt hätte.

Ich machte mir es im Bett gemütlich, öffnete den Drehverschluss und prostete mir selbst zu. Er mochte mich also auch, wie sagt man doch so schön, dass man im Dusel die Wahrheit sagt. Nun, er hatte zwar nicht viel gesagt, aber die Küsse waren so vielsagend, dass mein Gehirn nur noch auf Wiederholung drückte und je mehr ich von dem Wein trank, desto mehr hatte ich das Gefühl, es erneut zu spüren.

Irgendwann schlief ich ein. Glücklich, aber gleichzeitig auch durcheinander. Es war mir nicht klar, wie ich das Ganze einordnen sollte. Auch Männer haben manchmal nur Bedürfnisse, vielleicht war es das gewesen, nicht mehr und nicht weniger.

Am nächsten Morgen erwachte ich mit mordsmäßigen Kopfschmerzen und konnte kaum die Ziffern der Uhr auf dem Handy richtig erkennen. Die Sonne musste schon vor langer Zeit aufgegangen sein, denn offensichtlich hatte sie mein Schlafzimmerfenster schon umrundet. Durch die Gardinen war es zwar hell, doch sie musste sich schon weiterbewegt haben. Benommen stolperte ich ins Bad. Der Geschmack in meinem Mund war furchtbar, darum stand die Zahnbürste oben auf der Liste. Der Anblick in den Spiegel gab mir den Rest. "Oh Ivy. Jetzt reichts." Befahl ich meinem Spiegelbild. Ich nahm mir vor, den Tag in einem der nächsten Schönheitssalons zu verbringen. "

Als ich mich einigermaßen wieder hergestellt hatte, nahm ich einen erneuten Anlauf, um auf die Uhr zu schauen. Es war fünf nach elf. Als ich unten in der Halle auf Isaak traf und ihn fragte, wo Christian wäre, sagte er mir, dass er schon um acht nach London gefahren wäre. Wie ärgerlich, ich hätte gerne mit ihm darüber gesprochen, was heute Nacht passiert war. Nun musste es bis Übermorgen warten.

"Christian hatte mir gesagt, dass ich einen Umzugsdienst veranlassen soll, Ihre Malutensilien abzuholen. Was glauben Sie, wann es ihrem Ex Freund passen würde, dann rufe ich gleich an." Gute Frage, dachte ich. Vielleicht ist seine Neue nicht berufstätig, dann könnte sie wohl die Pforten öffnen. Ich sagte Isaak, dass ich mich darum kümmern würde, wann dort jemand zu Hause war und ihm dann Bescheid geben. Er nickte einvernehmlich und fragte, ob ich etwas Frühstücken wollte.

Trotz des Hungers, der sich bei mir breitgemacht hatte, zog ich es vor, sofort den Bus nach London zu nehmen. Aus irgendeinem Grund verspürte ich den Drang nach einem Neuen ich. Mit neuer Frisur, vielleicht ein paar Ladykiller Krallen in Rot und nicht das Waxing Studio für die Enthaarung vergessen, müsste sich mein Selbstwertgefühl um einiges verbessern.

Als ich im Bus saß, schickte ich Olivia eine Meldung. Ich wollte ihr nicht alles über das Handy erzählen, also fragte ich sie nur, was sie so macht und das ich auf dem Weg nach London sei, um ein Make over vorzunehmen. Sie antwortete sofort und freute sich für mich, dass ich scheinbar auf dem Weg der Besserung sei, raus aus meinem Frust. Ich versprach ihr, sie am Abend anzurufen, worauf sie sich freute. Am Kensington-Palast stieg ich aus und ging ein paar Straßen zu Fuß weiter. Die Gegend war mir nur zu gut bekannt, Ethan hatte hier seine Kanzlei und ich hoffte inständig, ihm nicht über den Weg zu rennen. Gerade hatte ich den Gedanken zu Ende gedacht, sah ich ihn in der Menschenmenge von vorne auf mich zukommen. Zu spät, ich schaffte es nicht mehr, mich zu verstecken oder umzudrehen und wir liefen uns direkt in die Arme. Sein Gesicht sah sichtlich gestresst aus, wahrscheinlich war er gerade auf dem Weg ins Gericht zu einer Verhandlung.

Mit seiner Aktentasche in der einen und der Tageszeitung in der anderen Hand blieb er vor mir stehen. Fragend guckte er mich an.

"Hallo Ivy, wie geht es dir?" Blöde Frage, wie sollte es mir schon gehen nach meinem Rauswurf. Übertrieben freundlich konterte ich.

"Sehr gut, danke." Erstaunt schaute er mich von oben bis unten an. Auch ich musterte ihn und bei seinem Anblick fühlte sich mein Herz wie ein schwerer Stein in der Brust an.

"Also klappt es gut bei Olivia?" Seine Augenbrauen verzogen sich fragend nach oben, denn ich hatte ihm gegenüber meine Bedenken geäußert die nächsten Wochen, bis ich etwas Eigenes gefunden hätte, bei meiner Freundin zu verbringen. Ich überlegte kurz, ob ich ihm sagen sollte, wo ich gleich nach meinem Auszug gelandet war, doch ich hielt es für besser, das für mich zu behalten. Zu erniedrigend wäre es gewesen, ihm von den Panikattacken zu erzählen, für die er der Auslöser gewesen war.

"Alles bestens, danke, es geht mir gut." Zögernd setzte ich mich in Bewegung, wollte mich gerade an ihm vorbeischlängeln, als mir einfiel, dass Isaak jemanden zum Abholen meiner Malutensilien schicken wollte.

"Wann ist jemand da, damit ich den Rest holen kann?" Ich drehte mich noch einmal um und er zuckte mit den Schultern, gerade so, als ob es ihm total egal wäre, wann ich meine Sachen bekomme.

"Kann ich so nicht sagen, ruf doch vorher kurz durch oder schick eine Nachricht. Ich muss weiter, habe einen Termin. Machs gut." Er drehte sich um und ging. Wie ein kleines Kind, das man stehen lässt, wenn es etwas ausgefressen hat, stand ich da. Wie kann man sich in einem Menschen so irren? Einen Moment lang sah ich noch seinen Kopf zwischen der Hin und Her gehenden Menschenmenge auftauchen, dann war er weg. Ich merkte, dass es angefangen hatte zu nieseln, typisch London. Meinen Regenschirm hatte ich vergessen, aber da ich sowieso auf dem Weg zum Friseur war, war es mir egal. So ein Mistkerl, wie konnte ich nur auf so einen Typen reinfallen. Da scheint Christian wenigstens mehr Glück gehabt zu haben. Bei ihm scheint die Trennung abgesehen von den Gefühlen, glatt zu laufen.

Ich setzte meinen Weg fort und erreichte fünf Minute später meinen Friseur. Schon als ich hereinkam, sah Michelle mir an der Nasenspitze an, dass ich nicht die beste Laune hatte.

"Hey Ivy. Schön, dich zu sehen." Sie kam um den Tresen herum und drückte mich an sich. Wir kannten uns schon aus der Schulzeit und es tat gut, jetzt ein freundliches Gesicht zu sehen.

Kapitel 3

"Dich auch Michelle. Du glaubst gar nicht, wie gut."

"Oh je, das hört sich aber nicht so gut an. Komm, setzt dich erst mal hin. Möchtest du einen Tee oder Kaffee?"

"Ja gerne. Einen Tee bitte." Obwohl es ein kleiner Laden war, waren die Sitze so angeordnet, dass nicht jeder gleich alles mithören konnte, was die Kundschaft mit ihren Friseurpsychologen zu bekakeln hatte. Michelle kam mit einem Pott Tee aus der kleinen Küche, die nur mit einem schwarzen Vorhang verdeckt war, zurück und stellte ihn mir auf die Ablagefläche vor den Spiegel, in dem ich mich schon genau unter die Lupe genommen hatte.

"So, sag mir zuerst, wie du die Haare haben möchtest und dann musst du mir alles von den letzten Wochen erzählen." Sie war guter Dinge, als sie mir den Vorhang umwarf, während ich meine Haare hochhielt und überlegte, wie ich ihr das mit Ethan erzählen sollte. Als kleine Vorwarnung sagte ich ihr, dass ich meine Haare blond haben wollte und kürzer. Das sollte reichen, um ihrer Spürnase mitzuteilen, dass etwas Schreckliches passiert sein musste.

Mit der Bürste in der Hand ließ sie sich auf den nächstbesten Stuhl fallen und kam, mit den Füßen als Fortbewegungsmittel dienend, dichter an mich herangefahren.

"Ok, sag mir zuerst, ob jemand gestorben ist?" Ihre Augen wurden so groß, dass ihr unterer schwarzer Lidstrich regelrecht auseinander bröselte. Sie schlug ein Bein über das andere und lehnte sich zu mir.

"Irgendetwas ist passiert, ich spüre es."

"Ethan hat eine Neue und mich vor die Tür gesetzt." Ich hielt es für das Beste, die Bombe komplett platzen zu lassen. Ein Schluck von dem warmen Tee tat gut. Michelle sprang wie von der Tarantel gestochen auf.

"Das ist doch nicht sein Ernst? Das glaube ich nicht. So ein Wichser." Die anderen Kunden verrenkten sich bei dem letzten Wort die Hälse, hätten sie doch auch gerne den letzten Klatsch mitbekommen. Sie setzte sich wieder hin und tuschelte mit leiser Stimme weiter.

"Wie kommt das denn? Jetzt so plötzlich? Was ist das denn für eine? Meiner Freundin den Mann auszuspannen? Hast du sie gesehen? Wie sieht sie aus?" Ihr Mitgefühl war lobenswert, doch leider zu spät.

"Ich bin schon ausgezogen und weißt du was, es tut nicht mal mehr weh. Ich habe ihn gerade auf dem Weg hierher getroffen. Keine Regung."

"Keine Regung?"

"Nein"

"Du bist nicht traurig? Wann bist du denn ausgezogen?"

"Vorgestern"

"Und dann bist du nicht mehr traurig? Deine dicke Haut möchte ich haben. Ich hätte den Kerl sonst wohin gejagt. Wenn der sich hier noch mal blicken lässt, schneide ich ihm eine Glatze." Ich musste lachen und Michelle begann auch zu grinsen.

"Aber im Ernst, du schneidest jetzt nicht deine Haare ab und färbst sie blond, weil du Single bist? Das wäre der größte Fehler, glaub mir. Du wirst es bereuen." Sie knetete in meinen Haaren herum und fand meine Idee nicht gut.

"Doch, ich brauche etwas anderes. Etwas Schickeres, urbaner, Großstadtfrau ...du weißt schon."

"Sag jetzt nicht blond und Long Bob, oder hast du schon den nächsten Rechtsanwalt an der Angel?"

"Keinen Anwalt, aber ich habe einen netten Arzt kennengelernt." Ich konnte es mir nicht verkneifen, Michelle von meiner Eroberung zu erzählen, obwohl ich nicht mal wusste, ob daraus irgendetwas werden würde.

"Nicht dein Ernst." Mit ihren langen pinkfarbenen Fingernägeln streifte sie sich den Pony nach oben, dann zog sie meine Haare wieder in die Länge, um auszumachen, wie viel ich abgeschnitten haben wollte. Wir einigten uns darauf, dass sie nur ein bisschen kürzt, dann würden sie immer noch bis knapp über die Brust reichen.

"Wenn es denn schon blond sein muss, dann würde ich gleich richtig loslegen, da müssen wir deine Rotpigmente rausholen, das kann dauern." Ich wollte eine Veränderung und als ich dort saß und mich im Spiegel betrachtete, wurde mir klar, dass ich es für mich wollte und keinen Mann, also fing Michelle mit dem Blondieren an. Während sie die Haare abteilte, erzählte ich ihr, was mir passiert war und wo ich jetzt wohnte.

"Wow, da bist du ja vom Regen in die Traufe." Mein Handy klingelte und ich sah, dass es Olivia war.

"Hey, bist du bei Michelle?" Hörte ich sie hektisch mit Lärm im Hintergrund, als ob sie an einer Baustelle vorbei ging.

"Ja, ich bin hier, warum?" Dann war sie weg. Mit einem Klingeln flog die Ladentür auf und Olivia kam hereingerauscht. Sie drehte sich in der Tür und schüttelte ihren Regenschirm nach draußen ab und stellte ihn dann in den vorhergesehenen Ständer. In dem Spiegel konnte ich sehen, wie sie auf mich zueilte. Sie drückte mir von hinten über die Schulter einen Kuss auf die Wange, nahm Michelle in den Arm und warf einen flüchtigen Blick auf meine Haare, die schon anfingen, sich zu verfärben.

"Blond?"

"Ja."

"Ok, ich weiß, es ist sowieso gerade witzlos, dich davon abzubringen." Sie verdrehte die Augen.

"Was machst du hier?"

"Ich habe Pause und dachte, ich komme kurz vorbei." Sie setzte sich neben mich und beguckte ihre nass gewordene Hose.

"So ein Sauwetter, warum muss es in London immer regnen?" Ich sah Olivia an, dass sie superneugierig war. Hektisch guckte sie auf ihre Armbanduhr.

"So, jetzt mal raus mit der Sprache, was ist nun, kommst du zu mir oder nicht? Irgendwie hatte ich mich schon gefreut." Verwirrt guckte sie zwischen mir und Michelle hin und her, da ihr plötzlich einfiel, dass sie ja nicht wusste, ob ich unserer Friseurin schon alles erzählt hatte. Ich beruhigte sie.

"Keine Sorge, Michelle weiß schon alles." Michelle schmierte immer noch die Farbe in die Haare und nickte zustimmend mit dem Kopf.

"So ein super Hammel. Sicher ist es so eine spießige Bankerin, würde zu ihm passen." Ihre abfälligen Worte über das Bankengeschäft ließen Olivia aufhorchen, da Finley ja auch aus der Branche kam, aber sie überflog es dezent.

"Und sicher hat sie blonde Haare", fügte Michelle hinzu, verzog die Augenbrauen und zog eine fast gebleichte Strähne nach oben. Olivia lehnte sich zurück.

"Und deshalb willst du jetzt auch blond werden?" Grübelnd knibbelte sie sich am Ohrläppchen.

"Nein", sagte ich. "Ich kann euch versichern, dass ich das nicht wegen Ethan mache. Ich muss einfach nur etwas mit mir machen. Eine kleine Veränderung tut meiner Seele gut. Und haltet euch fest, ich werde nachher sogar noch die

Nägel machen lassen und mir ein "Brasilien Waxing" verpassen lassen."

"Autsch. Viel Vergnügen dabei." Mit verzogenen Mündern wedelten die beiden die Hand hin und her.

"Wenn die jungen Mädchen das können, kann ich das schon lange." Siegessicher rückte ich mich aufrecht in dem Stuhl zurecht. Die Blondierung fing unangenehm zu riechen an und langsam wurde mir bewusst, warum ich das vorher nie ausprobieren wollte.

"Also warst du mit Christian schon in der Kiste?" Fragte Olivia neugierig, denn er hätte ja einen besonders schönen Knackarsch.

"So? Das habe ich überhaupt noch nicht bemerkt", versicherte ich.

"Natürlich nicht! Deshalb stylst du dich auch bis unter die Zehennägel." Michelle meinte, es wäre immer gut, sein Äußeres von Zeit zu Zeit mal zu ändern, das würde auch andere Männer anziehen. Was wiederum auch erklärte, weshalb sie im zwei Monatsrhythmus ihre Haarfarbe wechselte, genauso wie die Männer an ihrer Seite.

"Wie war denn der Ausflug nach Brighton?"

"Ein bisschen chaotisch. Er hat seine Yacht da liegen. Ein Traum kann ich euch sagen." In meinen Gedanken hatte ich die Malerei in Christians Esszimmer wieder vor Augen.

"Und hat er Kinder? Ist er nicht verheiratet?"

"Keine Kids, keine Frau. Nur eine männliche Haushaltshilfe in einem riesigen Haus." Michelle grinste über beide Backen, während sie mit größter Fürsorge den fortwährenden Aufhellungsgrad kontrollierte.

"Hört sich für mich zu einfach an." Warf Olivia ein.

"Genieße es einfach. Das mache ich auch. Ich habe nie verstanden, warum du mit Ethan so lange zusammen warst. Ich finde, am Anfang ist es immer superinteressant. Da geben sie sich noch Mühe, aber nach ein paar Monaten flaut das doch schon ab." Erneut schaute Olivia auf die Uhr.

"Die Zeit rennt. Ich muss schon wieder los. Also willst du jetzt bei ihm wohnen bleiben?"

"Warum nicht? Das Haus ist groß genug, es liegt dichter an London und über kurz oder lang muss ich mir jetzt hier einen

Job suchen. Ich dachte, ich versuche es mal in den Galerien." Olivia sprang auf und schob den Stuhl wieder zurück zum benachbarten Spiegel. Als sie mich drücken wollte, hielt sie inne, schreckte leicht zurück, da die eingeschmierten Haare im Weg waren.

"Gut. Dein Enthusiasmus für diese Lage in allen Ehren, aber wenn du doch zu mir kommen möchtest, dann sag Bescheid."

"Mache ich." Sie drückte Michelle, eilte zum Regenschirmstativ neben der Tür und warf ihr noch zu, dass sie ihr bitte einen Termin für nächste Woche per Whatsapp zuschicken sollte.

Ihre Mittagspause bei Harrods war stramm bemessen und Häufiges zu spät kommen aus dieser hätte bei mehrfacher Wiederholung zu Abmahnungen geführt.

"Das sie den Job nicht wechselt. Ist ja die reinste Versklavung." Michelle schüttelte den Kopf, während sie ihr nachsah, wie sie durch die Eingangstür verschwand. Als auch ich mich zwei Stunden später mit einer blonden Löwenmähne von Michelle verabschiedete, fühlte ich mich schon total verändert. Es machte auch etwas mit meinem

Inneren. Die roten Haare waren Vergangenheit und somit rückte auch Ethan noch mal ein ganzes Stück nach hinten. Die nächste Station war das Nagelstudio. Der kleine Vietnamese, der mich an dem Eingangsbereich in gebrochenem Englisch nach meinem Wunsch fragte, winkte mich höflich mit zu seinem Arbeitsplatz durch. Ich freute mich auf eine French Maniküre und zu meinem Erstaunen arbeitete er sehr gewissenhaft. Die fünf anderen Frauen, die ebenfalls lustlos auf ihre fertig gewetzten Krallen warteten, guckten einander immer wieder an. Der Acrylgeruch war beißend und je eher man hier wieder herauskam, desto besser. Ich konnte mir beim besten Willen nicht vorstellen, wie man in dieser Luft dauerhaft arbeiten konnte. Ich träumte vor mich hin und die Idee, mich bei einer Galerie hier in London zu bewerben, kam mir wieder in den Sinn. Ein guter Gedanke fand ich, der meinem Einfallsreichtum nur wegen Olivias Nachfrage entsprungen war.

Die Jobs waren zwar immer schnell vergeben, meist sogar an Bekannte, denn wer hätte nicht Lust, in einem Museum oder in einer Galerie zu arbeiten. In Gedanken ging ich die Möglichkeiten durch, wo ich meine Bewerbung abgeben könnte. Das intensive Herumgefummel an meinen Fingern machte mich müde und es schien endlos lange zu dauern. Endlich war er fertig und als ich das Ergebnis bewunderte, fand ich es angemessen, ihm zu dem Preis noch zwei Pfund Trinkgeld zu geben. Er freute sich so sehr, dass sein sowieso schon freundliches Gesicht durch sein Grinsen noch breiter wurde. Sehr cool diese Behandlung dachte ich, als ich das Geschäft verließ. Der Termin für das Waxing stand schon fest, denn als ich bei Michelle gesessen und auf meine Frisur gewartet hatte, hatte ich ihn online gebucht. Als ich dort ankam, musste ich zum Glück nicht lange warten, bevor ich in eine kleine Kabine gebeten wurde und mir nahegelegt, ich sollte mich frei machen und dann nebenan auf die Liege kommen. Als ich anfing, mich auszuziehen, überlegte ich, ob es doch keine so gute Idee war, hierher zu kommen, doch ein kurzer Gedanke an die Länge meiner Beinhaare ließ diesen sofort wieder verduften und mit vollem Enthusiasmus legte ich mich auf die Liege und klappte, wie mir gesagt wurde, alles auseinander. Wie schlimm kann es sein? Schon Besuche beim Gynäkologen waren unangenehm, doch der Schmerz, der mich durchfuhr, nachdem sie das warme Wax ausgiebig auf meine Schamlippen geschmiert hatte, um es dann mit gekonnt gedrehtem Griff in die Höhe zu reißen, war auf der Skala eins bis zehn gefühlt wie einhundert.

"Bisschen empfindlich, was? „Ihre weißen Zähne blitzen mir entgegen, als ich mich krümmend und die Hand in den Schritt drückend zu ihr aufsah.

"Empfindlich? Das ist die reinste Häutung." Mir war nicht klar, ob dieser Schmerz normal gewesen war oder ich irgendeiner Bestrafung ausgesetzt wurde, von der ich noch nichts wusste. Bedächtig versuchte ich auszumachen, ob ich irgendwann in meinem Leben etwas Schlimmes angestellt hatte, was diese Folter notwendig machte.

"Und jetzt die Beine? Sind die auch so schlimm?"

"Beine, nein, erst hier fertigmachen." Auch sie sprach nur gebrochen Englisch und versetzte mich mit ihrer Aussage in die reinste Panik. Ängstlich kniff ich die Beine übereinander, sodass kein rankommen an meine zutiefst geschändete Vulva mehr möglich war. Eifrig versuchte sie dagegen zu arbeiten und mir die Beine wieder auseinanderzudrücken. Da sprang ich ihr von der Pritsche. Ich hielt die Hand hoch und brachte sie mit der abwehrenden Bewegung zum Stoppen. Verzweifelt, nicht ihren Job zu Ende ausführen zu können, hielt sie inne.

"Aber Sie nicht fertig...wie sehen aus..." Ihre Augen rollten, den Hinweis zu bestärken, nach unten zwischen meine Lenden. Ihre Worte gaben Anlass zum Nachdenken. Verstört guckte ich zwischen meine Beine und musste zugeben, dass sie recht hatte. Ich sah aus wie ein Skinhead. Die eine Seite blank poliert, die andere buschig rot. Ich war in der Zwickmühle. Wie sah ich bloß aus.

"Ich machen vorsichtiger." Sie ließ nicht locker und vertrauenswürdig ließ ich mich erneut auf die Folter ein.

"Sie machen öfter, dann nicht mehr so weh tun." Mit diesem Satz und einer erneuten Armbewegung in die Höhe verging mir das Waxing bis an mein Lebensende. Nie wieder würde ich mir das antun. Mit einer kühlen Lotion cremte sie mich ein und sagte dann lachend:

"Nun fühlen, ist wie Po von Baby." Fast musste ich mir einen wütenden Blick verkneifen, doch wie sagt man so schön, wer nicht hören will, muss fühlen. Bingo. Nachdem ich dann den Rest noch überstanden hatte, wollte ich raus aus der Stadt. Der Bus fuhr alle Viertelstunde und so konnte ich gleich beim Busbahnhof einsteigen. Als ich mich auf einen der letzten leeren Plätze setzte, wurde ich durch leichtes Drücken und Ziehen nochmals auf meine gelassenen Haare aufmerksam gemacht und unbemerkt rutschte ich von einer Pobacke auf die andere.

Der Feierabendverkehr hatte begonnen und die Busse waren wie immer überfüllt. Müde und hungrige Gesichter, die zu ihren Lieben nach Hause heimkehrten. Es war lange her, dass ich längere Touren mit dem Bus zurückgelegt hatte, denn als ich in London gewohnt hatte, war es einfach überall hinzukommen. Zur Not nahm man sich ein Taxi. Die Rückfahrt war länger als die Hinfahrt, da er nun jeden kleinen Ort vor London abklapperte, um auch den letzten Fahrgast nach Hause zu bringen. Eine Stunde später kam ich bei Christians Haus an. Isaak kam mich in der Eingangshalle sofort begrüßen und staunte über meine neue Frisur.

"Sie waren beim Friseur?" Er wirkte wie gestern, doch nicht so entspannt.

"Ja, ich brauchte mal eine Veränderung Isaak. Kennen Sie das, wenn Ihnen etwas auf dem Magen liegt? Dann ist es am besten, man fährt zum Friseur." Er hörte zu und nickte zustimmend mit dem Kopf, als ich sah, dass seine Augen zur Tür des Kaminzimmers wanderten.

"Ich glaube nicht, dass Isaak das kennt. Oder Isaak? Er kommt für gewöhnlich nicht in Situationen, wo ihm etwas im Magen liegt." In scharfem und leicht abfälligem Ton hörte ich Schritte hinter mir näherkommen und drehte mich um.

"Ich bin Harper, Christians Frau. Und Sie sind?" Mein Herz glitt kurzfristig in die Kniekehlen und zurück an seinen Platz. Ich sammelte mich, verstand aber nicht, was sie hier machte.

"Sie können Ivy zu mir sagen. Ich wohne hier." Eine elegante und wunderhübsche Frau stand vor mir. Ihre haselnussbraunen Augen stachen aus dem leicht blässlichen Gesicht hervor. Die Lippen waren so zart und geschwungen, dass selbst eine Frau gut auf den Gedanken kommen könnte, sie küssen zu wollen. Plötzlich verstand ich Christian. Rein optisch waren sie das perfekte Paar. Was hatte ich mir gedacht. Natürlich lässt man so eine Frau nicht gerne gehen. Ihr gelbes Kleid saß sehr tailliert und die schlanken, braunen Stiefel rundeten das Bild ab. Ihre Haare waren blond mit einem natürlichen Rotstich. Aus irgendeinem Grund schaute ich auf ihre Hände, denn es war für mich fast nicht zu glauben, dass ein so zartes Wesen als Ärztin tätig war. Um sie herum ein Duft von Jasmin, der selbst mir die Sinne vernebelte.

"Ivy?" Wie Cruella höchstpersönlich wiederholte sie äffend meinen Namen, während sie missbilligend die Augenbrauen nach oben zog.

"Christian hat Ihnen also erlaubt, hier zu wohnen?"

"Ja, er hat mich eingeladen." Wie ein Wolf schlich sie um mich herum. Isaak stand schützend hinter mir, er würde es bestätigen, da war ich mir sicher.

"Isaak, warum hast du mir nicht gesagt, dass wir Besuch haben?" Mit überfreundlicher Stimme, breitem Grinsen und Hände reibend guckte sie uns abwechselnd an. Isaak schien sichtlich verwirrt. Er räusperte sich und während er in die Hand hüstelte, nuschelt er leise, dass er das gleich nach ihrem Eintreffen erwähnt hätte.

"Ich muss wohl etwas anderes im Kopf gehabt haben. Nun, Christian ist heute im Krankenhaus und wird nicht nach Hause kommen." Ihr affektiertes Getue ging mir jetzt schon auf die Nerven. Was wollte sie hier? Isaak stellte die Frage, auf die ich mich in den letzten zwei Stunden gefreut hatte.

"Möchten die Damen etwas essen?" Ich hoffte inständig, dass sie Nein sagen würde.

"Danke mein Lieber, aber ich werde noch eine paar Freundin besuchen. Würdest du mir bitte ein weiteres Bett in Christians Schlafzimmer beziehen, ich komme dann später." Mit energischem Schritt ließ sie uns stehen und eilte nach draußen. Es war für Isaak wohl nicht zu übersehen, dass ich tief durchatmete, als sie draußen war und augenblicklich das Quietschen von Reifen zu vernehmen. Sie war weg. Fragend guckte ich Isaak an.

"Wohnt sie noch hier?" Den mit Falten umrandeten Mund zusammenziehend entwich ihm ein leichtes Schmunzeln.

"Als Christian vor Monaten eine alte Bekannte mitbrachte und sie ein paar Tage hier wohnen ließ, dauerte es ganze zehn Stunden, bis sie es erfahren hatte und hier auftauchte." Er winkte ab, drehte sich in Richtung Küche.

"Ich mache Ihnen etwas zu Essen Ivy, keine Bange, sie kommt nicht zurück. Sie musste nur mal den Platzhirsch raushängen lassen."

Seine Worte gingen runter wie Butter.

"Danke Isaak, ich habe einen Riesenhunger."

"Schöne Haarfarbe, wenn ich bemerken darf." Er zwinkerte mir mit einem Auge zu und ging in die Küche.

Als ich die Treppe heraufging, überlegte ich, wie wohl Christians Schlafzimmer aussehen würde und ob darin noch

Gegenstände von seiner Frau bzw. Ex-Frau zu finden wären. Kurz blieb ich vor der Ersten Tür stehen, doch es war zu gewagt. Was, wenn sie wiederkommen oder mein Gastgeber überraschend auftauchen würde, wie stände ich dann da? Mit knurrendem Magen legte ich nur kurz meine Jacke und Tasche ab, wusch mir die Hände und freute mich darauf, was Isaak mir kredenzen würde. Unten kam mir schon der Geruch von einem leckeren Menü entgegen, wahrscheinlich hatte er nur etwas von gestern in der Mikrowelle warm gemacht. Ich klopfte an der Küchentür und er rief mir zu, ich möge doch um Gottes willen ohne klopfen die Küche betreten. Die Mikrowellenvariante war zu einfach. Er musste wieder gekocht haben und er war gerade dabei, in den verschiedenen Töpfen etwas für meinen Teller herauszufischen.

"Kochen Sie jeden Tag Isaak? Es riecht so gut und ich könnte glatt ein ganzes Schwein verdrücken, so ausgehungert bin ich."

"Hm, mit einem ganzen Schwein kann ich nicht dienen, aber es ist nicht weit davon entfernt. Es gibt heute Rindergulasch mit Karotten und glacierten Kartoffeln." Erneut holte er mit der Kelle noch mehr Gulasch und platzierte es vorsichtig auf dem ohnehin ziemlich vollen Teller. Offensichtlich machte mein Hunger ihm Freude.

"Ich koche sehr gerne, habe es von meiner Mutter gelernt und Mr. Christian hat in der Stadt nie richtig Zeit, um etwas Ordentliches zu essen." Er stellte mir den Teller an den großen eleganten Tisch, fügte eine Servierte dazu und platzierte Messer und Gabel darauf.

"Sie können auch im Esszimmer essen, wenn Ihnen das lieber ist."

"Nein, es ist in Ordnung Isaak, ich sitze gerne hier bei Ihnen" Er war der Opa, den ich nie hatte. Wie glücklich musste Christian sein, ihn zu haben. Jemand, der sich um ihn sorgte, sogar wenn er nicht im Hause war.

"Setzten Sie sich zu mir Isaak?" Er hatte ein so ruhiges Wesen an sich, das ich das Bedürfnis hatte, ein bisschen mit ihm zu reden. Er nahm sich seine Teetasse, schenkte sich erneut ein und kam zu mir an den Tisch.

"Es ist sehr nett von Christian, dass er mich hier wohnen lässt." Das Essen schmeckte ausgezeichnet und er sah mit zufriedener Bestätigung seiner Kochkünste mir dabei zu, wie ich es verschlang.

"Er ist ein feiner Kerl, aber er arbeitet zu viel."

"Finden Sie? Aber er hat doch zwischendurch immer wieder frei."

"Wenn er hier in Lewisham in seiner Praxis ist, ist er manchmal vor zehn Uhr am Abend nicht fertig." Das hatte ich vergessen. Er hatte ja nicht nur die Anstellung im Krankenhaus.

"Wo ist denn die Praxis?"

"Wenn Sie gegessen haben, kann ich sie Ihnen gerne zeigen." Er nippte vorsichtig an seinem heißen Tee. Als ich dabei sein Gesicht musterte, sah ich, dass er einmal ein sehr gut aussehender Mann gewesen sein musste.

"Oh ja. Gerne. Christian meinte, ich könne mir eins von den vielen leeren Zimmern zum Malen aussuchen. Vielleicht können Sie mir dabei helfen. Es ist viel, was da noch bei meinem Ex abzuholen ist." Er schaute mich an und in seinen Augen glitzerte ein Funken vor Freude. Die schlappen Augenlider verzogen sich zu Falten, die ihn noch älter machten, doch sehr sympathisch erscheinen ließen.

"Aber natürlich, ich helfe Ihnen sehr gerne."

"Sagen Sie doch einfach Ivy zu mir, das fände ich cooler." Ich grinste ihn an und sein englischer Charme erlaubte ihm ein zaghaftes Lächeln, das er mir zurückschickte.

"Gerne." Antwortete er. Zwar hätte ich ihn gerne noch viel mehr über Christian ausgefragt, aber ich hielt es für das Beste, damit zu warten. Der erste Schritt war getan.

"Haben Sie...hast du denn schon einen Termin zum Abholen?"

"Nein, aber das kläre ich später. Ich würde gerne so Zeitnahe wie möglich wieder malen. Wissen Sie, das Gemälde im Esszimmer, von Christians Yacht hat mich umgehauen. Es ist so fantastisch gemalt und ich habe mir gedacht, wenn ich meine Bilder in diesem Stiel male, dann müsste es endlich möglich sein, mehr zu verkaufen."

"Hast du denn sonst nie welche verkauft?" Er kippte den letzten Schluck aus der Tasse hinunter und schaute mich fragend an.

"Es war nie so wirklich das, was man sich als Künstler vorstellt. Hier und da mal eins, aber leben konnte ich davon nicht." Er stand auf und stellte seine Tasse wieder auf die Küchenbank zurück.

"Da bin ich gespannt, deine Malereien zu sehen, wenn wir die Sachen hier haben." Er schaute auf meinen mittlerweile leer gefegten Teller.

"Es hat ganz hervorragend geschmeckt Isaak. Vielen Dank." Ich stand auf und ging mit dem Teller zum Geschirrspüler und stelle ihn hinein.

"So, ich bin fertig für die Schlossführung." Er schaute kontrollierend auf den Herd, ob er alles ausgemacht hatte. Viel hatte ich bis dahin von dem Haus noch nicht zu sehen bekommen und ich freute mich wie ein kleines Kind. Es war ein sehr großes Haus mit einem Flügel, in dem ich die Praxis von Christian vermutete. Wir gingen durch die langen Flure und kamen als Erstes zu einem Wintergarten, der einen verträumten Blick nach draußen zuließ.

Die großen Fenstertüren ließen sich automatisch öffnen und als Isaak neben der Eingangstür auf einen Knopf drückte, schoben sich die zwei mittleren langsam zur Seite. Sofort hatte man den Eindruck, man würde mitten im Grünen stehen. Das Licht, das nun noch heller in das Zimmer schien, versetzte mich einen Augenblick in ein Gefühl von Wärme, die meinen ganzen Körper durchflutete. Vor der großen hellen Terrasse war ein kleiner See und die gestutzten

Bäume erinnerten schwer an die Parkanlage des Kensington-Palasts, in dem ich so oft mit Olivia in der Mittagspause gesessen hatte. Isaak sah meinen ehrfurchtsvollen Blick vor diesem Prunk.

"Du kannst dich hier aufhalten, wann immer du willst." Er ging vor und machte Anzeichen, das ich ihm folgen sollte. Wir gingen durch das große lichtdurchflutete Zimmer, das mit hellen Möbeln und Palmen eingerichtet war. Ich ging hinter ihm her und verdrehte den Kopf neugierig nach rechts und links.

"Wenn man das hier täglich hat, dann braucht man ja gar nicht mehr in den Urlaub zu fahren."

"Mr. Christian ist auch sehr gerne hier." Er zeigte mit dem Finger auf den See.

"Er gehört auf der anderen Seite den Nachbarn. Aber sie sind meist in ihrem Wochenendhaus an der See."

Als wir in dem großen geöffneten Fenster standen und der komplette Blick nach draußen sichtbar wurde, hatte ich das Gefühl, in einem Märchen gelandet zu sein. Was für ein Luxus. Nach modernstem Design war auch die Ausstattung der Terrasse angefertigt. Sitzmöbel mit blau-weiß gestreiften

Auflagen, Palmen und Sonnenliegen, die etwas weiter ab auf einer höher gebauten Trasse nebeneinanderstanden. Ich konnte nicht abwarten, wenn ich mit Isaak fertig mit der Runde war, wieder hierher zurückzukommen und Olivia Fotos davon zu schicken. Das wird auch sie umhauen.

Wo bin ich nur gelandet. Kein Wunder, das Harper das nicht aufgeben will. Obwohl sie als Ärztin sicher auch gut verdiente, aber ein großes Haus so in stand zu halten, wäre wohl auch mit ihrem Gehalt schwirig. Als ob mir meine Frage auf der Stirn gestanden hätte, erklärte Isaak mir, dass das Haus in Christians Familie war und er es komplett neu saniert hatte.

"Es ist wundervoll geworden. Ich könnte nur hier in diesem Zimmer leben und wäre der glücklichste Mensch der Welt." Ich drehte mich um meine eigene Achse.

"Wollen wir weiter?" Ich war bereit für mehr von diesem atemberaubenden Haus.

Isaak schloss die großen Schiebetüren genauso einfach mit einem Druck auf dem Knopf, wie er sie geöffnet hatte und wir beguckten die nächsten Räume. Ein Arbeitszimmer, ein Fitnessraum mit allen erdenklichen Geräten, um sich auszupowern. Diverse Gästezimmer, die allesamt den gleichen Blick auf den See hatten. Endlich kamen wir in die Praxis. Mehrere Räume, die schon allein durch den Geruch steril wirkten, fast ein kleines privates Krankenhaus, dachte ich. Eine Eingangstür, die man erreichte, indem man draußen um die Hälfte des Hauses herumging, so konnten die Patienten hierher gelangen. Der kleine Tresen mit Hardwareausstattung und zwei angrenzenden Behandlungsräumen war ordentlich strukturiert und nun bekam ich einen zweiten Eindruck von Christian und seinem Leben. Hatte auch Harper hier mit ihm gearbeitet? Was für ein perfektes Paar und Leben die beiden gehabt haben mussten. Isaak stand ruhig hinter mir. Ich glaube, er wusste, was in meinem Kopf vorging.

"Es ist eine schöne Praxis. Sagt man das so?" Mir fehlten ein bisschen die Worte, denn im Vergleich zu dem ehemaligen Ärzteehepaar hatte ich vergleichsweise ein armseliges Leben geführt. Dennoch bin ich mit Ethan ein paar Jahre sehr glücklich gewesen. Langsam verschwand draußen die Sonne und wir begaben uns zurück in den langen Korridor, der wieder nach hinten zur Eingangshalle führte.

"Jetzt gehen wir noch in die obere Etage. Ich bin sicher, dass wir da ein geeignetes Zimmer für dich finden werden."

Meine trüben Gedanken verließen mich wieder, denn die vorderen Räume des Hauses strahlten jetzt schon eine bekannte Gemütlichkeit aus, in der ich mich zurechtfand. Isaak ging vor mir her, doch ließ er Christians Zimmer aus. Wir gingen weiter, auch vorbei an meinem und zwei Türen dahinter betraten wir einen Raum, der fast so groß war wie mein Atelier bei Ethan.

"Er liegt gen Süden", sagte Isaak und durchschritt das Zimmer, dass außer ein paar Schränken komplett leer war. "Also müsstest du genug Licht haben, um malen zu können." Er zog die Vorhänge etwas zur Seite, um mir die Aussicht zu zeigen. Perfekt dachte ich. Aus dem Fenster konnte man direkt in die Hauseinfahrt gucken. Die kleine Allee der Bäume inspirierte mich sofort zu einer Malerei und ich hoffte inständig, dass dies der richtige Ort wäre, um einen neuen Start zu machen.

"Du kannst es dir einrichten, wie du möchtest. Christian wird nichts dagegen haben." Tja, er vielleicht nicht, aber was mit seiner scheinbar über griffigen Ex Gattin? Ich verscheuche den Gedanken, denn es war Christian selbst, der mir das Angebot gemacht hatte, egal, was Harper davon hielt.

"Ich finde es fabelhaft Isaak." Meine Laune stieg, obwohl ich von dem Trubel in London heute ziemlich müde war, hätte ich mich am liebsten sofort an die Arbeit gemacht.

"Das freut mich. Dann auf ein gutes Gelingen." Er vergrub seine Hände in den Taschen und schmunzelte mich fröhlich an. Wir plauderten noch ein bisschen über die Möglichkeit, wie und wo ich meine Staffelei hinstellen könnte, wie wir den Fußboden abdecken würden. Wir schmiedeten einen richtigen Plan und ich mochte Isaak von Minute zu Minute mehr. Der Anruf bei Ethan stand mir allerdings noch bevor, aber er war unumgänglich. Scheinbar interessierte es ihn nicht, wann ich meine Sachen abholen könnte. Ich hatte weder Interesse noch Zeit, mich weiter mit ihm zu beschäftigen, also schickte ich zuerst eine WhatsApp-Nachricht an ihn mit der Bitte um einen festen Tag und Uhrzeit, wann die Abholung passen würde. Eine Stunde später erhielt ich eine Antwort. Zu meiner Überraschung wollte er mir die Sachen durch einen Boten bringen lassen und ich sollte ihm noch mal die genaue Adresse von Olivia durchgeben. Ich wunderte mich, denn er wusste ganz genau, wo Olivia und Finley wohnten und Christians Adresse wollte ich ihm nicht mitteilen, aber es blieb mir nichts anderes übrig. Sollte er sich ruhig Gedanken machen, wie ich so schnell zu dieser Anschrift gekommen bin. Seine Reaktion, als ich ihm diese geschickt hatte, fiel dementsprechend verwundert aus und ich freute mich darüber. Etwas irritiert kam die Reaktion, dass er es morgen bringen wird, ob ich anzutreffen sei. Ich schrieb ihm zurück, dass das Passen würde. Isaak war wieder nach unten gegangen und ich hatte es mir ein bisschen auf dem Bett gemütlich gemacht, während ich die Nachricht an Ethan verfasst hatte. Die Tortur meiner Enthaarung war immer noch zu spüren, selbst auf der weicheren Matratze und ich fragte mich ernsthaft, warum ich mir das angetan hatte. Die neue Haarfarbe war ungewohnt, doch fühlte ich, dass zu meiner jetzigen Neuen Welt eine Veränderung gut passte. Mein Spiegelbild gab mir recht. Gemütlich rückte ich mich im Bett zurecht, und als ich endlich die beste Stellung gefunden hatte, scrollte ich konzentriert auf dem Display herum. Mir fehlte ein Tisch, es konnte ruhig ein Günstiger sein, um meine Farbtuben, Pinsel und was ich sonst noch so brauchte, neben mir an der Staffelei zu platzieren. Sicher würde Ethan mir den alten Tisch, den ich bei ihm dafür genutzt hatte, nicht mitliefern. Ziemlich vertieft suchte ich nach dem geeigneten Objekt, als es an der Tür klopfte.

"Ja, bitte." Rief ich verwundert und nahm an, dass es Isaak war. Ich unterdrückte ein Gähnen, während ich mich vorsichtig auf die andere Pobacke drehte, damit ich mich mehr der Tür zuwenden konnte. Es war Christian. Gut gelaunt schaute er mit schrägem Kopf durch die nur wenig geöffnete Tür herein.

"Störe ich dich?" Gott, dachte ich, wie konnte er mich denn stören.

"Nein, überhaupt nicht. Ich suche gerade einen Tisch für meine Malutensilien aus." Und hob zum Beweis mein Handy in die Höhe. Er öffnete die Tür und kam mir ein paar Schritte entgegen.

"Das brauchst du nicht, wie haben so viele alte Möbel in den Garagen, da findet sich sicher etwas." Er sah umwerfend aus, wie er da vor mir stand. Seine gutsitzende schwarze Bundfaltenhose ließ seine Figur wieder voll zur Geltung kommen. Das weiße Hemd etwas aufgeknöpft, sodass der Halsausschnitt zu sehen war. Es zog sofort meinen Blick auf sich. Die leicht gebräunte Haut ließ auch die Fingernägel heller erscheinen, wodurch die Hände noch attraktiver wirkten. Seine starken Augenbrauen unterstützen das volle Haar und gaben dem Gesicht einen markanten männlichen Ausdruck.

"Oh, neue Haarfarbe?" Seine braunen Augen blinkten kurz auf. Ein leises Seufzen entwischte mir, denn ich wollte eigentlich aus dem Bett herauskommen. Ich fand es unangenehm, so sitzen zu bleiben, während wir uns unterhielten und bei dem Versuch aufzustehen durchzog mich erneut ein leichter Schmerz zwischen den Beinen.

"Alles gut?" Ich winkte ab. Einem Arzt konnte man so leicht nichts vormachen.

Gequält rappelte ich mich an die Bettkante.

"Jaja, alles bestens, keine Sorge." Ich versuchte unbemerkt einmal tief Luft zu holen und stand auf. Er schaute mir zu, ließ sich aber nicht anmerken, dass er ganz genau wusste, dass mich irgendetwas im unteren Teil meines Körpers plagen würde, doch er war diskret genug, mich nicht erneut zu behelligen, was es denn sei. Mein Versuch von mir abzulenken, funktionierte.

"Ich dachte, du bist bis morgen in London?" Ich konnte mir nicht vorstellen, warum er hier war. Vielleicht hing es mit Harpers Besuch zusammen.

"Ja, ach ja." Verlegen schüttelte er den Kopf und kratzte sich auf dem Deckhaar. "Ich konnte mir freinehmen. Es waren wenig Patienten und so kann ich meine Überstunden abbummeln." Langsam konnte ich mich wieder richtig aufrichten, der Schmerz ließ etwas nach, je länger ich stand, doch er schien konstant zu bleiben und nicht mehr wegzugehen. Mein erneuter tiefer Seufzer ließ Christian nun doch aufhorchen.

"Was ist los, du hast doch irgendetwas?" Unruhig stammelte ich vor mich her.

"Ich war beim Waxing und es tut noch ziemlich weh." Fürsorglich ging er ohne einen Kommentar aus dem Zimmer und ich hörte ihn nur noch die Treppe hinuntergehen.

Bedeppert stand ich allein gelassen da. Mir war schon klar, dass er einen Zaubertrunk oder Ähnliches aus seiner Praxis holen würde, hoffentlich keine Spritze gegen Tollwut, die er mir dann in den Allerwertesten piksen würde. Verzweifelt suchte ich im Zimmer umher, um irgendwie beschäftigt auszusehen, wenn er wieder kommen würde. Mein Blick fiel auf meine immer noch auf dem Boden liegenden Sachen. Schnell öffnete ich den Schrank und holte eine Tüte, damit es so aussehen würde, als wäre ich am Einsortieren. Gerade zog ich ein völlig zerknülltes Kostüm heraus und wollte es auf den Bügel hängen, als er schon wieder in der Tür stand.

"Isaak kann es für dich bügeln. So solltest du es nicht aufhängen." Nickend stimmte ich ihm zu.

"Ja, ich sollte es wohl erst bügeln." Ich nahm es wieder von der Stange und hielt es in der Hand. Christian guckte mich mit einem besorgten Gesichtsausdruck an und hielt mir eine Creme unter die Nase.

"Ein Leichtes Antibiotika. Nur dünn auftragen. Damit verhinderst du, dass sich etwas entzündet." Ich kam mir dumm vor, wie ich so vor ihm stand. Warum hatte ich das überhaupt alles gemacht? Was hatte ich mir dabei gedacht? Das er gleich mit mir in die Kiste hüpfte und Luftsprünge machte, weil ich blond und rasiert war. Mit einem mulmigen Gefühl ging ich zurück zum Bett und setzte mich auf die Kante.

"Danke, es war eine dumme Idee." Gestand ich ihm. "Und nun habe ich den Salat." Mit einem leisen Lächeln kam er zu mir herüber und setzte sich an teilnehmend neben mich.

"Schon OK. Ich bin Arzt. Du glaubst nicht, was ich in meinem Leben schon alles gesehen habe." Aufmuntert guckte ich zu ihm.

"Da war zum Beispiel mal diese Frau, sie hatte aus Frust, weil ihr Mann sie verlassen hatte, nicht nur ein Waxing machen lassen, sondern ein paar Piercings gleich danach." Ich horchte auf.

"Und es hatte sich alles entzündet." Mein Gesicht verzog sich emphatisch, denn die Schmerzen konnte ich gut nachvollziehen.

"Und du musstest sie behandeln?"

"Ja, es war mein Notdienst. An einem Wochenende. Ich musste ihr die Piercings wieder entfernen." Langsam fing ich an zu schmunzeln, was in ein mitleidiges Lachen überging.

"Autsch, es sah nicht gut aus, als ich ihr die Ringe da unten...du weißt schon...wieder rausholen musste." Wir lachten beide. Nicht das es Schadenfreude gewesen wäre, es war vielmehr die Genugtuung, dass auch andere Frauen, die sonst voll im Leben standen, in Krisensituationen, nicht immer die besten Entscheidungen trafen. Abrupt stoppte ich und schaute ihn an.

"Danke", sagte ich ihm, denn das Schönste, was es gibt, sind Freunde, wenn man sich schlecht fühlte und Christian schien auf dem besten Weg ein solcher zu werden. Dann konnte ich es akzeptieren, wenn er seine Frau noch nicht vergessen hatte und sie ihn wohl auch nicht. Er stand auf und kniff ein Auge zusammen.

"Die Moral von der Geschichte, lass dir bitte keine Intimpiercings machen, nur weil ein Mann dich sitzen gelassen hat."

"Werde ich nicht, darauf kannst du dich verlassen."

"Großartig. Hast du Lust, noch ein Glas Wein mit mir zu trinken?"

"Ja, gerne", sagte ich und hielt die Cremetube in die Höhe.

"Nachdem ich das erledigt habe."

"Ich warte unten auf dich." Er ging durch den Raum und schloss die Tür hinter sich. Ich atmete tief durch und las die Gebrauchsanweisung, während ich in das Bad ging. Als ich die Untaten meiner Dummheit und nackten Tatsachen beschaute, war ich froh über die Creme. Ich hatte das Gefühl, dass es sofort lindernd wirkte und war unendlich dankbar dafür. Die rot lila Stellen meines Intimbereiches sahen aus, als wären sie in eine Quetschpresse geraten. Vor Wut stieß ich einen Fluch aus. Wie konnte man denn jemanden so zurichten? Wäre ich noch mit Ethan zusammen gewesen, hätte er dieses blöde Rupfhuhn verklagen können. Ich brauchte dringend einen Schluck Wein oder sonst irgendetwas Alkoholisches, um meine Empörung zu dämpfen.

Zum Glück hatte Christian schon eingeschenkt, als ich zu ihm in das gemütliche Zimmer mit dem Kamin kam.

Ich setzte mich neben ihn auf das Sofa und es fühlte sich schon jetzt an, als ob es immer so sein würde. Wir zwei zusammen den Abend an einem knisternden Feuer ausklinken lassen und sich die Erlebnisse des Tages bei einem Glas Wein erzählen.

"Geht es jetzt?" Erkundigte er sich. Ich nahm einen riesigen Schluck aus dem Glas, wobei mir durch den Schwung zum Mund ein paar Tropfen an der Seite aus dem Mund liefen und auf mein weißes T-Shirt tropften.

"Na toll." Christian zog sofort ein Taschentuch aus der Hosentasche und wollte mir die Tropfen vorsichtig abwischen, doch da er dabei auf meinem Busen herummasiert hätte und es selbst wohl unpassend fand, drückte er es mir in die Hand und lehnte sich wieder zurück.

"Danke. Es scheint heute nicht mein Tag zu sein." Vorsichtig wischte ich die roten Flecken in alle Richtungen, sodass sie sich zu hellroten und noch größeren verformten.

"Es ist mir egal", gab ich seufzend von mir und gab das Unterfangen auf.

"Man hat mal so einen Tag dazwischen. Nimm es dir nicht so zu herzen."

"Die Creme tut ihre Wirkung." Sagte ich ihm und dass ich darüber mehr als froh sei.

"Du entwickelst dich offenbar zu meinem Lebensretter." Er nickte. "Und das bin ich gerne." Sein liebevoller Gesichtsausdruck mit dem warmen und beruhigenden Blick seiner Augen ließ mich augenblicklich dahinschmelzen, als er zusätzlich noch die Augenbraue hob und seinen Mund verzog, als ob er bereit wäre, mir einen erneuten Kuss zu geben. Genauso wie gestern Nacht dachte ich. Genauso hatte er den Mund vorher bewegt. Erst jetzt bemerkte ich, dass er mich ganz anders anguckte und obwohl die Wärme des Kamins zu uns herüberstrahlte, hatte ich kurz das Gefühl, als würde ich eine Gänsehaut und ein Leichtes frösteln verspüren.

"Darf ich dir noch etwas einschenken?" Ich hielt mein Glas in der Hand und hatte nicht bemerkt, dass ich es schon leer getrunken hatte. Ich nickte nur und hielt es ihm entgegen.

"Das freut mich. Man kann sie auch gut benutzen, wenn man Rosen geschnitten hat und sich daran verletzt hat." Erklärte er mir, während er einschenkte. Ich schüttelte ein wenig den Kopf. "Ich....ich kenne mich mit Rosen gar nicht aus." Plötzlich war die Situation zwischen uns verändert. Er fuhr sich mit der Hand durch die Haare, als ob er nach Worten suchen würde, jedoch gerade nichts Vernünftiges über die Lippen bringen könnte, dann lachte er.

"Sie können sehr stachelig sein, deshalb rasiert man ihnen mit einem Messer die Stacheln ab, bevor man sie in die Vase stellt." Meine Hemmschwelle war mit dem ersten Glas nach unten gerutscht und auf diese Anspielung meines intimen Kahlschlags konnte ich nur mit dem Kissen, das rechts neben mir lag, reagieren. Ich griff instinktiv zu und schleuderte es ihm direkt ins Gesicht.

"Das ist gemein" rief ich zu ihm rüber, während ich versuchte auszuholen, um es ihm erneut, wieder und wieder über den Kopf zu donnern.

"Hey, das war nicht so gemeint, sollte keine Anspielung auf deinen gerodeten Acker sein." Er lachte so lange und laut, dass auch ich endlich herzhaft mitlachen konnte. Es tat gut sich so kindisch zu benehmen und Christian konterte, indem er versuchte, meine Handgelenke festzuhalten. Als er es geschafft hatte, sie fest zu umschließen, hielten wir inne und guckten uns aufgeregt in die Augen. Unser lauter Atem und das Auf und Ab unserer Brust war deutlich zu sehen und zu hören. Unsere Augen glühten vor Hitze und Aufregung, was jetzt kommen würde. Es fühlte sich an wie in meinen Liebesfilmen, wo der erlösende Kuss des Verlangens folgte, doch meine Erwartungshaltung auf einer ebenso feurigen Berührung unserer Lippen wurde jäh unterbrochen. Ich schnappte nach Luft.

"Mein Gott Christian, was ist denn hier los?" Hörten wir plötzlich ein fast hysterisches Schreien von der offenen Tür herüber. Abrupt ließ er mich los und wir sprangen auf.

"Harper! Was machst du denn hier?" Er strich sich die Haare zurück, die durch das Kissen völlig zerwühlt waren und steckte sich das Hemd weiter in die Hose. Wie angewurzelt standen wir nebeneinander, als ob uns der Lehrer in der Schule beim Rauchen erwischt hätte.

Harper warf uns einen kurzen, aber strafenden Blick herüber.

"Scheint ja eine lustige Runde zu sein." Ihr perfektes Outfit saß auch jetzt noch genauso faltenfrei, wie vorhin, als sie losgefahren war. Lässig kam sie auf uns zu und warf gekonnt ihre Handtasche auf dem Beistelltisch neben der Tür ab.

"Möchtest du auch einen Wein?" Christian hatte sich wieder gefangen und war schon im Begriff, ihr ein Glas aus der Vitrine zu holen.

Kapitel 4

"Ja, warum nicht, vielleicht kann ich dann an eurem Ringelpiez mit anfassen mitmachen." Für einen Moment glaubte ich, sie wäre eifersüchtig, doch es schien fast, als ob sie es unterschwellig ernst meinte. Christian bot ihr seinen Platz auf dem Sofa an und stellte ihr Glas davor auf dem Tisch ab. Genau neben meinem. Mir war warm von dem Feuer und der Kissenschlacht und mein Magen schnürte sich bei dem Gedanken, wie mein T-Shirt aussah zu. Nicht der Augenblick, wie man seine vermutlich ärgste Feindin treffen wollte. Schnell besann ich mich eines Besseren, denn es war möglich, dass die beiden wieder zusammenkamen, und darum unterdrückte ich meine innere, aufflammende Leidenschaft für diesen Mann. Ich schaute ihn an, während die beiden anfingen, sich über das Krankenhaus zu unterhalten. Ich konnte nicht wirklich zu der Unterhaltung beitragen und fing an, mich überflüssig zu fühlen. Mein starr auf Christian gerichteter Blick wurde von Harper wahrgenommen, doch sie ließ mich mit ihrem Gespräch merken, dass ich ihr in Bezug auf ihre Tätigkeit als Ärztin nie das Wasser reichen könnte, denn natürlich ging Christian voll darauf ein. Das war ihre Art, mich wissen zu lassen, dass sie immer noch die Nummer eins wäre.

"Hast du Pete heute noch getroffen?" Fragte sie Christian wichtig. "Ich wollte ihn eigentlich fragen, wie es der Patientin ergangen ist, die er vorgestern in der OP hatte. Ich habe ihn den ganzen Tag nicht gesehen." Sie überging mich mit ihrem Gespräch völlig, sodass ich aufstand und murmelte den beiden zu, dass ich ins Bett ginge. Überrascht fasste sie sich an den goldenen Anhänger auf ihrer Brust.

"Aber doch nicht wegen mir Kindchen?" Ich drängelte mich an ihr vorbei und schaute Christian noch einmal in die Augen und grinste.

"Nein. Mein Arzt hat mir eine Salbe verschrieben und die muss ich pünktlich auftragen, sonst kann ich vielleicht nie wieder…" Ich beendete den Satz nicht und verließ den Raum. Mit einem Mal wirkte ihr Benehmen auf mich lächerlich. Was wollte sie denn noch hier, wenn die beiden schon geschieden waren. Als ich die Treppe hinaufging, hörte ich noch, wie sie Christian fragte, ob er wüsste, um was für eine Salbe es sich handeln würde. Ich konnte mir sein Grinsen deutlich vorstellen und ging zufrieden in mein Zimmer. Ich schmiss mich aufs Bett und mein Herz fing an zu pochen, als ich an das eben erlebte, dachte. Zu dumm, dass sie ausgerechnet in diesem Moment gekommen ist. Hätte sie nicht ein paar Minuten später kommen können. Früh am nächsten Morgen wurde ich von hektischem Hin und Her Gerenne und lauten Stimmen auf dem Flur geweckt. Kleine Wortfetzen konnte ich verstehen und schlich mich leise an die Tür, denn mein siebter Sinn sagte mir, dass es um mich ging.

"Du bist doch kein Samariter.......du musst doch nicht immer jeden retten. Ein Atelier...hier? In unserem Haus?"

Es war klar. Es ging um mich. Es passte Harper nicht, dass ich hier wohnen durfte. Leise schlich ich zurück ins Bett, rutschte tiefer, um die Wärme der Bettdecke erneut auf mich wirken zu lassen und begann zu grübeln. Wie doof muss man eigentlich sein, wenn man bei dem Ex noch so einen Aufstand macht. Ich verscheuchte meine Gedanken über den Radau im Flur und kuschelte mich noch einmal ein. Der Moment auf dem Sofa gestern war heiß gewesen, ohne Frage. Ich schluckte hart an den Gedanken, wie es sich angefühlt hätte, wenn wir uns erneut geküsst hätten. Die Stimmen im Flur wurden leiser, wodurch ich zufrieden die Augen zumachte und davon träumte, mit Christian auf seinem Boot zu sein. Ein herrlicher Sommertag, an dem wir erneut einen Ausflug machten. Ich konnte die salzige Luft schmecken und der Wind wehte mir die Haare über das Gesicht. Immer tiefer versank ich in diesem wundervollen Traum, der sich so realistisch anfühlte, als würde ich es tatsächlich erleben. Christian hielt mir die Hand, als wir vom Steg auf das Boot hinübersprangen und fing mich liebevoll auf. Allein die Berührung unserer Hände löste eine Welle von Glücksgefühlen in mir aus, die mir total den Kopf verdrehten. In der Ferne war das Klopfen eines Fischers zu hören, der sein Boot restaurierte. Plötzlich schien das Klopfen lauter zu werden und ich schreckte hoch. Es hämmerte an meiner Tür und ein gewisser wütender Unterton war in dem energischen Donnern zu erahnen. Noch völlig in meinem Traum verschluckt ging ich zur Tür und öffnete sie.

Es war Harper. Sie hatte beide Hände in die Hüfte gesetzt und ihre Augen sprühten Funken der Wut auf mich.

"Das hast du dir wohl schön ausgedacht? Bis mittags im Bett liegen und dann irgendwann aufstehen und ein paar Bilder malen!" Verwirrt schaute ich sie ungläubig und müde an.

"Soviel ich weiß, ist es für Ihren Ex Mann ok. Also wüsste ich nicht, was Sie das angeht." Sie verdrehte die Augen und als sie mich wieder fokussierte, hatte ich das Gefühl, sie würden gleich aus den Höhlen springen und direkt in meinem Gesicht landen. Also trat ich einen Schritt zurück, falls sie auch noch vorhatte, die Klauen auszufahren. Sie bemerkte meinen Rückzug und versuchte sich zu sammeln."

"Du hast genau zwei Stunden, um hier zu verschwinden Ivy. Christian ist wieder ins Krankenhaus gefahren und wird erst heute Abend wieder da sein. Wir sind uns einig, dass das nicht der richtige Platz ist, deinen Liebeskummer zu durchleben." Erstaunt guckte ich sie an. Christian hatte ihr erzählt, dass ich frisch getrennt war? Ich schluckte und verzog die Lippen.

"Okay, dann werde ich mich fertigmachen und ein Taxi rufen." Mir blieb nichts anders übrig als Rückzug. Immerhin schien es für Christian in Ordnung zu sein, dass sie hier ein und aus ging, als wären sie ohnehin noch verheiratet.

"Prima, dann wäre das ja geklärt. Falls du Hilfe zum Packen brauchst, kann ich Isaak Bescheid geben." Meine Beine fühlten sich flau an. Der zweite Rauswurf innerhalb einer Woche, das war zu viel. Meine Stimme klang zittrig, als ich dankend ablehnte. Ich hatte nicht einmal Christians Handynummer, um ihm eine Meldung zu schicken, aber wollte ich das überhaupt. Ihn darum bitten, in diesem Haus weiter wohnen zu dürfen, wenn seine Ex Frau es nicht wollte. Es sah aus, als hätte ich mich in ihm getäuscht. Vielleicht hatte ich auch zu viel hineininterpretiert, in den Kuss in der Küche, in seine freundliche Art, der Tag in Brighton auf seiner Yacht. Die Kissenschlacht gestern auf dem Sofa und unsere Blicke, die tiefer nicht hätten sein können.

Geknickt ging ich zurück in mein Zimmer und ließ die Tür vor Harper ins Schloss fallen. Ich machte mich sofort daran, mich zu waschen, anzuziehen und die notwendigen Sachen zusammen zu suchen. Zum Glück war noch nicht viel ausgepackt, also konnte ich den Rest zügig in die Taschen obendrauf quetschen. Als ich fertig war, stand ich erneut vor den Scherben meines Daseins und redete mit mir selbst.

"Was für ein Weichei. Hat nicht die Eier in der Hose es mir selber zu sagen." Wut und Enttäuschung überkam mich. Der kurze Traum vom ruhigen Leben in diesem Haus löste sich in Sekundenschnelle in Rauch auf. In Gedanken sah ich die Bilder vor mir, als Isaak mir das Haus zeigte. Der Wintergarten mit dem Ausblick auf den See und das herrliche Zimmer, in dem ich mein Atelier haben sollte. Scheinbar konnte Christian Harper nichts verwehren, was mir als eindeutiges Zeichen schien, dass er mit ihr wirklich noch nicht abgeschlossen hatte. Als ich fertig war, nahm ich mein Handy und rief Olivia an.

"Hey, na wie geht es meiner Lieblingsmalerin?" Ihre Stimme klang fröhlich und es tat gut, einen Menschen zu haben, dem ich vertrauen konnte. Sofort fiel mir ein, dass ich Ethan auch noch Bescheid sagen musste, damit er meine Utensilien nicht hierher lieferte.

"Olivia...." Druckste ich herum."...kann ich doch bei dir wohnen?" Erstaunlicherweise kam eine Antwort, mit der ich nicht gerechnet hatte.

"Das hatte ich mir schon gedacht. Natürlich kannst du das." Einen Augenblick war es still zwischen uns. Sie hatte es vor mir kommen sehen und ich konnte mir unschwer ihr sarkastisches Grinsen vorstellen.

"Soll ich dich abholen?" Fragte sie, um mir ein weiteres Gefühl der Sicherheit zu vermitteln, denn meine erstickenden Worte ließen sie instinktiv wissen, dass ich kurz vorm Heulen war.

"Hast du denn Zeit dafür?" Seufzte ich und hoffte inständig, dass sie es ernst meinte.

"Ich bin schon unterwegs Süße." Ich spürte ein paar Freudentränen in mir aufsteigen, versuchte sie aber gleich wieder zu unterdrücken, denn ich wollte Harper nicht den Triumph gönnen, mich so zu sehen. Olivia brauchte ungefähr zwanzig Minuten bis hierher, also konnte ich noch entspannt alles nach unten tragen. Als ich die Treppe mit den ersten zwei Taschen hinunterging, traf ich Isaak unten in der Halle. Sein Gesicht sah sorgenvoll aus, doch es schien mir unangebracht, ihn zu fragen, ob alles in Ordnung sei, denn Harpers hallender Ton ihrer Pumps war im Nebenzimmer zu hören.

"Kann ich Ihnen helfen?" Er schaute mich so lieb an, als ob er sagen wollte geh nicht Ivy, ich halte es mit der Frau hier allein auch nicht aus, nimm mich bitte mit. Doch seine Lippen blieben verschlossen. Ich konnte mir gut vorstellen, dass er Harper immer sehr respektvoll behandelt hatte, doch hatte er sicher auch mehr Ruhe ohne sie hier im Haushalt.

"Nein Danke, Isaak. Sie haben schon so viel für mich getan, ich schaffe das auch eben allein." Er nickte mich verständnisvoll an und verschwand in der Küche. Es schien fast, als würden wir uns auch ohne Worte verstehen und es tat weh, obwohl wir uns nur so kurz kannten, auch ihn zu verlassen. Zwanzig Minuten später hatte ich alles vor dem Hauseingang in der großen Auffahrt platziert und stand erneut vor meinem Umzugschaos. Ich hatte Harper nicht mehr gesehen und hielt es nicht für nötig, mich von ihr zu verabschieden. Ich zog die Tür von draußen zu und guckte in die Ferne der Auffahrt, ob ich Olivia schon kommen sah. Ein großer Seufzer folgte auf eine tiefe Atmung. Was war nur los in meinem Leben. Das war nicht a la Hollywood. Da ging immer alles gut aus, doch bei mir schien das Chaos Potenzial nach oben zu haben.

Olivia kam mit ihrem alt aussehenden Wagen die Auffahrt entlanggefahren und ich musste grinsen. Sie war eine gute Freundin, mir sofort aus dieser Lage zu helfen. Ihr Seitenfenster war heruntergekurbelt und bevor sie vor mir zum Stehen kam, winkte sie mir aus diesem schon entgegen.

"Na du Trauerkloß, bist du bereit?" Sie versuchte mich aufzumuntern, indem sie übertrieben, fröhlich wirken wollte, doch ich durchschaute ihren Plan.

"Es ist ok, du kannst dir das sonntags grinsen sparen, es war von Anfang an eine Schnapsidee."

"Selbsterkenntnis ist der erste Weg zur Besserung," jubelte sie und stieg aus. Ich umarmte sie herzlich, denn es tat so gut, einen normalen Menschen zu sehen.

"Lass uns einpacken und dann weg hier."

"Was ist denn passiert?" Wir beluden ihren Kofferraum und die Rückbank so schnell, das gelernte Möbelpacker sich eine Scheibe hätten abschneiden können.

Als ich die Hintertür zuschlug und mich selber auf den Beifahrersitz setzen wollte, hielt ich einen Moment inne und schaute wehmütig auf die Frontansicht des Hauses." Olivia saß schon und hatte den Motor angelassen.

"Komm schon. Hier hast du nichts mehr verloren." Ich stieg ein und wir fuhren los. Die Auffahrt schien mir unendlich lang und als wir an dem großen geöffneten Tor hindurchfuhren und nach rechts abbogen, sah ich von weit hinten einen Wagen kommen, der dem von Christian glich. Einen Moment irritierte es mich, denn Harper hatte gesagt, er wäre nach London gefahren, doch Olivia gab Gas und ich wollte mich nicht mehr umdrehen. Ich wollte nach vorne gucken und all das hinter mir lassen, was sich in den letzten Tagen zu schnell in mein Herz geschlichen hatte. Trübe schaute ich auf die Landschaft und die Wolken. Es war ein windiger Tag und sie zogen schnell am Himmel entlang. Ich spürte Olivias Blicke von der Seite, dann legte sie mir ihre Hand auf meine.

"Das wird schon wieder. Wir machen heute einen Frauenabend. Nur wir zwei."

Ich schaute zu ihr hinüber und schenkte ihr ein dankbares Lächeln.

"Das wäre nicht die schlechteste Idee. Ist Finley denn nicht da?"

"Nein, er ist auf einer Tagung, kommt erst morgen wieder."

"Ah, ok." Auch wenn ich Finley mochte, doch es war entspannend zu wissen, dass wir zwei heute allein sein würden.

"Willst du deine Haare nicht wieder umfärben?" Sie guckte kurz auf meine blonden Haare und griff nach einer Strähne, während sie das Auto durch die engen Gassen einer kleinen Ortschaft bugsierte.

"Ich habe ganz andere Probleme als meine Haare."

"Was denn? Bist du etwas schwanger?" Sie bremste das Auto etwas ab, um für den eventuellen Schock gerüstet zu sein.

"Wie kommt ihr alle darauf? Warum muss man denn immer gleich schwanger sein?"

"Gleich ist gut, du bist immerhin schon neununddreißig," lachte sie herausfordernd. Nein, ich bin nicht schwanger, es sei denn, das klappt auch durchs Küssen."

"Ihr habt euch geküsst?.....jetzt wirds spannend. Los raus damit, was ist passiert?" Sie schlenkerte vor Aufregung und Neugierde kurz mit dem Lenkrad.

"Pass auf, sonst landen wir noch im Krankenhaus und dann muss ich diesen Eierlosen Typen womöglich wieder sehen" Ich war so wütend auf Christian, dass er nicht selber den Mut gehabt hatte, mir zu sagen, dass ich bei ihm nicht wohnen könnte.

"Durch das Waxing habe ich eine vaginale Entzündung bekommen." Es kam mir einfach über die Lippen und Olivia prustete lauthals los.

"Du hast was? Was ist das denn? Was hat denn dein Dr. Frankenstein mit dir gemacht? Hat er dich so genagelt, dass du davon krank wirst?" Ich schlug die Hand vor den Kopf.

"Nein, es kommt durch das Waxing, hör doch zu." Ich guckte besorgt auf die Straße und riet Oliva erneut, sie solle mehr auf den Verkehr achten.

"Oh Mann. Das hört sich echt mies an. Und was tut man dagegen?" Sie verzog schmerzhaft das Gesicht.

"Christian hat mir eine Salbe gegeben, aber ich habe sie heute noch nicht genommen."

"Und wann habt ihr euch geküsst?" Sie schlenkerte schon wieder. Zum Glück war es nicht mehr weit bis zu ihrer Wohnung.

"Ich erzähle es dir nachher bei einem Glas Wein." Versprach ich, damit wir überhaupt heil ankommen würden. Wir passierten ein paar typische kleinere englische Geschäfte, die meist mit einem guten und vielfältigen Sortiment aufwarteten und ich schlug ihr vor zu halten, um etwas zu trinken, zu kaufen. Sie hielt an der nächsten Bushaltestelle, damit ich kurz zu dem Geschäft auf der anderen Straßenseite laufen konnte. Obwohl ich mich hier nicht auskannte, lief ich Schnurstracks durch den Laden und fand das Gesuchte ganz hinten. Zwei Flaschen schienen mir ausreichend und auf dem Weg zur Kasse griff ich noch aus der fatalen fetten Chips Ecke eine Riesentüte heraus. Zwei alte Damen standen vor mir an der Kasse und diskutierten mit der Angestellten die Angebote, die im Laden nicht zu finden waren, und sie musste aus ihrem kleinen Kasten rauskommen und ging selber los, um das Gewünschte zu holen. Zwar hatten wir es nicht eilig, aber ich dachte daran, dass Olivia an der Bushaltestelle stand, wo es eigentlich verboten war zu parken. Nervös schaute ich umher, ob die Kassiererin schon wieder auf dem Rückweg war. Fehlanzeige. Da fiel mein Blick auf das Regal mit den Zeitungen und Magazinen. Die blonden, auf 18 Jahre getrimmten Frauen darauf grinsten mir entgegen und irgendwie sahen sie alle gleich aus. Photoshop dachte ich nur und wollte mich gerade wieder der Kasse zuwenden, als meine Aufmerksamkeit auf eine Teilnahmeausschreibung fiel. Das Magazin schien auf den ersten Blick für die ältere Generation, doch las ich darunter, dass jede Altersklasse aufgefordert war mitzumachen. Warum nicht. Ich klemmte die Zeitschrift unter den Arm. In der Zwischenzeit war die Kassiererin wieder an ihrem Platz angekommen und hatte zwei zufriedenen Kundin das Gewünschte geholt. Nachdem sie alles in ihrer Rolltasche verstaut hatten, konnte ich bezahlen und beeilte mich zurück zum Auto.

"Hast du den ganzen Laden leer gekauft? Das hat eine Ewigkeit gedauert."

"Nein, die zwei älteren Damen vor mir hatten noch ein paar Extrawürste und die Kassiererin musste los." Nachdem ich die Weinflaschen und die Chips hinter mich auf die Rückbank gequetscht hatte, suchte ich sofort den Artikel, der zu der Überschrift des Magazins passte.

"Was hast du denn da? Ein Klatschblatt?"

"Ein Wettbewerb. Diesmal nicht nur für die Teenies, sondern für die reifere Generation."

"Oha. Und da willst du mitmachen? Schräge Idee."

"Es gibt zehntausend Pfund zu gewinnen. Die könnte ich jetzt gut gebrauchen."

"Dann fang mal an, deine Mumu zu pflegen, die müssen nämlich meistens auch in Bikinis posieren." Sie schielte ein bisschen auf den Artikel und grinste dabei. Ich las Olivia das wichtigste aus dem Artikel vor.

"Um an dem Wettbewerb teilnehmen zu können, senden sie bitte ein Foto ihres Gesichts und zwei Ganzkörperfotos an...." Ich schlug das Magazin zu.

"Du musst Fotos von mir machen." Olivia bog gerade in ihre Einfahrt ein und brachte das Auto zum Stehen.

"Ich soll Fotograf für dich spielen?" Wir stiegen aus, öffneten die hinteren Türen, um schon einige Taschen mit reinzunehmen. Schwer bepackt gingen wir die Treppe zu ihrer Wohnung nach oben. Unter ihr wohnte eine indische

Familie mit 4 oder vielleicht auch 5 Kindern und es roch immer nach Essen. Der ganze Hausflur miefte nach Curry und anderen Gewürzen, was einem gefühlt sofort in die Klamotten zog und dort hängen blieb. Es war eng. Eine ganz andere Welt als die, in der ich drei Jahre mit Ethan gelebt hatte und auch die letzten drei Tage. Olivias drei Zimmer Wohnung war klein, aber gemütlich, wenn man von der Unordnung absah. Vielleicht war es auch eine geordnete Unordnung, es war schwer nachzuvollziehen, dass sie so viel herumliegen, lies.

"Komm, wir stellen deine Sachen hier herein, bis ich dir einen Schrank freigemacht habe." Zweimal gingen wir noch Hin und Her, dann hatten wir alles in das kleine Zimmer mit den gelben Gardinen gestellt, dass sie und Finley als Büro und Abstellraum nutzen. Wir standen in der Türschwelle und ich konnte sehen, wie es bei Olivia im Hirn ratterte, wo wir am besten ein Bett platzieren konnten.

"Ich weiß, es ist nicht so wahnsinnig gemütlich, aber wir können dir da hinten ein Gästebett aufstellen. Dann liegst du zwar gleich neben dem Schreibtisch oder warte mal." Sie ging rüber zu dem alten Tisch, der sicher vom Flohmarkt kam, oder Urgrossmutters Dachboden und schob ihn etwas an die andere Wand.

"Mach dir doch nicht so viel Umstände, es ist mir egal. Hauptsache, ich kann irgendwo schlafen", wollte ich sie beruhigen, denn es war mir irgendwie unangenehm, den beiden auf die Pelle zu rücken." Sie blieb energisch und holte das Gästebett aus der Abstellkammer.

"Das hierher...und...nachher räume ich alles vom Tisch herunter. So, dann kannst du hier die Klamotten hinlegen, die man zusammenlegen kann und zum Aufhängen finden wir auch noch etwas." Sie räumte und kramte sogar noch einen ebenso alten Nachtisch mit Lampe hervor, sodass es zum Schluss ihrer Umräumaktion sogar ganz gemütlich aussah. Als alles fertig war, setzten wir uns nebeneinander auf mein Gästebett.

"Schön ist es nicht, aber besser, als irgendwo bei einem hirnlosen Frankenstein zu wohnen, der sowieso nicht weiß, was er will." Ich runzelte die Stirn. Wie gerne hätte ich mir gewünscht, in dem Haus zu wohnen, am Abend mit Christian vor dem Kamin einen Wein zu trinken, aber auch das musste ich mir aus dem Kopf schlagen. Olivia hatte recht. Sie klatschte mir mit der Hand aufs Bein.

"Weißt du was? Wir gehen jetzt und machen es uns im Wohnzimmer gemütlich. Wollen wir etwas zu Essen bestellen?" Zwar hatte ich heute noch nicht viel gegessen, aber in Anbetracht meiner scheinbar andauernden Pechsträhne, war mir eh mehr nach Trinken zumute.

"Lass uns einfach den Wein nehmen. Mir langt es für heute."

"Hm." Sie schaute mich an, während sie in der Küche nach einer Menükarte für außer Haus Bestellungen alle Schubladen durchforstete.

"Hurra. Ich wusste doch, sie ist hier irgendwo." Lecker, lecker, lecker hörte ich sie murmeln, als sie die vier Seiten durchblätterte. Ich seufzte, denn sie würde nicht lockerlassen. Ihr Mama Getue mir gegenüber musste wohl sein. Ich hätte, wäre es andersherum gewesen, genauso gehandelt.

Sie bestellte uns eine Familienpizza mit Hollandaise Soße und Meerestieren. Als ich zuhörte, wie sie sie bestellte, war der Gedanke daran doch nicht so abwegig, etwas zu mir zu nehmen. Mit Gläsern und den Flaschen gingen wir rüber in ihr Wohnzimmer. Die Wände hätten längst eine neue Farbe vertragen und mir war, als ob es ein wenig nach Finleys Gras roch, aber ich verscheuchte den Gedanken schnell wieder, denn nun war dies fürs Erste mein Zuhause. Die Sofaecke war Weinrot und sehr gemütlich, sodass wir beide kichernd darin versanken und uns ein Glas Wein genehmigten.

"So, jetzt trinken wir mal auf deine wiedergewonnene Freiheit, meine Süße. Sei froh, dass du die Deppen los bist." Feierlich erhob sie ihr Glas, während sie mit ihrer Rede fortfuhr.

"Und ich wünsche dir einen neuen Start. Mit allem, was du jetzt anfangen wirst."

Ich musste unweigerlich anfangen zu grinsen, denn es tat gut, jemanden zu haben, der einem endlich mal etwas Gutes wünschte. Die Herren der letzten Jahre waren eher weniger an meinem Wohlbefinden interessiert. Im Hintergrund lief "Sex in the City" und als leise das Lied von Liza Minnelli "all the single Ladys" kam, griff Olivia sofort nach der Fernbedienung und drehte die Lautstärke voll hoch. Ich konnte gerade noch mein Glas abstellen, als sie mich auch schon mit hochzog, um den wohlbekannten Tanz neben der Couch mitzutanzen.

Laut jubelten wir die bekannte Szene mit:" oh oh oh ....oh oh oh." und versuchten der achtzigjährigen Schauspielerin auf dem Bildschirm Konkurrenz zu machen, wie sie mit ihrem schwarzen Long Shirt und Overknees rockte. Lachend und schnaufend schmissen wir uns wieder in das tiefe Sofa. Gut eine halbe Stunde später kam der Pizzabote, der erstaunlicherweise nicht indisch, sondern typisch englisch aussah. Seinem Akzent nach zu urteilen, musste er aus einer anderen Grafschaft kommen. Olivia rief mich ebenso an die Tür und tat, als ob die Pizza falsch geliefert worden sei. Ich verdrehte die Augen, als ich nun auch in der Tür stehend bemerkte, dass sie ihn nur auf den Arm nehmen wollte. Er sah verdammt heiß aus, und als sie ihn zur Klärung der Lage hereinbat, fiel mir ein, wie viel Spaß wir beide früher immer gehabt hatten. Es war eine ihrer typischen Aktionen, um einen Mann dingfest zu machen. Während er unsicher im Flur stand, tippte sie immer wieder erneut auf die Wiederholungstaste des Telefons, damit er annahm, sie würde bei dem Italiener anrufen, von wo die Lieferung kam. Zwischendurch fragte sie ihn unnachgiebig nach seinem Status. Er presste die Lippen zusammen, denn sicher warteten unten im Wagen noch mehr Aufträge und er bangte sichtlich darum, dass die Zeit ihm im Nacken saß.

"Wo kommst du denn her?" Fragte sie ihn.

"Aus Edinburgh."

"Und wie lange lebst du schon hier?"

"Ein paar Monate, ich will hier studieren, deshalb der Job Mam. Ich brauche ihn, deshalb würde ich jetzt gerne wieder los, wenn......."

"Mam? Du brauchst mich doch nicht Mam nennen. So alt bin ich nun auch wieder nicht." Olivia war sichtlich entrüstet und ich konnte mir vor Lachen nicht mehr den Mund zu halten und verkroch mich in der Küche, von wo aus ich weiter zuhörte.

"Das hatte ich nicht gesagt Mam", verteidigte er irritiert seine Aussage.

"Also weißt du was? Ich nehme die Pizza." Ich hörte, wie sie den Hörer auf das Sideboard im Flur knallte und mit dem Geld herumhantierte.

"Hier, und wenn du mal ein bisschen Nachhilfe in Englisch brauchst, kannst du dich gut an mich wenden." Endlich hechtete er aus der Tür und zu seinem Auto zurück.

"Was war das denn? Willst du ihm Englisch Unterricht geben?" Ich kam aus meinem Versteck und wir gingen mit der überdimensionalen Pappschachtel zurück ins Wohnzimmer.

"Das war doch kein Englisch, eher ein Kauderwelsch. Typisch Schottland."

Sie verdrehte die Augen. "Aber schnuckelig war er schon, oder?"

"Olivia, er war halb so alt wie du."

"Na und. Die müssen doch auch mal angelernt werden. Wahrscheinlich wissen die in Edinburgh gar nicht, wie guter Sex geht. Weißt du, wie es sich anhört, wenn die sagen: Ich liebe dich?" Sie erhob sich mit dem Weinglas in der Hand, streckte es gen Zimmerdecke und imitierte einen Schauspieler auf der Bühne.

"Tha gaol agam ort." Sie schaute zu mir hinunter aufs Sofa, prostete mir zu und nahm einen großen Schluck aus ihrem königlichen Kelch. Ich prustete los bei ihrer Darbietung.

"What the fuck...woher kannst du denn Gälisch? Du solltest zum Theater gehen."

"War ich schon." Sie lehnte sich zurück und schloss einen Moment die Augen. Da fiel mir die Zeitung mit dem Wettbewerb wieder ein, und als auch ich ein paar Stücke der Pizza geschafft hatte, holte ich sie, um den Artikel erneut zu lesen.

"Kannst du mich stylen und Fotos von mir machen? Gleich morgen? Einsendeschluss für die Auswahl ist schon Übermorgen." Meinem flehenden Dackelblick konnte sie nicht widerstehen.

"Du hast Glück, ich habe diese Woche noch frei." Ich sprang auf dem Sofa ein Stück näher an sie heran und drückte sie fest an mich.

"Wir können auch gleich jetzt loslegen", schlug sie bereitwillig vor.

"Was? Du meinst jetzt hier im Wohnzimmer?"

"Ja, warum nicht. Umso mehr Fotos wir haben, umso eher finden wir die Richtigen, die du dann wegschicken kannst. Warte mal, ich habe da so eine Idee." Entschlossen nahm sie mich an die Hand, um in ihrem Schlafzimmer die Schätze ihrer Schrankunterwelten zu erkunden. Sie stupste mich vor dem Bett, sodass ich zwangsläufig darauf zum Sitzen kam.

"Du bleibst dasitzen." Schon war sie tief in ihre Garderobe abgetaucht und ihr Hintern streckte sich mir entgegen.

"Was kramst du denn da unten?" Ich warf mich mit dem Oberkörper auf ihrem Bett Hin und Her, um vielleicht einen vorzeitigen Blick zu erhaschen auf das, was sie da scheinbar sehr intensiv zu suchen schien.

"Ich hab´s gleich. Moment.......Jetzt." Mit einem Ruck zog sie einen grauen Plastiksack hervor, der flusig oben mit einem Gummiband zusammengehalten wurde. Neugierig schaute ich auf die Tüte und hoffte inständig, es mögen keine alten, muffigen Kleider sein, die ich jetzt anziehen sollte.

"Was....was ist das?" Schon bereute ich es ein wenig, ihr von meiner Idee erzählt zu haben, eigentlich hätte ich die Fotos morgen auch allein mit einem Selbstauslöser machen können.

"Verzieh nicht so das Gesicht, es wird dir gefallen und außerdem bekommt man da Falten. Vertraust du mir?" Sie guckte mich an und hielt den rechten Zeigefinger unter das Gummi, um es jeden Moment hochzuschnipsen und das große Geheimnis der Tüte zu lüften. Ich hatte keine Wahl, spielte mit und setzte der Öffnung einen imaginären

Trommelwirbel hinzu, worauf Olivia über das ganze Gesicht zu grinsen begann. Sie zögerte zwecks Spannung noch einen kleinen Moment, dann riss sie ihren Finger hoch und das Gummi schnalzte auseinander und flog in hohem Bogen durch das Zimmer. Sofort wühlte sie in dem Sack herum.

"Abrakadabra....das ist DAS Teil, indem du dich bewerben solltest." Ein hellgrünes Kleid wurde emporgehoben. Es funkelte wie Feeenstaub und unmittelbar fiel mir Aschenputtel ein, die das Kleid von der guten Fee für den Ball bekam. Ehrlich entzückt stand ich auf und nahm es ihr automatisch aus den Händen, um es vor dem großen Schiebetürenspiegel vor mich an die Brust zu halten.

"Es ist perfekt, wo hast du das her?" Der Stoff fiel so leicht und doch musste eine Unmenge von Metern in dieses Kleid vernäht worden sein, denn es raschelte leise, als ich mich damit drehte. Das Glitzern der aufgenähten Silberpailletten zog sich über den gesamten Rock und endete über der Taille direkt dort, wo die Brust begann. Ein V-förmiger Ausschnitt war so gearbeitet, dass das Dekolletee perfekt zur Geltung kommen würde.

"Darf ich es anprobieren?"

"Darum habe ich es ja herausgeholt. Als Finley und ich vorletztes Jahr in Paris waren, habe ich es in einem Secondhandgeschäft gekauft." Sie bückte sich und griff erneut in die Tüte.

"Ich hatte noch nie die Gelegenheit, es anzuziehen. Wo bitte soll man so etwas tragen? Guck hinten auf den Zettel." Während ich schon dabei war, mich auszuziehen, nur noch in BH und Slip dastand, schaute ich auf das mit der Hand eingenähte Label. Es war von Chanel.

"Genau so sieht es aus. Frühstück bei Tiffany." Oliva unterbrach mich, indem sie mir weitere Herrlichkeiten in Form von passenden Pumps servierte, die sie dazu gekauft hatte, wie sie mir erzählte.

"Das von Audry Heppburn war schwarz, aber die Form ist sicher ähnlich." Ich kletterte in Schuhe und Kleid und beides passte, als wäre es für mich maßgeschneidert worden.

"Gut, dass wir die gleichen Größen haben." Jeder hätte den leeren Sack zumindest zusammengefaltet und auf eine Kommode gelegt, doch Olivia schenkte ihm keine Bedeutung mehr, ließ ihn auf dem Boden liegen und holte aus einer Schublade ihres Nachtisches eine Kamera. Es hätte ebenso jeden gewundert, dass sie diese neben ihrem Bett verstaute, doch ihre Ordnung war nun einmal mehr als verwunderlich.

"So Aschenputtel, dann hau dich mal in Schale, damit du die zehntausend Kröten absahnst." Es gefiel mir. Als ich das Kleid vorsichtig erst über den Po und die Hüfte hochzog, es war etwas enger, als ich angenommen hatte, fühlte ich mich wieder wie neunzehn. Als hätte ich meinen High-School Abschlussball vor mir und danach stünde mir die Welt offen. Olivia zog mir den Reißverschluss auf dem Rücken hoch und ich schaute in den Spiegel. Wir standen nebeneinander und begutachteten voller Bewunderung mein Spiegelbild.

„Wow", stieß sie endlich hervor. Der absolute Männervamp." Ich musste lachen. Mit den mindestens vierzehn Zentimeter Absätzen war ich ein ganzes Stück größer als meine beste Freundin, wodurch die Beine länger aussahen und das Gesamtbild tatsächlich auch mir imponierte. Die blonden Haare passten perfekt zu dem Grün des Kleides und meiner Haut. Meine Sommersprossen auf dem Dekolleté reichten bis über die Arme hinaus, was dem Ganzen einen interessanten Kontrast verlieh. Da ich kaum Make-Up draufhatte und sehr natürlich geschminkt war, wurden wir einig, nicht mehr am Gesicht zu verändern. Es sollte so natürlich wie möglich wirken, stand in den Bedingungen. Von einem Verbot für ausgefallene Kleider war nicht die Rede.

"Also, wenn du das Ding nicht rockst, dann zweifle ich an der Leserschaft von "Haus und Hof"." Erneut zog sie mich wieder an der Hand mit, doch ich hatte Probleme, ihr auf der ungewohnten Höhe der Hacken zu folgen.

"Hier, da ist eine leere Wand, stell dich mal davor. Sie schob und platzierte mich gekonnt an dem leicht vergilbten Hintergrund, doch als ich sie darauf ansprach, ob das auf den Fotos nicht zu sehen sei, meinte sie nur, dass sie das bearbeiten könne. Augenblicklich ergoss sich eine Flut von Flashlights vor mir, obwohl ich dastand wie eine Kuh, die auf den Melkwagen wartete.

"Stell dich doch mal sexy hin, Süße." Sie drückte auf die Playlist ihres Handys und schloss es an eine Box an. Sofort dröhnten die coolsten Klubsounds und ich versuchte mein Bestes und legte die Arme in den Schoss und beugte mich wie Marilyn Monroe auf dem U-Bahnschacht stehend nach vorne. Leider ohne Wind von unten. Olivia konnte nicht anders, sie musste lachen.

"Hast du das schon mal gemacht? Das ist fantastisch." Ihr Lob feuerte meinen Ehrgeiz an. Das fortwährende Klickern des Auslösers versetzte mich geradezu in einen posing Rausch, von dem ich mir erhoffte, hinterher das Siegerfoto heraussuchen zu können. Vor einem richtigen Fotografen hätte ich mich nie so ausgelassen zeigen können. Ich drückte meinen Busen in dem Bustier nach oben, damit ich jung und knackig aussah, denn das Kleid war sicher für eine 20-Jährige entworfen worden, die locker meine Tochter hätte sein können. Nach einer dreiviertel Stunde verging unsere anfängliche Euphorie und wir merkten beide, dass es anstrengend war. Das Posen, aber auch das Fotografieren, denn Olivia gab alles und kroch teilweise auf dem Boden vor mir herum, damit die Perspektive immer wieder unterschiedlich ausfiel. Fast zeitgleich merkten wir die Erschöpfung und ließen uns aufs Sofa fallen.

"Das müssen mehrere Hundert Fotos sein. Wenn da keins dabei ist, weiß ich auch nicht." Olivia lächelte wehmütig, während sie versuchte, ihr T-Shirt wieder zurück in die enge Jeans zu stopfen.

"Meine Güte, ich bin knapp siebenunddreißig und das erste Hüftgold macht sich breit."

"Vielleicht mal nicht so oft Pizza bestellen", murmelte ich ihr zu.

"Ich denke, es liegt eher am Wein, komm, ist jetzt eh egal, wir schenken uns noch ein Glas ein." Ich übernahm das Nachschenken und Olivia holte ihren Laptop, damit wir die Kamera anschließen und gleich einen Blick auf die Fotos schmeißen konnten. Nach wenigen Minuten hatte sie die Bilder hochgeladen und in kleinen viereckigen Formaten wurden sie auf dem Bildschirm sichtbar. Ich machte große Augen, als ich mich selbst in diesem Kleid sah.

"Wow, genau wie ich es mir gedacht hatte. Sie sind super geworden." Hektisch scrollte Olivia die Bilder hoch und runter, sodass ich selbst fast nichts sehen konnte.

"Mach doch mal langsamer," motzte ich nun, denn ich war der Meinung, dass ich den besten Shot für den Wettbewerb heraussuchen sollte.

"Warte," tönte sie, „du kannst sie dir gleich alle angucken." Ich lehnte mich zurück und trank genüsslich von meinem Wein und sah zu, wie sie im Überschalltempo ein Foto bearbeitete. Endlich kam der erwartete Ausruf.

"Tada! Das ist es! Mach dich bereit." Sie drehte sich zu mir um, balancierte den Laptop auf ihrer linken Handfläche und schwenkte mit einer präsentierenden Geste die Rechte vor das Foto.

"Ui, das bin ich?" Mir fehlten die Worte. Das Erste, was mir in den Sinn kam, war, ob ich meine berufliche Karriere gänzlich verfehlt hatte. Ich stellte das Glas auf dem Tisch ab und nahm ihr das Gerät aus der Hand und platzierte es auf meinen Schoß.

"Es ist nicht schlecht? Oder?"

"Nicht schlecht, nicht schlecht. Du bist viel zu bescheiden. Guck dich doch mal an. Das Foto ist der Hammer, Süße. Damit würdest du sogar die Mrs. Großbritannien Wahlen gewinnen." Ich nahm mein Weinglas und hielt es Olivia zufrieden entgegen.

"Na dann mal Prost. Auf meinen Sieg im Modell Business." Wir leerten die Flasche und im Laufe der nächsten Stunden auch die Zweite, bis wir vor Müdigkeit zusammen auf dem Sofa einschliefen. Der PC stand offen und zeigte noch eine Weile das Foto, dass mir einen neuen Start ermöglichen sollte und ein letzter Blick darauf durch die langsam zufallenden Augenlider ließ mich in einen tiefen, angenehmen Schlaf fallen.

Ich begann wirr zu träumen und fand mich in Christians Küche wieder. Es war dämmrig und ich hörte Schritte auf mich zukommen. Seine Stimme war zu vernehmen, aber sie schien weit weg zu sein. Ich konnte nicht verstehen, was er mir sagen wollte. Dann saß ich auf einmal auf seiner Yacht und ließ die Beine von der Reling baumeln. Als ich an mir herunterschaute, glitzerte das Wasser genauso wie das blaue Kleid, das ich anhatte. Ich konnte das sanfte Schaukeln spüren und den Wind, der mir die Haare bunt durcheinanderwirbelte. Ich stand auf und ging die Treppe hinunter, um nach Christian zu suchen. Erneut hörte ich seine Stimme, diesmal schien sie dichter zu sein. Neugierig ging ich den kleinen Gang in die hintere Kabine entlang. Die Tür stand einen Spalt geöffnet und als ich näherkam, öffnete sie sich wie von alleine ein Stück weiter. Christian lag nackt in dem Bett. Nur der untere Teil ab seiner Hüfte war mit einem dünnen Laken bedeckt, doch zeichnete sich seine Figur deutlich ab. Er streckte mir die Hand entgegen, wobei sich die Muskeln seines gut gebauten Oberkörpers athletisch hin und her bewegten. Seine sinnlichen Lippen grinsten mich an, und obwohl er nur da lag, konnte ich seine Stimme hören, die mir zart zuflüsterte, dass ich mich zu ihm legen sollte.

Die braunen Augen schauten so verliebt in meine, dass es unmöglich gewesen wäre, dieser Aufforderung zu widerstehen. Ich sehnte mich in diesen Armen zu liegen und die innigsten Küsse mit ihm auszutauschen. Es war so perfekt, so wahr, doch als ich einen Schritt auf ihn zu machte und gerade mein Bein hob, um zu ihm zu steigen, landete ich weniger gemütlich auf Olivias Wohnzimmerteppich. Verwirrt guckte ich mich um und sah, dass meine beste Freundin noch im Tiefschlaf war. Die linke Pobacke hatte einen kleinen Dämpfer bekommen, sonst war nichts passiert. Ich setzte mich wieder auf das Sofa und schaute Olivia beim Schlafen zu. Ihr ruhiger Atem und das Auf und Ab ihres Brustkorbes wirkte beruhigend. So ein Mist, warum muss man genau in diesem einen Moment aufwachen. Die Gedanken wanderten zurück in meinen Traum. Es war schon komisch, obwohl ich gerade die Trennung mit Ethan hinter mir hatte, war ein funke für Christian in meinem Herzen entzündet und scheinbar, wie mir mein Traum mitteilen wollte, größer als ich gedacht hatte.

Plötzlich überkam mich eine regelrechte Sehnsucht nach ihm und das Kribbeln in meinem Bauch gab mir zu denken. Ich ließ Olivia weiterschlafen und ging in mein Zimmer auf das kleine Gästebett. Zwar war die Matratze nicht besser als das Sofa, doch hier konnte ich mich lang machen, was vorher nicht ganz geklappt hatte.

Eine ganze Weile lag ich noch wach und die Augen scannten das Zimmer ab. Zu viel ging mir im Kopf herum, als dass es möglich gewesen wäre, wieder einzuschlafen. Erst gegen halb fünf, als die Vögel gerade ihren Morgengesang anstimmten, schlief ich noch einmal ein. So fest, dass ich erschrocken hochfuhr, als Olivia mir eine Tasse Kaffee unter die Nase hielt und kichernd meinte, dass das jeden Toten zurück ins Leben holen würde.

Mit Kater ähnlichen Symptomen kratzte ich mir am Kopf herum und bemerkte dabei, wie zerwühlt meine Haare aussehen mussten.

"Der Wein hats echt in sich, fühle mich wie drei Tage durchgetanzt."

"Geht mir auch so, aber trink, der Kaffee tut gut. Und dann raus aus den Federn." Olivias Enthusiasmus für meine neue Laufbahn in allen Ehren, aber ich brauchte nicht erst in den Spiegel zu schauen, um zu wissen, dass mein Gesicht heute aussieht, als ob ich zwanzig Jahre älter wäre. Olivia ging zurück zur Tür, dann drehte sie sich um.

"Und übrigens, dein potenzieller Liebhaber, der Arzt, den würde ich mir aus dem Kopf schlagen." Ich konnte ihr nicht ganz folgen und überlegte, ob ich ein Blackout gehabt hatte, oder wie kam sie sonst zu dieser Aussage. Mein verklärter Blick sagte ihr, dass ich sie nicht verstand. Vorsichtig nippte ich an dem heißen Kaffee, der so guttat, als er die Kehle herunterfloss.

"Du hast im Schlaf geredet." Sie verdrehte die Augen.

"Nö, so was mache ich nicht." Kam mein spärlicher Kommentar zurück.

"Doch, tust du, und zwar ziemlich deutlich."

Obwohl sie meine beste Freundin war, wurde es mir unangenehm. Wie peinlich, was hatte ich denn bloß erzählt. Mit gerunzelter Stirn schaute ich sie fragend an.

"Nichts Schlimmes, aber der Name Christian fiel! Und runzle deine Stirn nicht so, das gibt Falten." Ja, Mama, dachte ich und trank mehr von dem wohltuenden schwarzen Gebräu. Es war ohnehin ein absurder Traum gewesen und ich brauchte mir weiter keine Gedanken um Christian machen. Sicher kommt er mit Harper wieder zusammen. So endet es doch meistens. Entweder hängen sie finanziell zu sehr zusammen, oder beide Parteien finden sich mit der Situation ab, in der sie sind. Harper wird ihn nie aufgeben.

Ich lehnte mich zurück, und als mir einfiel, wie es wohl um meine Intimbehaarung stand, hob ich die Decke leicht hoch und steckte den Kopf nach unten, um besseren Überblick über die Rötung zu bekommen.

"Na, was gefunden?" Erklang eine heitere männliche Stimme und es war mir klar, dass es Finley sein musste. Ich zog den Kopf zurück und stellte peinlich ertappt eine Gegenfrage.

"Hast du dir schon mal ein Intimwaxing verpassen lassen?"

"Haha, nein, das überlasse ich lieber den Frauen." Er lachte, kam auf mich zu und drückte meinen Kopf in Bauchhöhe an sich. Zu meiner Überraschung roch er diesmal anders als sein legendärer Grasgeruch, irgendwie sogar gut.

"Hey, na wie geht es dir?" Er blieb auf dem Rand des ohnehin schon wackeligen Bettes sitzen. Mit schwerem Seufzer schaute ich ihn an.

"Es geht, bin noch in der Trauerphase." Freundschaftlich zog er eine meiner Haarsträhnen nach oben.

"Seit wann bist du denn blond? Sieht heiß aus, deine Augen kommen so ganz schön krass rüber. Er redete sonst nie so locker, fast hörte es sich etwas gekrampft an, doch ich fand es niedlich, denn mit ziemlicher Sicherheit hatte Olivia ihm via WhatsApp eingetrichtert, mitfühlend mit mir zu sein, wenn er wieder da ist. Er merkte, dass er zu dick aufgetragen hatte und ließ den Kopf hängen.

"Sorry, dachte ich könnte dich aufmuntern, aber so eine Situation ist nie wirklich zu Verschönern. Da muss man durch. Weißt du, als ich das mal erlebt hatte, da...."

"Du brauchst dir hier nichts aus den Fingern saugen Finley. Es ist, wie es ist und ich werde das Beste daraus machen." Erleichtert sprang er auf und fühlte, dass er den Motivationscoach wieder ablegen konnte.

"Gut so. Dass ist meine Ivy, wie ich sie kenne. Zieh dich an, wir fahren lunchen."

"Musst du denn nicht in die Bank?"

"Heute nicht mehr. Die Schulung wurde verkürzt, aber ich kann auch nachher noch im Homeoffice was tun." Aus der Küche war Geschirrklappern zu hören, was auf das ein oder Ausräumen des Geschirrspülers schließen ließ.

"Oh, oh. Arbeitet Olivia etwa mit dem Geschirrspüler zusammen?" Ich konnte mir ein Schmunzeln nicht verkneifen, was Finley mit einem zwinkerten Auge beantwortet.

"Seit sie gemerkt hat, dass sie dadurch mehr Zeit hat, ist er ihr bester Freund geworden." Etwas später saßen wir zu dritt in Finleys schickem Firmenwagen. Typisch Bänker, dachte ich auf dem Rücksitz, als ich nach vorne auf die Armaturen guckte und die Inneneinrichtung begutachtete. Gerade wollte ich ein wenig das Fenster herunterlassen, um die Fahrt ohne Übelkeit zu überstehen, als Finley meinte, dass das nicht nötig wäre, denn er würde die Klimaanlage einschalten. Schon als kleines Mädchen wurde mir auf der Rückbank übel, doch es war lange her, dass ich hinten gesessen hatte.

"Auf deine Verantwortung," rief ich nach vorne gegen das laute Gebläse der Düsen, die er versuchte, unter Kontrolle zu bekommen.

"So ein Mist, die lassen sich nicht einstellen. Typisch, da bekommt man einen nigelnagelneuen Wagen, frisch vom Werk und die Hälfte funktioniert nicht." Betroffen drückte er an den verschiedenen Vorrichtungen. Olivia kannte seine leicht cholerische Art und wusste, dass es nicht der Augenblick war, sich einzumischen.

"Ich habe keine Ahnung, was hier schiefläuft, aber dieses blöde Ding reagiert einfach nicht." Hektisch begann er nun mit der geballten Faust auf den Knöpfen herumzudonnern.

"Das bringt doch nichts Schatz." Olivia versuchte nun doch ihr Bestes. "Dann musst du ihn eben noch mal zurückbringen, wird sicher nur ein durchgeknalltes Relais sein."

Kapitel 5

Ich hielt es für klüger, mich nicht in die Diskussion auf den besseren Plätzen einzumischen, wunderte mich aber stark, dass Olivia Fachausdrücke kannte. Woher wusste sie, was ein Relais war. Schon wollte ich fragen, was das ist, doch durch das laute Gebläse war es sowieso schwierig.

"Schalte das Ding doch ganz ab," konnte ich noch hören, doch Finley ging jetzt aufs Ganze. Er fuhr links ran, um sich ganz auf das Übel konzentrieren zu können. Olivia drehte sich zu mir und rollte die Augen.

"Wir könnten ja auch zu Fuß weitergehen, dann kommst du hinterher?"

"Auf keinen Fall, dass hier ist gleich erledigt." Aufgebracht zog er den Hebel für die Öffnung der Haube. Jetzt wurde es kriminell. Er krempelte sich die Ärmel hoch, stieg aus und öffnete den Wagen, nachdem er die Fahrertür ordentlich zugeknallt hatte.

Wir seufzten beide, doch wir hatten keine Wahl. Finley musste den Kampf gegen die Technik gewinnen, sonst wäre der Lunch im Eimer, meinte Olivia.

Es hat auch seine Vorteile, wenn man Single ist, dachte ich und schaute neben mich auf den Sitz, auf dem Finley einige Papiere aus der Bank liegen hatte. Ich sah nur eine kleine Ecke von einem Dach, dass etwas weiter herausgerutscht sein musste, und es machte mich neugierig. Vorsichtig zog ich es aus dem Stapel und schaute auf ein altes Tiny Haus, das scheinbar am Meer lag. Es war eine Immobilienanzeige, die die genauen Angaben aufschlüsselte. Olivia betrachtete sich im Spiegel und korrigierte ihr Make-Up.

"Meine Augenbrauen müssen mal gezupft werden. Die wachsen wie Unkraut."

"Du, sag mal...". Ich überflog die Einzelheiten der Anzeige und reichte es Olivia nach vorne.

"Was denn?" Sie zog mir das Blatt aus der Hand.

"Ja und? Willst du jetzt in die Bruchbude ziehen? Ist doch völlig verkommen, steht sogar da unten." Sie reichte es über ihren Kopf wieder zu mir nach hinten.

"Und außerdem, guck mal, wo das liegt".

"Ich finde es romantisch. Stell dir doch mal vor, direkt am Meer zu leben." Meine Begeisterung war entfacht. Ein eigenes kleines Heim, ganz für mich allein.

"Willst du ganz nach Brighton ziehen?" Schnell überflog ich den Rest. Tatsächlich, Olivia hatte recht. Es lag in Brighton. War das ein Zufall? Der Tag mit Christian in Brighton hatte mir so gut gefallen, dass sich die positiven Vibes gleich auf die Idee, das Haus zu besitzen und darin zu leben, übertrugen.

"Das ist wie für mich gemacht. Das spüre ich." Noch nie war ein Impuls zu einer Handlung so stark gewesen.

"Es soll nur fünftausend Pfund kosten."

"Ist das dein Ernst?" Gab sie zurück.

"Warum denn nicht? Ich habe mich am Meer schon immer sauwohl gefühlt und ich brauche keinen Palast, um glücklich zu sein. Das neue Statement ist sowieso Minimalismus. Perfekt." Mit dem Zettel in der Hand stieg ich aus und ging um das Auto herum zu Finley.

"Bist du verantwortlich für den Verkauf dieses Hauses?" Mein Herz pochte schneller bei dem Gedanken, mein eigenes Haus zu besitzen. Es fehlte ein bisschen Farbe und die ein oder andere Schönheitsreparatur, aber es war perfekt. Finley war mit mit dem Oberkörper halb in dem offenen Motor verschwunden und guckte sich verwundert um.

"Ja, wieso? Ich bin der Immobilienmakler der Bank Ivy. Das solltest du aber mittlerweile wissen." Vor Aufregung war mir das völlig entfallen. Ich hielt ihm die Annonce mit zittriger Hand vor die Nase.

"Registriere es als gekauft." Sagte ich bestimmt. Er richtete sich auf und warf einen kurzen Blick auf das Objekt. Dann beugte er sich wieder und fummelte weiter am Auto herum.

"Oh Ivy, das habe ich gerade reinbekommen. Ist ein totaler Verlust, das kannst du vergessen. Nichts anzufangen mit dem Ding." Entrüstet schaute ich erneut auf das Haus, dann zurück zu Finley.

"Aber ich will es." Wurde ich lauter und drückte meine Entscheidung mit dominantem Unterton aus. Am liebsten hätte ich ihm gleich hier und jetzt die Unterschrift auf den Kaufvertrag gegeben. Gelassen stellte er sich wieder hin.

"Ivy. Nimm es mir nicht übel, aber ich weiß von Olivia, dass deine finanzielle Situation gerade nicht die Beste ist. Verstehe mich nicht falsch, aber meinst du nicht, dass ein Hauskauf etwas voreilig wäre?" Er schaute mich fragend an und fügte dann hinzu:

"Wie willst du das denn schaffen? Nur weil ich in der Bank arbeite, kann ich dir keinen Kredit geben. Du hast keinen festen Job. Außerdem ist das Teil echt abbruchreif, da würde ich keinen Penny mehr investieren. Glaub mir, ich meine es nur gut." Olivia kam nun auch aus dem Wagen dazu, ihr wurde das lange Warten zu viel.

"Könntet ihr eure Finanzgeschäfte nicht nachher führen. Mir ist schon übel vor Hunger." Sie schnaufte und schnappte nach Luft. Ihr war sichtlich anzumerken, dass es ihr nicht gut ging, doch das lag eher an dem nächtlichen Alkoholkonsum als an ihrem leeren Magen. Das eine schloss das andere jedoch nicht aus, und als auch Finley sah, wie seine Freundin litt, klappte er den Deckel zu und wir setzten uns wieder in Bewegung.

Die Lüftung plüsterte uns bis zum Restaurant weiterhin durch, was Olivia in ihrer Lage als angenehm empfand. Als wir endlich am Tisch saßen und die ersten Happen zu uns genommen hatten, wurde die Stimmung unter uns entspannter. Olivia bekam wieder eine normale Gesichtsfarbe und Finleys Laune hob sich zeitgleich mit dem Insulinspiegel.

"Puh, jetzt bin ich langsam supersatt." Während er weiter alles von uns übrig Gebliebene in sich versenkte und auf unseren Tellern herumfuhrwerkte, wartete ich auf den richtigen Augenblick, ihn wieder auf das Tiny Haus anzusprechen.

"Sag mal, wie ist das denn, wenn man ein Haus kauft? Muss ich bei so einer kleinen Summe alles auf einmal auf den Tisch legen?" Verlegen kratzte ich mich am Ohr. Ich hoffte so sehr, dass Finley auf meinen Wunsch eingehen würde und mir eine Lösung anbieten konnte. Er lehnte sich an die Stuhllehne zurück und atmete seufzend aus.

"Liebes, ich habe dir doch gesagt, dass es völlig hoffnungslos ist. Es ist eine Bruchbude und du brauchst mindestens noch mal fünftausend, damit es einigermaßen bewohnbar wird. Wie willst du das denn machen?"

"Einen Job annehmen." War meine überzeugende Antwort. Nun mischte sich Olivia ein. Ich sah, dass sie von der Idee auch nicht allzu viel hielt, doch sie kannte mich besser als Finley.

"Kannst du ihr nicht irgendwie helfen, Schatz. Es ist nicht die schlechteste Idee. Ivy hätte eine Bleibe und wir ein Wochenendhaus, wo wir uns einladen könnten." Sie zwinkerte mir mit einem Auge zu, denn die Idee, noch Nutzen daraus zu ziehen, schien Finley plötzlich nicht so verkehrt zu finden. Liebevoll legte sie ihre Hand auf seine.

"Stell dir vor, wir können am Wochenende in Brighton sein, am Strand liegen, am Abend Essen Gehen und Cocktails trinken und dann einfach dort übernachten."

"Und wo schläft Ivy dann?" Kam seine berechtigte Frage, denn mehr als ein kleines Doppelbett wäre sicher nicht möglich.

"Ivy? Die ist dann in unserer Wohnung und kann London unsicher machen." Finley merkte, dass er gegen Olivia keine Chance hatte.

"Ok, wenn wir wieder zurück sind, werfe ich einen genaueren Blick auf das Objekt." Verliebt und dankbar schaute Olivia ihn an und gab ihm einen spontanen Kuss. Es war mir nicht ganz klar, ob meine Freundin eine Chance darin sah, mich schneller loszuwerden, oder ob die Möglichkeit auf ein gemütliches Wochenendhaus sie lockte, aber es war mir egal. Hauptsache Finley würde einen Weg finden. Die Rückfahrt verlief erneut mit vollem Gebläse in unsere Gesichter und es war mir klar, dass der Freund meiner besten Freundin mir nicht helfen würde, bevor er das Problem bewältigt hatte. Seine Wut auf das Auto war ihm an den roten Wangen anzusehen, doch er hielt es für besser, nicht mehr darüber zu sprechen.

Entspannt lehnte ich mich in den bequemen Sitz zurück und schaute aus dem Fenster auf die endlos langen Baumreihen, die sich am Horizont erstreckten. Die satten grünen Wiesen davor luden zu Gedankenspielen ein und so sah ich Christian und mich darauf bei einem Picknick. Wie wir eine große Decke zusammen ausbreiteten und sie sich zwischen die langen Halme nach unten senkte. Ich hatte sein Gesicht ständig vor Augen. Wie er mich aufmerksam anschaute, als wir auf seinem Sofa saßen und uns über Gott und die Welt unterhalten hatten. Er hatte mir das Gefühl gegeben, dass er an meinen Gedanken wirklich interessiert war.

Das kannte ich von Ethan kaum. Zwar waren unsere Gespräche auch schön gewesen, doch hatte ich nie die Tiefe bei ihm damit erreicht, die eine solide Partnerschaft ausmachte. Jetzt wurde es mir klar. Schon sah ich uns kniend auf der Decke den mitgebrachten Picknickkorb auspacken, doch Christian konnte nicht anders und nahm mich von hinten in die Arme, so heftig, dass wir zur Seite fielen und uns lachend die Grashalme ins Gesicht piksten. Er lag fast auf mir. Ich spürte seinen kräftigen Körper und wir hielten inne. Die Halme störten, doch er drückte sie energisch von mir weg. Wir schenkten uns einen stillen, innigen Moment und erkundeten gegenseitig unsere Gesichter. Unsere Pupillen weiteten sich. Wir zögerten nicht mehr. Er legte seine Lippen zart auf meine. Wie kleine elektrische Blitze kribbelte es durch meinen Körper. Es fühlte sich an wie siamesische Zwillinge. Als ob wir nie getrennt gewesen wären.

"Wollen wir noch schnell bei Dadley's rein und etwas Leckeres zum Essen mitnehmen?"

"Ivy?" Erst jetzt merkte ich, dass Olivia mit mir geredet hatte. Sie drehte sich um, als ich nicht reagierte. Mist dachte ich, doch verwarf ich diese Wunschträumerei sofort wieder.

"Wo bist du denn schon wieder?" Rief sie mir etwas lauter zu, denn sie dachte, ich hätte sie wegen des Lärms der Klimaanlage nicht gehört.

"Äh, ja. Alles gut, was hast du gefragt?" Tatsächlich hatte ich ihre Frage nicht mitbekommen und so musste sie sie wiederholen. Ich war einverstanden, dass wie heute zusammen etwas kochten. Große Lust, irgendwo hinzugehen hatte ich ohnehin nicht und außerdem musste ich noch die Teilnahmefotos für den Wettbewerb wegschicken. Finley hielt kurz bei dem kleinen Supermarkt, der alles an Lebensmitteln hatte, die wir brauchten. Wir entschlossen heute Abend Fisch zu servieren. Olivia meinte, sie wolle Finley auf etwas Maritimes einstimmen, damit er vorab genießen kann, wie es wäre, mit ihr am Meer, in meinem kleinen Tiny Haus Urlaub zu machen. Sie suchte dazu einen edlen Weißwein aus und als wir beladen mit zwei Tüten bei Dadley's rauskamen, waren wir sicher, die Katze bzw.

Finley im Sack zu haben. Wenig später waren wir zu Hause. Das Treppenhaus roch wieder kräftig nach Kräutern, die keiner von uns kannte und man überlegte, ob einem übel werden sollte, oder ob es etwas Interessantes mit diesen ausländischen Gewürzen auf sich hatte. Als wir die Treppe hinaufgingen, fluchte Finley vor sich hin.

"Meine Güte, können die nicht mal was Vernünftiges kochen! Das stinkt jeden Tag schlimmer." Es war klar, Finley war durch die Klimaanlage völlig überreizt. Er kam nur mit hoch, um sein Werkzeug zu holen. Er schmiss seine Jacke über den Küchenstuhl und krempelte sich die Hemdsärmel nach oben.

"Zieh dich doch wenigstens um." Mahnte Olivia, die schon den Ölflecken auf seinem Hemd sah und das anschließende Donnerwetter, das die Autofirma auch die Reinigung seiner Klamotten mit übernehmen musste.

Er überhörte ihren Ratschlag und trabte mit gelbem Köfferchen die Treppe wieder hinunter.

"Wie du das nur manchmal aushältst." Konnte ich mir nicht verkneifen und guckte Olivia fragend an.

"Er ist sonst ganz handzahm, nur wenn er die Wut kriegt, dann ist er nicht zu bremsen." Meine Freundin lachte und wir packten zusammen die Tüten aus, was den Choleriker am Abend wieder beruhigen sollte.

"Darf ich mal deinen Laptop ausleihen? Ich würde gerne die Fotos an die Agentur übermitteln, damit ich noch dabei bin."

"Klar. Er steht noch im Wohnzimmer. Das Passwort ist "Hammel"", sagte sie freundlich.

"Hammel?", stutzte ich verwundert und konnte mir ein diabolisches Grinsen nicht verkneifen.

"Das hat jetzt aber nichts mit deinem Lebensgefährten zu tun?" Hänselte ich sie, als sie gerade den Fisch aus dem Papier auspackte, um ihn in eine Schüssel zu verfrachten.

"Wo denkst du hin? Es erinnert mich nur daran, dass Finley gerne Hammel isst." Lachte sie. Obwohl ich Olivia so gut kannte, wusste ich nicht, ob sie nun scherzte, oder dass der Wahrheit entsprach. Egal, ich ging in das Wohnzimmer, das mir von gestern Nacht viel kleiner vorkam. Es war hell, dass Sonnenlicht strahlt durch die Fenster und es machte einen gemütlichen Eindruck. Sofort dachte ich an das Tiny Haus und wie ich es mir einrichten würde. Mein erstes eigenes

Heim. Es wäre zu schön. Nie hatte ich wirklich eine Wohnung für mich alleine gehabt und ich war nun der festen Überzeugung, dass das genau die richtige Chance war.

Ich klappte den Laptop auf und gab das merkwürdige Passwort in das leere Feld ein. Es dauerte einen kleinen Moment, bis ich mich zurechtfand, doch irgendwie waren die Geräte alle gleich und so stieß ich schnell auf meine Schnappschüsse von gestern Nacht. Aus der Küche war ein leises Klappern zu vernehmen, scheinbar war die Spülmaschine nun wirklich Olivias bester Freund geworden und ich musste grinsen. Ich konzentrierte mich auf die erneute Durchsicht der Bilder und auf einmal schien mir die Idee doch nicht die Beste. Meine Haare sahen so komisch aus. Auf manchen Fotos sah ich aus, als ob mein Busen doppelt so dick wäre, wie er normalerweise ist, denn das Kleid war doch ein bisschen zu eng und dadurch sah es etwas gequetscht aus.

"Olivia!" Schrie ich verzweifelt in die Küche. "Komm mal bitte schnell." Sofort trabte sie, noch mit dem Besteckkasten aus dem Geschirrspüler in der Hand, zu mir herüber.

"Was ist los?" Aufgeregt schaute sie mich an.

"Ich kann da nicht mitmachen." Enttäuscht schmiss ich mich in die Lehne des Sofas, verschränkte die Arme über der Brust und schüttelte den Kopf wie ein bockiges Schulkind Hin und Her.

"Guck dir die Fotos jetzt noch mal an. Ich sehe ja aus wie eine Presswurst auf High Heels." Sie stellte den Kasten auf den Wohnzimmertisch, setzte sich neben mich und zog den PC ein wenig zu sich und scrollte mit gerunzelter Stirn durch unsere nächtliche Fotosession. Sie schaute mich an, ihre Augen fragend.

"Willst du das Tiny Haus oder nicht. Wenn du mich fragst, ist das deine einzige Chance daran zu kommen." Sie hatte recht. Egal, wie bescheuert die Idee war. Das eine, was man will, dass andere, was man muss. Ich hatte keine Wahl.

"Pass auf. Wir machen es so. Da man selber nie objektiv ist, suche ich die Zwei aus und schicke sie. Dann brauchst du nicht grübeln?"

"Nein!", rief ich und rutschte auf dem Sofa wieder nach vorne.

"Von jetzt an will ich mein Leben selber in die Hand nehmen und dazu gehört völlige Verantwortung für alles, was ich anfasse." Zwar war mir bis eben nicht bewusst gewesen, dass das mein neuer Single Aktivisten Spruch war, doch es hörte sich endlich meinem Alter entsprechend an. Der Zugriff auf Männer-Ressourcen blieb mir vorerst scheinbar eh verwehrt, also warum jetzt nicht selber die Ärmel hochkrempeln. Olivia hielt die Arme in die Höhe, als bedrohte ich sie mit einer Waffe.

"Schon gut, schon gut. Du hast recht. Aber tu dir selber den Gefallen und sende sie, denn es wird schwierig werden Finley davon zu überzeugen in Vorkasse für dich zu treten."

"Meinst du, er würde das machen? Mir ein Darlehn gewähren?"

"Durch die Bank kann er es nicht, da hat er recht. Da du keinen Job hast, geht das nicht. Aber ich weiß, dass er etwas zur Seite gelegt hat." Meine Augen funkelten vor leichter Freude. Es war mir nicht in den Sinn gekommen mir Geld von meinen Freunden zu leihen, aber wenn es möglich war, warum nicht. Fünftausend Pfund waren nicht alle Welt und mir einen festen Job suchen, da kam ich sowieso nicht drumherum.

"Oh Olivia, das wäre ja großartig. Ich glaube, es hat noch nie etwas Vergleichbares gegeben, was ich mir so gewünscht hätte. Weißt du," führte ich aufgeregt fort, "Ich könnte es mir gemütlich machen und wieder malen. Sicher kann ich damit das Darlehn zurückbezahlen."

"Ivy, deine Kunst in allen Ehren, aber das solltest du Finley nicht als Sicherheit bieten. Er weiß, dass du in der Vergangenheit nicht sehr viel verkauft hast. Überlege dir irgendetwas anderes. Etwas, wo du garantiert regelmäßig Einnahmen hast." Sie stand auf, nahm den Korb vom Tisch und ging zurück in die Küche.

Ich saß da und sah ihr nach. Was für eine abgefahrene Freundin ich doch hatte. Es war perfekt. Egal, ob ich bei dem Wettbewerb gewinnen würde, es musste ein Plan B her, mit dem ich Finley heute Abend überzeugen konnte. Ich legte die Seite mit den Fotos nach unten und begann im Internet nach Geschäftsideen zu Googlen. Nageldesignkurse. Nein. Arbeiten von zu Hause, um mit Umfragen einige Penny Stundenlohn zu verdienen. Nein, das war nichts, womit ich positive Überzeugung aussenden könnte. Grübelnd und gespannt vor Aufregung knibbelte ich an meinem Ohrläppchen.

Ich war mir sicher. Irgendetwas in mir gab mir den Impuls, dass ich etwas finden würde. Und da war es plötzlich. Ein Franchising Unternehmen. Goldbraune Croissants und Cupcakes waren das Marketingwerkzeug der Firma, die lustig zwischen dem lockenden Angebot aufflackerten, der in ganz Großbritannien agierenden Cafékette. Mein Herz hüpfte vor Freude über meinen Fund, der mich in Gedanken zum schnellen Besitzer meines Tiny Hauses machte. Ich überflog die Konditionen. Fertigbackwaren wurde geliefert, die ich nur noch in den Ofen schieben musste. Eventuelle Dekorationen oder Verfeinerungen würden ebenso unter Anleitung zum Kinderspiel werden und man könnte sich ganz der Kundschaft widmen.

"Läuft bei mir." Juchzte ich leise auf. Von jetzt an würde alles funktionieren, wie ich es mir vorstellte. Olivia trat ins Wohnzimmer.

"Was ist los?" Will Ethan dich wieder zurück?"

"Spinnst du? Wie kommst du denn auf die Schnapsidee? Schau hier." Ich zeigte meiner besten Freundin meine Idee.

"Man bekommt alles geliefert und die Dinger backen sich faktisch von allein. Nur noch bisschen Deko drauf, Kaffee dazu, schwuppdiwupp, habe ich mein Einkommen. Was sagst du dazu?" Olivia überflog den Text, der schon auf den ersten Seiten einiges an Informationen hergab.

"Das hört sich zu einfach an. Da muss ein Hacken sein." Sagte sie und wischte sich über den Mund, denn sie hatte in der Küche wohl gerade etwas probiert.

"Nein! Fange doch nicht an, nach Fehlern zu suchen! Es ist ein reelles Angebot. Ich habe schon oft von solchen Erfolgsstorys gehört."

Ich schnaubte. Solle sie mir meine fabelhafte Idee auch nur annähernd mies machen wollen, würde ich mich wehren. Ich knetete nervös an meinen Fingern herum, während sie sich hinsetzte und weiterlas.

"Die Idee als solche ist echt nicht schlecht, aber hast du schon geguckt, ob es in Brighton auch noch niemanden gibt, der die gleiche Idee hatte. Hier steht, dass es einen Gebietsschutz gibt, was so viel heißt wie, es darf nur einer dieser Shops in Brighton aufmachen." Ich wusste nicht, ob ich lachen oder weinen sollte. Olivia war dabei die Sache richtig auseinanderzunehmen, aber letztendlich würde Finley das genauso machen. Sie dachte halt ein Stück weiter. Hat sie sicher von ihrem Freund gelernt, früher hatte sie es auch nie so genau genommen. Sie gab den Namen der Kette im Internet ein und wir sahen sofort, wo es Filialen gab. Brighton war nicht dabei. Puh, ich hatte Glück. Das würde Finley überzeugen.

"Aber du musst eine einmalige Summe für die Anteile hinlegen", kam die niederschmetternde Nachricht.

"Was? Wieso denn das?" Ich drehte den PC zu mir und tatsächlich. Es sollten dreitausend Pfund für die Rechte am Namen bezahlt werden.

"Das darf doch nicht wahr sein!" Meine Wangen begannen zu glühen, ich merkte, wie mir die Hitze vor Wut in den Kopf stieg. Ich schnappte nach Luft, dann kam mir die Idee. Wie ein Geistesblitz schoss es mir durch den Kopf.

"Ich hab´s." Vor Freude sprang ich vom Sofa auf und rannte aufgeregt im Wohnzimmer herum.

"Darf man fragen, welche Feder meines Sofas dich gestochen hat?" Olivia schaute mich mit großen Augen und neugierigem Blick an.

"Ich mache aus dem Tiny Haus ein Café!" posaunte ich mit einem Glucksen und geladener, überglücklicher Stimmung heraus.

"Äh?"´….., kam erneut der Einwand,"...und wo willst du wohnen?"

"Es ist groß genug. Es hat zweieinhalb Zimmer. Dann mache ich im vorderen Bereich ein Mini Café und hinten kann ich schlafen und wohnen."

"Auf so engem Raum? Du bist verrückt!" Nichts konnte mich mehr von der Idee abbringen. In Gedanken lag meine Zukunft quasi vor mir. Ohne weiter auf Olivias Einwände zu hören, sauste ich nach unten zu Finley. Es war keine Überredungskunst mit totem Getier und Weinverkostung nötig. Wenn Finley bei dieser Idee nicht konform mit mir ging, dann würde ich Mum und Dad um ein Darlehn bitten. Als ich hektisch unten aus der Haustür herauslugte, sah ich Finleys Beine vor dem Auto, der Oberkörper jedoch wieder tief im Motor versenkt.

"Finley!!" schrie ich aus vollem Halse, worauf er ruckartig nach oben schnellte und sich heftig den Kopf an der Kühlerhaube andonnerte. Ich zuckte zusammen.

"Autsch", rief ich laut und zuckte zusammen, obwohl er stehen blieb. Es hatte ihn nicht umgehauen, also konnte es so schlimm nicht sein.

"Was ist denn los Ivy, dass du mich so erschrecken musst? „Rief er zurück, während er mit der Hand über den Hinterkopf wischte. Wahrscheinlich um die dicke Beule zu befühlen, die sofort herausgeschossen war.

"Alles gut?" Fragte ich ihn, als ich näherkam.

"Aber sowas von." Grinste er verkniffen.

"Ist ja auch ein bisschen blöd, da so schnell hochzukommen, wenn man die Kühlerhaube über sich hat," merkte ich abstrafend an. Er rollte die Augen.

"Liebes, was glaubst du, warum ich so schnell hochgekommen bin?"

"Ok, hätte ja auch erst zu dir herüberkommen können, " räumte ich demütig ein.

"Also, nachdem wir das jetzt geklärt haben, was ist denn so wichtig?" Meine Laune und der dahintersteckende

Enthusiasmus meiner fabelhaften Businessidee war etwas minimiert worden.

"Ach, ich wollte dir nur erzählen, dass ich das Tiny Haus kaufe und falls du dich fragst, wie ich es bezahlen will, dann sei dir gesagt, dass ich die beste Geschäftsidee dafür gefunden habe." Finley setzte sich auf die Leisten des offenen Kühlers und rieb sich weiterhin am Kopf herum. Vielleicht vermutete er, dass noch eine Blutung entstand, typisch Mann.

"Zeig mal her." Ich zog ihn an den Schultern nach vorne, damit er sich beugen und ich auf seine Birne gucken konnte. Ich fuhr leicht zusammen, als ich sah, dass die Haut rötlich schimmerte, unter dem enormen Horn, dass entstanden war. Um ihn nicht weiter zu beunruhigen, drückte ich ihn wieder nach oben.

"Alles gut, kleine Schramme." Er sah etwas benebelt aus, perfekter Moment, um mir nicht widersprechen zu können.

"Ich werde aus dem Tiny Haus ein Café machen." Drohend hielt ich die Hand wie ein Schutzschild zwischen ihn und mich.

"Und du brauchst nicht anfangen, es mir ausreden zu wollen!" Natürlich erwartete ich seine Stellungnahme in der Form, wie es Olivia getan hatte, doch Finley schien mit seiner angeknacksten Birne gefallen an der Idee zu finden.

"Ok, wenn du meinst. Cafés haben in der Regel die Angewohnheit gut Gewinn abzuwerfen. Wir können uns dann später noch über die Einzelheiten unterhalten. Ich will das hier nur erst fertigmachen." Er drehte sich wieder um und schraubte an der nahegelegensten Möglichkeit herum. Sollte es so einfach gewesen sein? Erstaunt schaute ich auf Finleys Rücken.

"Soll ich dir etwas zum Kühlen holen?" Fragte ich mütterlich besorgt, denn nun war er mein Verbündeter und der sollte gut gepflegt werden.

"Nein," hörte ich ein Schnauben aus den Tiefen der Motoren. Dann war es besser, ich würde ihn in Ruhe lassen. Geflasht, aber auch besorgt über die schnelle positive Antwort, die ich wohl selbst nicht erwartet hatte, ging ich zurück ins Haus. Oben im Flur, vor der kleinen Wohnung schlug mir der Fischgeruch entgegen und ich überlegte, was unangenehmer war. Das tote, scheinbar in der Pfanne schmurgelnde Tier, oder die Kräutermischung der Inder. Der Geruch im Treppenhaus wurde einfach nicht besser.

"Du wirst nicht glauben, was ich gerade erlebt habe," erzählte ich meiner Freundin, während ich einen Küchenstuhl zurechtrückte und mich setzte.

"Er hat ja gesagt, stimmts?" Verblüfft sah ich Olivia an.

"Woher weißt du das?"

"Ich kenne ihn doch schon so lange. Wenn ich ihn um etwas bitte, kann er es nicht ablehnen." Ich setze mich auf und guckte sie stutzend an.

"Ach, du glaubst jetzt also, dass es dein Verdienst ist?" Meine ganze Anspannung, die sich über die letzten Stunden aufgebaut hatte, ob ich es schaffe, den Kauf durchzusetzen, entlud sich wie ein Müllauto auf der Halde. Dementsprechend säuerlich kam meine Frage heraus.

"Ivy, so hatte ich es nicht gemeint." Beruhigte sie mich und setzte sich auf den anderen Stuhl zu mir.

"Es ist doch egal, wie es klappt, die Hauptsache ist, dass er es macht, oder?" Dankbar und einsichtig nahm ich ihre Hand in die meine.

"Du hast recht. Es ist egal. Sorry. Du glaubst nicht, wie ich mich freue. Meine Nerven gehen wohl gerade mit mir durch"

"Doch, genau das tue ich. Denn es wird Zeit, dass du für dich das Gefühl hast auf eigenen Beinen stehen zu können. Und, mal nebenbei. Ich bin fast eifersüchtig auf deine Idee. Sie ist klasse und ich bin fest davon überzeugt, dass es das Richtige ist." Olivias kleine Rede ging mir zu Herzen. Wir umarmten uns und ich versprach ihr, dass sie, wann immer sie eine Auszeit von Finley brauchte, sie bei mir bestens unterkommen könnte. Eine halbe Stunde später hörten wir Finley die Treppe heraufstapfen. Es hatte angefangen zu regnen und weil er so konzentriert an dem Wagen gebastelt hatte, hatte er überhaupt nicht bemerkt, wie nass er ab Hosenbunthöhe geworden war.

"Meine Güte jetzt auch noch dieses Scheißwetter dazu, hat gerade noch gefehlt." Pöbelnd ging er an der Küche vorbei ins Schlafzimmer. Wir hatten den Wein geköpft und vorab schon kräftig auf mein neues Heim und Business angestoßen.

"Kannst du denn überhaupt backen?" Fragte Olivia, während ich auf dem kleinen Block, den sie zum Einkaufslistenschreiben benutzte, die ersten Entwürfe malte.

"Also es kann ja nicht so schwierig sein, ein paar Scones oder Cupcakes hinzubekommen."

"Täusche dich da nicht, ich kann keins von beiden." Runzelte sie die Stirn und verdrehte nachdenklich die Augen.

"Ach, da fällt mir schon etwas ein." Zur Not musste ich Mum nach ihren besten Rezepten von Grany fragen, das waren die leckersten Scones, die es in England gab. Den Kaffee von Alma, den Christian und ich in Brighton getrunken hatten, galt es zu toppen, dann konnte mit meinem Plan nichts mehr daneben gehen. Finley kam in die Küche. Seine Anwesenheit ließ uns aus unseren Träumereien schrecken.

"Hast du es geschafft?" Olivia holte ein Glas und schenkte auch ihm von dem Wein ein.

"Natürlich habe ich es geschafft." Kam seine triumphierende Antwort.

"Hast du schon mal erlebt, dass ich aufgebe?". Sein Höhenflug fand kein Ende.

"Na prima," äußerte Olivia und zog die rechte Augenbraue, während sie ihm die Haare hin und her wuselte.

"Hast du gut gemacht mein kleiner Bussi Bär." Sie grinste und wusste, wie sehr sie ihn mit ihrem spöttischen Gehabe ärgerte. Er stupste ihre Hand von sich.

"Jaja, schon gut, ich hab´s geschnallt. Aber das muss mir erst mal jemand nachmachen. Der Motor für diese beknackte Anlage sitzt nämlich tief unten." Zufrieden lehnte er sich endlich nach hinten und nahm einen übergroßen Schluck Wein.

"Lecker der Wein," bemerkte er und guckte das Glas an, als ob ein Label darauf zu finden wäre." Habt ihr auch endlich mal was richtig gemacht." Wir verdrehten die Augen und er lachte laut über seine eigene Aussage, mit der er uns foppen wollte.

"Wann gibts Essen?"

"Das dauert noch," erwiderte Olivia bestimmt.

"Erst musst du jetzt zuhören. Während du den Supermonteur gespielt hast, hat Ivy die Idee für ein Business gefunden. Es war ihm anzusehen, dass seine Laune langsam besser wurde. Er schenkte sich und uns von dem edlen Tropfen nach.

"So? Na, dann lass mal die Katze aus dem Sack." Skeptisch, ob er es jetzt erst meinte, dass er nun bereit wäre mit mir über berufliche und finanzielle Angelegenheiten zu sprechen, schaute ich ihn an.

"Ehrlich?"

"Ja, schieß los. Ich merke ja, dass du nicht aufgibst. Also je eher daran, je eher davon, hat mein Urgroßvater immer gesagt." Freudig setzte ich mich wichtig auf meinem Stuhl zurecht. Olivia ebenfalls, wie bei einer richtigen Businessbesprechung.

"Also, ich werde das Häuschen mit einem kleinen Umbau als Café nutzen. Es liegt direkt an der Promenade, damit supergünstig für vorbeigehende Urlauber oder Einheimische. Ein wenig Farbe, Stühle, Tische und schon können die Gäste dort allerlei leckere Verköstigung von Kaffee und Kuchen über belegte Scones bekommen." Ich stoppte und wartete auf seine Reaktion.

"Und dann?" Fragte er, als ob dies gerade die Einleitung zu meinem Businessplan gewesen wäre.

"Wieso und nun?" Olivia rückte nervös von einer Pobacke auf die andere, um ihren Einsatz nicht zu verpassen.

"Das ist doch DIE Idee," unterstütze sie mich. Finley sah aus, als ob er eine passende Antwort suchte.

"Also ihr Süßen, ich will euch mal was sagen. Zu einem handfesten Plan gehört ein bisschen mehr als eine Idee, die man sich im Kopf schön malt."
"Sei doch nicht so spießig Finley," Olivia wurde ungeduldig.

"Das hat nichts mit spießig zu tun. So was will genau berechnet werden. Habt ihr euch mal durchgerechnet, wie viel Ivy täglich verkaufen muss, um alle Ausgaben wieder rein zubekommen und dann noch ein Plus zu machen?"
Nein, das hatten wir natürlich nicht. Finley nahm mir Stift und Block aus der Hand, blätterte auf eine leere Seite.

"So Mädels! Erster Teil Rechnungswesen. Gewinn und Verlustrechnung." Er teilte das Blatt in der Mitte mit einem langen Strich in zwei Hälften.

"So, auf die eine schreibt ihr alles, was ihr ausgebt. Als Erstes würde ich den Abtrag des Hauses aufschreiben. Sagen wir im Monat fünfhundert Pfund. Dann Strom, Ausgaben für Kaffee, Tee, Backmittel und so weiter." Sorgfältig schrieb er die imaginären Zahlen untereinander. Mit schräg gedrehten Köpfen verfolgten Olivia und ich seine Additionen.

"Da. So. Also, du musst im Monat ungefähr eintausend Pfund mit deinem Café verdienen, um nur die Kosten zu decken. Dann....." er führte weiter aus und mein Ziel rückte mit jeder Zahl in meine unsichere Zukunft. "...brauchst du noch Geld für dich."

"Oh," fuhr ich ihm ins Wort, "ich brauche nicht viel für mich." Schüttelte ich den Kopf. Ich musste die Zahlen unbedingt nach unten bekommen, sonst würde er meine Idee zerschmettern.

"Falsch!" er schrieb unbeirrt weiter. "Du brauchst Lebensmittel, Hygieneprodukte, Schminke, Geld für ein Hobby. Rauchen tust du nicht, aber sicher brauchst du viel Geld für Spirituosen." Sein Grinsen zog sich bis zu beiden Ohrläppchen hinauf. Die Liste wurde immer länger genauso wie meine Gesichtszüge.

"Brauche ich ein Budget für Spirituosen?" Ich nahm den Wein, goss nach und beantwortete mir meine Frage damit selbst. Olivia hielt ebenfalls ihr leeres Glas unter den schräg liegenden Flaschenhals, aus dem der klägliche Rest tröpfelte. Mit dreimal dick unterstrichenem Endergebnis präsentierte Finley die Endsumme.

"Das ist jetzt alles nur über den Daumen gerechnet, in der Bank haben wir ein Programm, dass viel genauer ist. Du kannst aber davon ausgehen, dass du so ungefähr zweitausend Pfund Umsatz im Monat haben musst, damit du einigermaßen gut leben kannst." Wieder und wieder unterstrich er die Zahl, um sie dann noch endgültig mit einem Kreis zu umranden. Olivia riss ihm den Stift endlich aus der Hand.

"Nun gib schon her, wir sind ja nicht blind." Ich spitzte den Mund, während ich grübelte.

"Wenn ich also dreißig Tage im Monat geöffnet habe, muss ich, gib mal her....." Ich nahm Olivia den Stift aus der Hand und Finley den Block. Gerade wollte ich anfangen zu rechnen, als Finley schon auf dem Handy herumtippte und mir den Spaß nahm, wie viel Geld ich pro Tag einnehmen müsste.

"Genau 66,66 Pfund." Er hielt uns die Zahl, die grell auf seinem Handy leuchtete vor die Nase. Vor Freude sprang ich auf. Der Tisch wackelte gefährlich, denn ich hatte ihn mit dem Bein etwas in die Höhe gehoben. Finley und Olivia hielten vor Schreck die Gläser fest. Ein gutes Gefühl machte sich in mir breit.

"Das ist ja nix, das schaffe ich locker," jubelte ich und setzte mich ruhiger wieder hin. Ohne etwas zu sagen, stand Finley auf und ging aus der Küche. Fragend guckte ich meine Freundin an. War er doch nicht überzeugt? Ich seufzte tief. Olivia sandte mir einen mitfühlenden Blick zu.

"Wir werden uns etwas einfallen lassen." Versuchte sie mich zu trösten. So schnell er verschwand, kam er nun wieder zurück. In der Hand hielt er ein paar Papiere, die ich als das mir begehrte Herzobjekt erkannte. Verwundert schauten wir ihn an. Er nahm den Stift und drückte ihn mir in die Hand.

"Hier Madame, unterschreibe deinen Kauf." Sein Grinsen zog sich mit weiß blitzenden Zähnen über das ganze Gesicht.

"Bist du sicher?"

"Wenn ich es nicht bin, dann hoffe ich doch sehr, dass du es bist." Mit einem juchzenden Aufschrei fiel ich ihm um den

Hals. Olivia klatschte freudig in die Hände und nachdem ich rein symbolisch die von ihm verlangte Unterschrift über das ganze Foto des Tiny Hauses kritzelte fiel auch Olivia ihrem Freund in die Arme.

Es wurde einer der schönsten Abende, die ich je hatte. Wir feierten bis in den frühen Morgen. Das Essen schmeckte köstlich und je mehr Wein wir tranken, desto gewagter wurden die Ideen, die wir dazu erfanden, was ich in dem kleinen Café alles anbieten könnte. Irgendwann nachts um drei meinte Finley, eine Sushi Bude wäre auch nicht schlecht. "Sushi to go" sagte er, wäre das Highlight und würde mich zu einer reichen Geschäftsfrau machen. Meine Laune hätte besser nicht sein Können und meine Freunde sagten mir zu, dass ich mich nicht mal an die Bank wenden müsste, Finley würde mir das Darlehn ohne Zinsen geben. Als wir gegen vier Uhr endlich ins Bett gingen, drehte es sich leicht in meinem Kopf, aber es war mir egal. Ich war so glücklich, dass es nicht lange dauerte und ich einschlief. Ich träumte von dem Tiny Haus Café, wie ich es dekorierte und einrichtete, wie die Leute, die dort an dem Pier ihre Boote liegen hatten, vorbeikamen und neugierige Blicke darauf warfen.

Stolz stand ich und schaute aufs Meer. Mein verkorkstes Leben hatte eine andere Wendung genommen. Am Ende des Piers war Christians Yacht vertäut. Aber so sehr ich es versuchte und hoffte ihn dort zu sehen, ihn dorthin wünschte, er tauchte nicht auf. Ein leichtes Lächeln legte sich auf meine Lippen, als ich mit dem Handy in der Hand durch das fertig eingerichtete Café ging.

Ich könnte ihm eine Nachricht schicken und ihn auf einen Kaffee hierher einladen. Ich spürte mein Herz klopfen, als ich nur daran dachte. Wie gerne hätte ich ihm von der guten Idee meiner Selbstständigkeit berichtet, doch was scherte es ihn, er dachte sicher nicht mehr an mich. Wahrscheinlich war seine Welt mit Harper wieder in Ordnung. Kurz tauchte Ethan auf, hielt vor dem Café und hatte seinen ganzen Kofferraum voll mit meinen Malutensilien. Es schien mir falsch, dass er da war und ich wollte die Sachen gar nicht annehmen. Er lachte über mein Café, lud alles aus und brauste davon. Ich sah ihm nach und meine Gefühle waren plötzlich anders, als ob ich etwas sehr schmerzlich vermissen würde.

Unruhig davon drehte ich mich auf dem engen Bett in eine andere Position, in der ich zum Glück ohne weitere Träumereien bis in den frühen Mittag weiterschlief. Als

Olivia um halb zwölf die Tür öffnete, konnte ich nur mit einem offenen Auge meine Anwesenheit bestätigen.

"Gut geschlafen?" Gähnte sie und schlurfte mit ihren rosa Mutti Puschen an mich heran und ließ sich auf meine Bettkante fallen. Es knackte verdächtig in den Winkeln des Bettes und ich setzte mich auf.

"Wir krachen noch zusammen mit dem Ding."

"Finley kann mit uns nach Brighton fahren. Wir können das Haus besichtigen", erklärte sie fröhlich. Mein Mund klappte unkontrolliert auf. Ich konnte es kaum glauben, dass er das für mich machen wollte.

"Wow, ich muss schon sagen, habe deinen Lover selten so in Aktion gesehen."

"Wenn es um ein gutes Projekt geht, ist er der Erste, der aktiv wird."

"Ich bin so dankbar, Olivia, das könnt ihr euch gar nicht vorstellen." Fast rollte mir eine Träne die Wange hinunter. Der Wein und die Müdigkeit machten mich sensibel. Der Traum war wieder nur ein wirres Durcheinander gewesen und auch, wenn ich meine Freude zu gerne mit Christian geteilt hätte, so wusste ich, dass ich mir den Gedanken daran verkneifen musste. Brighton war meine Zukunft.

"Schon gut Süße. Wir finden halt auch, dass es ein cooles Projekt wird, also los, raus aus den Federn." Sie schlurfte von dannen und schloss die Tür hinter sich. Ich setzte mich an die Bettkante, um einen kurzen Blick auf mein Handy zu schmeißen. Zwei neue Meldungen erregten mit blinkendem Licht meine Aufmerksamkeit.

Als ich über das Display wischte tauchte sofort der Name Ethan auf. Reichte es nicht, dass er ungewollt in meinen Träumen auftauchte, musste er mich auch noch kontakten? Was wollte er denn? Ich hätte ihn schon längst blockieren sollen. Genervt öffnete ich die Nachricht, in der er mir mitteilte, dass meine Malsachen an die von mir gewünschte Adresse gegangen sind und die weitere Frage, was ich denn da zu suchen hätte.

Was sollte ich darauf antworten? Ich lächelte kurz, als ich auf die Idee kam, für Ethan den Gedanken weiter zu verfolgen, dass ich dort wohnte und warum, darüber würde ich ihn komplett im Dunkel lassen. Es war scheißegal, was er davon hielt, es ging ihn ohnehin nichts mehr an.

Ein kurzes, aber bestimmtes "Danke für deine Mühe" war meine Antwort und ich freute mich wie eine Schneekönigin, ihm damit eins auszuwischen, denn ich wusste, wie neugierig er war. Kurz dachte ich an die Zeit zurück, die ich mit ihm verbracht hatte, doch es schien mir jetzt schon, als ob es eine Ewigkeit her wäre. So viel ist in meinem neuen Leben passiert. Hätte er nicht seine neue Freundin, wäre ich noch immer in dieser Blase von der essenkochenden Frau. Das Heimchen am Herd. Irgendwie sollte das alles so sein, überlegte ich, als ich anfing, mich anzuziehen. Ich brauchte nicht lange überlegen, was ich heute in meiner Position vorziehen würde. Ein unabhängiges Leben am Meer. Perfekt.

Olivia hatte ein paar Sandwiches für uns gemacht, die wir zwar, weil es ja ein neues Auto war, nicht in diesem verspeisen durften, doch auf halbem Weg nach Brighton machte Finley einen Stopp. An einem Rastplatz kauften wir uns einen abgestandenen Kaffee, der schmeckte als wäre er vom vorherigen Tag wieder warm gemacht worden. Das Wetter war perfekt. Sommerlich warm. Ein paar kleine Vögel hopsten erwartend auf ein paar Krümel vor unseren Beinen herum, als wir uns auf die Holzbänke setzten, um unser Lunch zu genießen. Finley war süß, nie hatte ich ihn so engagiert für etwas gesehen. Langsam bekam ich das

Gefühl, er war aufgeregter über das Projekt als ich. Auf seinem Handy gab er die Adresse ein.

"Also von hier aus sind es noch ca. zwanzig Minuten", teilte er uns mit, während er sein Sandwich in sich stopfte. Olivia legte einen Finger an die Lippen und sah grübelnd aus.

"Ist es nicht genau unten am Pier?", fragte sie nach.

"Ja. Das ist doch das Schöne. Es liegt in der Nähe des Piers, wo die ganzen Boote und Yachten festgemacht sind." Natürlich hatte ich mir die Lage selber schon auf dem Handy anzeigen lassen, daher sicher auch mein Traum, wo ich vom Tiny Haus Café bis zu Christians Yacht gucken konnte.

Als wir in Brighton ankamen, konnte ich vor Aufregung nicht mehr stillsitzen. Am liebsten wäre ich wie ein kleines Kind aus dem Auto gesprungen und den Rest gelaufen. Finley bugsierte den Wagen durch die Gassen in Richtung Wasser.

"Mist" fiel es mir plötzlich ein. "Wir haben ja gar keinen Schlüssel abgeholt!"

Olivia nickte bestätigend mit dem Kopf.

"So ein Mist, Finley, daran hättest du aber schon denken können!" Im Rückspiegel konnte ich sein Gesicht sehen. Ein amüsantes Grinsen lag auf seinen Lippen.

"Nur die Ruhe, Mädels, ich habe an alles gedacht."

"Echt? Woher? Ich meine, wann hast du ihn denn geholt?" Meine Ungeduld wuchs ins Maßlose, aber Finley sagte nichts mehr. Zum Glück erreichten wir gerade den Parkplatz. Die frische Seeluft tat gut und der Himmel war so blau, als ob jemand alle Wolken weggepustet hätte, damit ich von meinem neuen Zuhause den besten Eindruck bekommen sollte. Wir stiegen aus. Olivia hatte ihre überdimensionale Sonnenbrille leicht nach unten auf die Nase gerutscht und schaute in die Richtung, in der das Tiny Haus zu sehen sein musste.

"Wir müssen ein paar Meter gehen...in die Richtung." Finley schaute immer wieder auf sein Handy. Sein Gesichtsausdruck schien fragend, dann lachte er.

"Haha. Kann ja nicht stimmen, wenn man die falsche Hausnummer eingibt. Eilig tippte er die richtige Nummer, woraufhin er sich in die entgegengesetzte Richtung drehte.

"Es muss da hinten sein," fuchtelte er mit der Hand in der Luft herum. Wie eine Herde Schafe folgten wir ihm. Als wir ca. fünfzig Meter an der Promenade gegangen waren, bog sich die Straße leicht. Und da, plötzlich sahen wir es alle gleichzeitig. Eine kleine baufällige Bruchbude, die auf dem Papier weitaus besser ausgesehen hatte als nun in Wirklichkeit. Ich war entsetzt. In meinen Gedanken stand es da, wunderschön hergerichtet und nun das. Diese Enttäuschung. Finley bemerkte meine Miene.

"Ich hatte es dir gesagt Ivy!" Tönte er und wir gingen weiter meinem Traum entgegen. Ich wusste nicht, ob es ein Scherz sein sollte, aber es schien auf einmal eher ein Albtraum zu werden. Als wir davorstanden, sahen wir erst recht den ganzen Schaden, der hier zu beheben sein würde. Finley ging kurz um das kleine Haus herum und kam mit dem Schlüssel in der Hand von der anderen Seite wieder zu uns.

"Kopf hoch Ivy, das wird schon, wir kriegen das hin. Das wird ein Palast, wenn es fertig ist." Olivia rüttelte an einem Brett neben dem Frontfenster, was daraufhin abfiel. Auf ihre gerade gemachte Aussage verdrehte sie die Augen.

"Ok, zumindest kann man es versuchen," meinte sie gedämpfter. Finley schloss die Tür auf. Langsam steckte er den Kopf hinein, als wenn er erwartete, dass beim Betreten etwas von oben herunterfallen würde. Dann winkte er uns, dass wir ihm folgen sollten.

Kapitel 6

"Als "alten Bunker" hätten sie das Ding annoncieren sollen. Wie kann man solche Fotos als Verkaufsobjekt drucken, wenn es gar nicht mehr so aussieht?" Olivia schaute zu Finley, der mittlerweile die Küchenzeile im Inneren inspizierte.

"Das solltest du beantworten," warf sie ihrem Freund zu.

"Wartet, bis ich alles angeguckt habe. Ich sehe das Objekt auch zum ersten Mal. Der Verkäufer hat mir scheinbar alte Fotos gegeben."

"Toll," murrte ich wütend. "Dann hätten wir uns die Fahrt und die Aufregung sparen können." Ohne Zweifel sah ich meinen Traum platzen wie eine heiße Wurst im kochenden Wasser. Mit forschen Schritten kam Finley zu mir.

"Ivy. Noch mal. Jetzt warte ab, wenn er mir falsche Tatsachen vorgegaukelt hat, kann ich ihm den Maklervertrag kündigen. Daran wird er aber kein Interesse haben, er will es schnellstmöglich loswerden, so viel habe ich am Telefon heraushören können. So wie es aussieht, kann ich den Preis des Objektes ganz gehörig nach unten drücken. Umso mehr kannst du selber machen."

"Na ja, es ist ja bedingt, was ich selber machen kann. Guck dir doch mal die Wände an." Zwar waren Finleys finanzielle Gedanken in dieser Hinsicht richtig, doch hier war mehr Einsatz notwendig, als ein bisschen den Pinsel zu schwingen und schöne Pflanzen zu platzieren. Ich schüttelte den Kopf.

"Ich bin so blöd", sagte ich zu mir selbst.

"Nein, jetzt lass den Kopf nicht hängen. Finley macht das schon." Tröstend tätschelte Olivia mich auf dem Rücken. Zusammen gingen wir durch die fünfundvierzig Quadratmeter, die die Grundfläche ausmachten. Ein Zustand von Gleichgültigkeit machte sich bei mir breit, die erste Euphorie war verflogen. Das Bad brauchte ein paar neue Fliesen, das Schlafzimmer hatte ein kaputtes Fenster, mal abgesehen von der Küche, die für ein Restaurant nach Gesundheitsamt Status so nie und nimmer eine Gewerbebescheinigung für die Erstellung von Backwaren bekommen würde.

Finley hatte mittlerweile alle Mängel auf dem Handy notiert. Als wir fertig waren, setzten wir uns draußen vor dem Haus auf eine kleine Düne.

"Ich werde mal versuchen, ob ich ihn ans Telefon bekomme." Eifrig und ganz in seinem Job vertieft tippte Finley die Nummer des Verkäufers. Als diese kurze Zeit später ranging, schritt er geschäftig vor dem Häuschen auf und ab.

"Oh je, ich will das nicht hören," seufzte ich und sprang auf. Unser Kaffee an der Haltestelle war so ungenießbar gewesen, dass wir alle den Rest in die Böschung gekippt hatten. Nun fiel mir der gute Kaffee von Alma wieder ein. Er lag nicht weit weg und es schien mir eine aufmunternde Idee, drei davon zu holen.

"Ich bin gleich wieder da," rief ich Olivia zu, die abwesend auf ihrem Handy herumtippte.

"Wo willst du denn hin?" Rief sie mir hinterher, aber ich war schon zu weit weg, und tat, als ob ich sie nicht hörte. Gedankenschwer ging ich in die Richtung zurück, wo wir geparkt hatten und wo auch die kleinen Geschäfte an der Promenade zu finden waren. Die Möwen flogen aufgeregt über den Booten herum und warteten instinktiv wie jeden Tag auf die Fischer, die von ihren Touren zurückkamen. Ein Hauch von Sonnencreme zog mir von den vorbeigehenden Urlaubern in die Nase, was mich angesichts der Tiny Haus Misere wieder besser stimmte. Wenn Finley recht hatte, könnte ich es noch günstiger bekommen. Dann würde meine Eröffnung zwar etwas in die Ferne rücken, dennoch, ich hätte hier in dieser schönen Stadt meinen Lebensmittelpunkt. Ich blieb kurz stehen und schaute in Richtung Horizont, über das glitzernde Meer, die Yachten und kleinen Boote.

Als ich gerade tief einatmete, dachte ich auf Christians Yacht jemanden gesehen zu haben. Die Masten der davor liegenden Boote waren im Weg und ich war nicht mehr sicher, ob es auf seinem war oder eins der anderen. Es lag zu weit weg und auch wenn er es gewesen war, es hatte keine Bedeutung. Selbst wenn wir uns hier in Zukunft öfter begegnen würden. Er hatte sich bis heute nicht bei mir gemeldet, was mir deutlich zeigte, dass er kein Interesse an mir hatte. Ich seufzte, schüttelte den Kopf und sagte mir selber, dass ich jetzt an mich denken musste. Kurz vor dem Geschäft standen ein paar Gäste in der Schlange. Als ich mich hintenanstellte, dachte ich an mein Café und hoffte, dass es genauso populär werden würde, wie dieses hier von Alma. Doch so sehr ich mich anstrengte, um nicht daran zu denken, ob es Christian auf der Yacht war oder nicht, desto mehr brannte sich der Gedanke in mein Herz ihn wiederzusehen. Gerade versuchte ich zu erspähen, wie viel noch vor mir sind, als ich Christian aus dem kleinen Laden herauskommen sehe. Mit einer Tüte und zwei Kaffee beladen geht er so dicht an den wartenden Leuten vorbei, dass er mir fast in die Arme läuft.

"Mein Gott. Ivy! Was machst du denn hier?" Fast peinlich erschrocken blieb er stehen und schaute mich an.

"Ich könnte dich das Gleiche fragen." Ich wusste, dass meine Antwort nicht die klügste war." Er atmete laut aus und wir beide wunderten uns, warum er die Luft angehalten hatte.

"Machst du Urlaub?" Fragte er mich, ohne überhaupt darauf einzugehen, warum ich sang und klanglos verschwunden war.

"Ja, so etwas in der Art", woher es kam, dass ich so cool reagierte, war mir nicht bewusst, doch instinktiv war mir nun klar, dass die Person, die ich auf seiner Yacht gesehen hatte, Harper sein musste. Unbeholfen hob er den Kaffee und die Tüte in die Höhe, um mir zu zeigen, dass es gerade unpassend sei, sich hier weiter zu unterhalten.

"Ähm, ja...schön dich zu sehen, wir können ja mal telefonieren." In seiner Stimme lag ein vehementer Unterton, der die Dringlichkeit eines Arztes hatte, der zur Notaufnahme musste.

"Ja klar." Seine unergründliche Hast zeigte mir, dass er der Frage aus dem Weg gehen wollte, mit wem er denn hier sei oder sonst irgendetwas, auf das er jetzt nicht eingehen wollte. Er lächelte und ging weiter in Richtung Bootssteg. Es tat zum Kotzen weh. Wie sehr hatte ich es mir gewünscht ihn zu sehen und dann das. Gefasst rückte ich in der Schlange nach vorne und zum ersten Mal realisierte ich, dass es quatsch war, weiter über ihn herumzufantasieren. Zum Glück hatte ich nicht weitere Jahre wie mit Ethan mit ihm verschwendet. Auf dem Weg zurück mit dem Kaffee und drei Scones versuchte ich nicht wieder zu den Booten hinüberzuschauen.

"Wow." Meinte Finley, als wir uns draußen zusammen vor dem Tiny Haus auf die Düne setzen, ich die Verpflegung verteilte und sie probierten.

"Doppel wow," meinte Oliva. "Dass musst du toppen, die Scones sind er Hammer und im Kaffee muss eine Geheimzutat stecken."

"Wenn es überhaupt so weit kommt."

"Was meinst du?" Fragte Finley und schüttete sich schon den Rest des Becherinhaltes rein.

"Das Tiny Haus Café."

"Ach so, du weißt es ja noch nicht." Finley versuchte den Becher wie einen Basketball in den alten übererfüllten Mülleimer neben dem Haus zu werfen, der aber glatt daneben landete.

"Was weiß ich noch nicht?" Meine Geschmacksnerven versuchten die Geheimzutaten mit lautem Schnalzen der Zunge zu ergründen. Olivia guckte mich fragend an, als ob sie wissen wollte, was ich da herumprobierte.

"Es ist gekauft und rate mal, was mein lieber Schatz ausgehandelt hat?" Plötzlich wurde mir bewusst, dass der Kauf des Tiny Hauses während meiner Abwesenheit scheinbar heftig vorangegangen sein musste.

"Wie jetzt?" Neugierig schaute ich abwechselnd zu meiner Freundin und zu Finley. Er wühlte einen Moment in seiner Hosentasche herum, dann zog er den Schlüssel an einem langen pinkfarbenen Band heraus und warf ihn mir rüber. Er landete neben mir im Sand. Silber glänzte er in der Sonne und das pinke lange Surfer Band daran, mit der Aufschrift "Tiny Haus Brighton", leuchtete mir entgegen.

"Es ist deins! Herzlichen Glückwunsch!"

"Es ist meins?", murmelte ich ungläubig. Olivia grinste zu mir herüber.

"Ja. Finley hat den Käufer so heruntergehandelt, dass er sofort ja gesagt hat, als er darauf eingegangen war." Sie lachte. „Ich glaube, er hätte bald noch etwas obendrauf bezahlt, um es loszuwerden." Fast blieb mir der letzte Bissen des Scones im Halse stecken. Was für ein Duo meine Freunde sind. Glücklich krabbelte ich in dem Dünensand auf die beiden zu und nahm sie in die Arme. Durch die Schräge, auf der wir saßen, rutschten wir mit dem Sand abwärts und eine Möwe, die gerade über uns flog, kackte mir direkt auf den Kopf.

"Igitt," lachte ich und wir ließen uns weiter in dem warmen Sand die Düne herunterkullern.

"Na wenn das kein Glück bringt!" Lachte Olivia und versuchte mir mit Dünengras und eine Servierte von den Scones den Unrat aus dem Haar zu beseitigen.

"Meinst du? Von einer Möwe auf den Kopf gekackt?" Es war perfekt. Zu dritt saßen wir in dem Sand, der uns mittlerweile in jedes Kleidungsstück gekrochen war und genossen die Sonne.

"Wie soll ich euch nur danken?" wollte ich wissen.

"Wenn wir hier öfter solche Wochenenden verbringen können, dann wäre das echt cool. Außerdem schuldest du uns dreitausend Pfund und es kommen sicher zweitausend dazu, damit du es in Stand bekommst."

"Er hat es dir für dreitausend verkauft? Was für ein Schnapper." Ich war sprachlos. Finley war ein echter Finanzexperte. Olivias Augen glänzten vor Freude. Ich hatte den Eindruck, dass sie selbst gerne auf die Idee gekommen wäre, doch sie hatte ihr sicheres Leben mit ihrem Job und Finley an ihrer Seite.

"Finley meinte vorhin, wir könnten ja vielleicht noch ein Boot kaufen, dann haben wir das volle maritime Paket." Fügte sie freudestrahlend hinzu. Wie ein Wunder kam es mir vor. Mein inneres Glücksgefühl durchflutete meinen ganzen Körper. Ganz hinten, in einer kleinen Ecke meines Herzens kam der Gedanke an Christian wieder hoch und mit wem er jetzt auf der Yacht wäre, doch als wir erneut in das Tiny Haus gingen, um eine erste Bestandsaufnahme, was zu tun sei aufzuschreiben, wurden diese schnell verdrängt. Finley ging wie immer fachmännisch vor. Stück für Stück fing er an auszumessen.

"Wie willst du es denn eigentlich einrichten?" Olivia fegte die toten Fliegen von der Fensterbank, die sich im Laufe der Zeit hierher verirrt hatten.

"Hell, es muss alles sehr hell werden. Und maritim natürlich."

"Das hört sich gut an. Weißgraue Holzpaneelen und vorne, wo die Tische und Stühle hinkommen würde ich die typischen blauen Bootskissen nehmen. Das schafft Kontraste." Finley hob seine Hand und zeigte mit dem Finger dahin, wo wegen des wenigen Platzes die einzige Möglichkeit bestand, ein paar Sitzgelegenheiten zu organisieren. Auf einmal spürte ich in meiner Hosentasche das Vibrieren meines Handys. Ich zog es heraus und sah sofort, dass der Akku fast leer war. Trotzdem wurde mir noch mit schwachem Licht eine Nachricht angezeigt, von der ich, obwohl ich keinen Namen zu der Nummer eingegeben hatte, wusste, von wem sie kam.

"Es tut mir leid, dass ich so schnell weitermusste. Ich würde dich gerne später treffen. Wir müssen reden." Dann verabschiedete sich der Akku komplett. So eine Scheiße, ausgerechnet jetzt. Die letzten Tage war mir mein Handy weniger wichtig geworden und es war eine Erleichterung gewesen. Nun verfluchte ich mich selber, dass ich nicht mehr darauf geachtet hatte, dass es immer ganz aufgeladen war. Olivia beobachtete, wie ich es wütend wieder einsteckte.

"Alles in Ordnung?" Fragte sie.

"Ja, alles gut. Ich habe nur keinen Strom mehr." Es war den beiden anzumerken, wie glücklich sie waren, mir helfen zu können und das wollte ich jetzt nicht mit Grübeleien wegen irgendwelcher Männer kaputtmachen. Die "to do" Liste wurde immer länger. Verdammt noch mal, obwohl ich mich fest darauf konzentrierte, was hier alles getan werden musste, ging mir die Nachricht nicht aus dem Kopf. Warum wollte er mich sehen, wenn er mit einer anderen hier war. Und warum jetzt? Wenn ihm mein Verschwinden aus seinem Haus etwas ausgemacht hätte, hätte er mir doch viel früher eine Nachricht schicken können. Obwohl ich ihm zu gerne geschrieben hätte, hielt ich es für ein Wink des Schicksals, dass mein Handy sich verabschiedet hatte. So hatte es sich erübrigt, bis wir wieder zurück in Welling waren, wo neben meinem Bett das Ladekabel auf mich wartete. Zwar schoss mir die Alternative, schnell zu ihm zum Boot zu gehen, durch das Hirn, doch das hätte ich nicht gewagt.

Verdammt nochmal, der Gedanke an ihn und der Kuss in der Küche hatte sich fest gebrannt. Zu gerne hätte ich die Nacht mit ihm auf seiner Yacht verbracht. Eine laue Sommernacht mit ihm an meiner Seite.

Olivia kam zu mir herüber und strich mir über die Schulter.

"In letzter Zeit sehe ich dich ziemlich viel Tagträumen, darf man fragen, wo die Reise hingeht?" Erstaunt schaute ich sie an. Sie hatte recht. Jetzt fiel es mir auch auf.

"Och, ich denke darüber nach, wie ich es hier alles machen werde." Das war glatt gelogen und ich wusste, dass Olivia das auch erkannte, doch sie sagte nichts und grinste mich nur an.

"Was für eine Ironie", meinte Finley aus einer der hinteren Ecken.

"Was denn?" riefen Olivia und ich gleichzeitig und gingen zu ihm. Er stand da und schaute auf sein Handy.

"Ich habe gerade eine Nachricht von der Bank bekommen. Ein Kunde hat großes Interesse an dem Tiny Haus gezeigt und möchte, dass ich ihn anrufe, damit wir den Kauf besprechen können." Besorgt schaute ich ihn an.

"Aber du hast es doch gekauft, oder? Ist der Deal rechtskräftig, wenn der Verkäufer noch nicht unterschrieben hat?" Finley schaute mich ernst an, sodass mir das Herz in die Hose rutschte. Dann zog er die Mundwinkel in einem Bogen nach oben.

"Nein, alles gut. Der Verkäufer hat mir den Zuschlag mündlich gegeben. Allerdings in deinem Namen. Wir fahren gleich zurück und dann mache ich den Vertrag fertig und du unterschreibst ihn. Dann ist die Katze im Sack." Auf einmal überkam mich eine innere Angst, denn ich sah meinen Plan aus irgendeinem Grund flöten gehen, wenn sich der andere Käufer dazwischen steckte und dem Eigentümer mehr Geld bot, als ich es konnte. Vielleicht war da jemand auf die gleiche Idee gekommen.

"Himmel, das macht mich jetzt richtig nervös. Können wir fahren und das so schnell wie möglich erledigen?" drängelte ich. Scheinbar war auch Finley davon irritiert, aber er versuchte es sich nicht anmerken zu lassen. Wir ließen die Jalousien wieder hinunter, die wir für die Besichtigung hochgezogen hatten, um die Fenster zu öffnen und durchzulüften. Dann gingen wir hinaus und mit dem Schlüssel, den ich mir um den Hals gehängt hatte, verriegelte ich mein kleines Haus. Die Rückfahrt erschien mir maßlos lang. Immer wieder nickte ich kurz ein. Auch Finley und Olivia schienen müde von der Seeluft und unterhielten sich kaum. Als wir eine Stunde später wieder zu Hause waren, verschwand Finley hinter seinem Schreibtisch und machte sich sofort an den Schreibkram, während Olivia und ich in der Küche einen Tee tranken und uns überlegten, was wir zum Essen machen sollten.

Natürlich hatte ich mein Handy sofort an das Ladekabel angeschlossen, doch da es so alt war, musste ich immer eine halbe Stunde warten, bis es überhaupt so viel Strom gezogen hatte, dass ich es einschalten konnte. Meine Gedanken kreisten wild durcheinander. Ob Christian noch mehr Meldungen geschickt hatte? Was wäre die Alternative für mich, wenn ich das Haus doch nicht bekomme? Entspannt kam Finley zu uns und schenkte sich einen Tee ein. Er legte mir ein Papier zur Unterschrift hin.

"So. Nur noch deine Unterschrift, dann faxe ich es dem Verkäufer und ich denke, wir bekommen es noch heute zurück." Verwirrt schaute ich auf den Vertrag und suchte einen Kugelschreiber. Olivia griff hinter sich in eine Küchenschublade, grabbelte einen heraus und drückte ihn mir in die Hand. Eilig unterschrieb ich das Dokument.

"Hier, schnell, bevor er es sich anders überlegt." Ich drückte es ihm in die Hand und er ging schnurstracks zu seinem Faxgerät und schickte es an den Verkäufer, dann kam er zurück.

"So, nun heißt es warten." Finley setzte sich wieder zu uns. Die Stimmung war leicht gedrückt.

"Es wird schon schiefgehen", witzelte Olivia und schenkte noch mal nach. Da hieß es jetzt nur Abwarten und Tee trinken.

"Was hältst du davon, wenn wir etwas zu Essen bestellen. Irgendwie ist mir heute nicht mehr nach kochen."

"Wir können auch Essen gehen", stieß Finley hervor. "Immerhin haben wir ja etwas zu feiern." Olivia stimmte ihm zu.

"Du hast recht, wir sollten das gebührend feiern." Finley sprang auf. "Abgemacht. Dann haut euch in Schale ihr zwei Hübschen. Endlich mal ein Anlass zum Feiern." Er rauschte gut gelaunt aus der Küche.

"Ich bestelle einen Tisch im Vermont."

"Ist das dein Ernst? Im Vermont ?", rief Olivia. "Bist du sicher? Das ist doch der teuerste Laden hier in der Gegend." Rief sie lauthals hinterher. Verwundert guckten wir uns an.

"Jaaa, warum sollen wir denn ein neues Business nicht gebührend feiern?", rief er aus dem Nebenzimmer.

"Also eins muss ich ihm lassen," flüsterte ich meiner Freundin mit hochgezogenen Augenbrauen zu. "Er macht wirklich keine halben Sachen dein Finley."

"Wenn er mich mit diesem Enthusiasmus mal fragen würde, ob ich ihn heiraten will." Erstaunte schaute ich sie an. Nie wäre ich auf die Idee gekommen, dass Olivia den Wunsch gehabt hätte zu heiraten.

"Psst," grinste sie mir mit vorgehaltenem Finger vor dem Mund zu, denn Finley rief erneut und wir hörten seine Schritte.

"Schmeißt euch in sexy Kleider Ladys, wir gehen aus."

"Keine Jeans?" Grinste Olivia ihn an. Er beugte sich hinter ihr stehend über den Stuhl, auf dem sie saß und gab ihr einen Kuss auf die Stirn.

"Keine Jeans!" Wiederholte er bestimmt.

"Der Tisch ist um zwanzig Uhr bestellt."

"Dann haben wir ja noch reichlich Zeit. Ich glaube, ich lege mich noch ein halbes Stündchen hin." Ich war zu neugierig, ob sich das Handy schon wieder an machen lassen würde und hielt den Rückzug für die beste Alternative, mich in Ruhe der Nachricht von Christian widmen zu können.

"Ja, mach das. Wir schmeißen dich schon raus, wenn du verschlafen solltest." Sicher würden Ethan und Olivia auch einen Augenblick Ruhe gebrauchen können. Seit ich da war, hatte sich tatsächlich alles um mich gedreht. Es war mir ohnehin schon peinlich, dass ich sie so in Beschlag nahm.

Zu meiner Freude brummte das Handy zweimal auf, nachdem ich es aktiviert hatte, was so viel hieß, dass es genug Strom hatte, dass ich es anlassen konnte.

Mit Spannung wartete ich darauf, dass sich das Display zeigen würde. Als ich die App öffnete, um Christians Meldung erneut zu lesen, konnte ich nicht wirklich Gründe dafür finden, ihm nicht zu antworten. Ich atmete tief ein und begann ihm zu schreiben. "Hallo Christian. Wir waren nur kurz in Brighton und mein Handy hatte sich verabschiedet." Nachdenklich, was ich weiterschreiben sollte, rückte ich mich gemütlich auf dem Bett zurecht. Vielleicht wollte er sich nur entschuldigen, dass er so kurz angebunden war, mehr nicht. Dann wäre es auch unangebracht ihm jetzt so viel zu schreiben. Also fügte ich nur noch einen Satz hinzu.

"Ich hoffe, es geht dir gut, lieben Gruß" Das erschien mir als ausreichend und ich würde abwarten, ob noch etwas von ihm kommen würde. Eine gewisse Spannung baute sich ihn mir auf. Ich wollte ihn wiedersehen, aber nicht nur kurz, irgendwo durch Zufall, sondern ein richtiges Date. Meine Zellen waren sich einig. Sie verlangten nach seinen Berührungen und auch wenn mein Leben gerade einer Baustelle glich, daran konnte ich arbeiten, aber mein Herz schickte mir deutlichen Input über meine Gefühle. Ich lächelte zufrieden, als ich die Nachricht sandte und versuchte, meine sexuellen Fantasien auszublenden.

Ein paar Stunden später betraten wir das Valmont. Aufgehübscht mit Kleidern und Highheels fühlten wir uns an Finleys Seite, der sich mit Anzug auch zur Hochform gestylt hatte, total wohl. Der Kellner brachte uns an den vorbestellten Tisch. Es war nicht so voll, wie Finley angenommen hatte, doch durch seinen Anruf hatten wir einen der schönsten Plätze bekommen. Direkt am Fenster.

Als wir Platz genommen hatten, holte Finley einen Zettel aus seiner Westentasche. Er verzog das Gesicht, als wenn etwas Schlimmes passiert wäre.

"Ivy, ich muss dir leider was sagen. Der Verkäufer hat dem Vertrag doch nicht zugestimmt, scheinbar ist er von dem anderen Käufer kontaktiert worden." Mir rutschte das Herz in die Hose und ich bekam weiche Knie.

"Was, warum das denn?" Schrie ich ihn hysterisch an, sodass sich die Leute an den anderen Tischen zu uns drehten. Olivia guckte uns an und grinste, was mich ziemlich irritierte.

"Sei nicht so fies Finley", lachte sie und haute ihrem Freund die geballte Faust auf das Knie.

"Schon gut, schon gut", mahnte er Olivia ab und strich sich über den schmerzenden Punkt. Er faltete den Zettel auseinander, den ich sofort als die Seite erkannte, die ich vor ein paar Stunden unterschrieben hatte. Finley legte ihn auf meinen Platzteller.

"Er hat ihn doch unterschrieben!" Die Lautstärke war mir egal. Meine Freude riesig.

"Klar, wenn ich was mache, dann auch richtig." Finley klopfte sich auf die linke Schulter.

"Großartig." Ich umarmte ihn überschwänglich. "Dann können wir ja jetzt feiern."

"Ja, endlich", mischte sich Olivia ein und winkte den Kellner herbei. Finley meinte das ich verdammtes Glück gehabt hätte, dass er den Verkäufer so hatte, runter handeln können. Darum ging der erste Drink des Abends auf ihn. Große Reden lagen mir nicht, doch in Anbetracht der Unterschrift, die ich nun schwarz auf weiß vor mir hatte und die mich gerade zur glücklichsten Frau der Welt machte, widmete ich ihm ein paar Worte. Ich erhob mich nicht, denn nach uns waren einige Gäste gekommen und das Restaurant füllte sich

Zusehens, doch ich nahm das Brotmesser und klingelte ein wenig an meinem Glas. Feierlich setzte ich an.

"Mein lieber Finley. Vermutlich habe ich dich unterschätzt und das möchte ich heute durch ein paar Worte wieder gutmachen." Gespannt schauten die beiden mich an. Finleys merkwürdiger Geruch strömte wieder aus seiner Richtung, doch diesmal wollte ich es nicht bemerken und so versuchte ich dem mit dem Stuhl ein Stück nach hinten gerutscht, zu entkommen.

"Deine lässige und hartnäckige Art hat mich jetzt zu einer sehr glücklichen Freundin gemacht und ich möchte dir dafür sehr danken. Dein starker Wille, dein Durchsetzungsvermögen ..." Mir war nicht klar, worauf ich hinauswollte, doch schien es mir mehr als angebracht, seine Hilfe zu würdigen.

„Cool" unterbrach er mich. "Das ich diese Worte mal aus deinem Mund hören werde. Los lass uns schon anstoßen, sonst wird der Champagner noch schal." Er versuchte sich möglichst lässig zu geben, doch berührten ihn meine Worte so sehr, dass ich das Gefühl hatte, seine Augen würden etwas glänzen.

"Auf dich lieber Finley und natürlich auch auf meine beste Freundin, die auch nicht minder an diesem Erfolg beteiligt ist." Zufrieden nickte auch sie mit dem Kopf.

"Das werde ich euch nie vergessen." Das edle Getränk schmeckte hervorragend und als wir die erste Flasche fast geleert hatten, trabte der Kellner mit der Karte heran. Die Atmosphäre war eher kühl, man kam eben hierher, wenn man gut Essen wollte. Ein vier Sternerestaurant á la carte, dass seinem Namen alle Ehre machte. Die Gäste, überwiegend Pärchen, saßen gesittet und ließen sich die Minihäppchen munden. Überfordert guckte ich in die Karte und fragte Olivia, was sie denn bestellen würde.

"Keine Ahnung, ich weiß nicht mal was das heißt!" Ratlosigkeit ebenfalls in ihrem Gesicht. Finley dagegen tippte zur Selbstbestätigung mit dem Zeigefinger auf die einzelnen Leckereien, die er bestellen wollte. Olivia und ich guckten uns an und hatten den gleichen Gedanken.

"Schatz kannst du nicht für uns mitbestellen?" Ihre Augen rollten zurück zur Karte und gaben Finley den dezenten Tipp darüber, dass es besser wäre, wenn er das übernehmen würde.

"Äh? Wollt ihr im Ernst, dass ich euch etwas aussuche?" Er schaute uns völlig perplex an.

"Also was die Vorspeise angeht, kann ich mir in etwa vorstellen, was es ist, aber ob ich da richtig liege?" Olivia versuchte es noch mal mit raten. Sie neigte den Kopf zu Seite als sie sich bemühte das Menü zu übersetzten.

"Nach meinen französischen Kenntnissen besteht der Hauptgang aus zusammengekauerten dressierten Riesenlangusten!" Wir fingen herzhaft an zu lachen. Die leise Musik im Hintergrund wurde immer wieder von dem Geklapper, das aus der Küche kam, gestört. Die Kellner liefen stramm mit großen Tellern hin und her. Ich beobachtete, wie sie die silbernen Abdeckhauben vor dem Gast hochhoben, damit das angerichtete Menü und die Arbeit des Kochs gebührend wert gesetzt wurde und ihnen direkt unter die Nase.

"Schon witzig, wie Menschen mit Essen umgehen." Gerade wollte ich weiter ausholen, als mir die Luft wegblieb, denn durch die Eingangstür kam Christian mit einer jungen Frau hereinspaziert. Sie sahen genauso aus, wie man nach einem spaßigen Nachmittag auf einer Segeljacht, mit Abstecher in die Koje aussah. Zerzaust und rote Wangen. Der Blick seiner braunen Augen durchbohrte mich, als er mich erspähte. Erfreut hob er die Hand und winkte mir zu, während seine Begleitung mit dem Platzanweiser sprach. Er wird doch nicht.....Oh nein, er kam geradewegs auf uns zu. Olivia erfasste die Situation an meinem starren Gesichtsausdruck und half mir aus der Verlegenheit.

"Ach, wen haben wir denn da." Legte sie los, als er vor unserem Tisch stehen blieb und rettete damit die Situation für mich.

"Guten Abend." Er grüßte freundlich in die Runde, wobei sein Blick kurz auf meiner Freundin hängen blieb.

"Olivia? Richtig?"

"Gutes Gedächtnis hat der Doc," murmelte sie in unsere kleine Runde und stellte ihm Finley vor.

"Ihr habt etwas zu feiern, sehe ich?" Neugierig und lässig zugleich blickte er auf die gerade gebrachte zweite Champagnerflasche, an der die kalten Wasserperlen in den silberglänzenden Kühler herunterliefen.

Ich nickte, denn ich hatte das Gefühl meine Stimme würde versagen. Leicht verwirrt guckte er mich an. Meine Stimme stockte etwas, bevor ich ihn mit einer Gegenfrage von dem Grund unserer Feier ablenkte. Meine Wangen schienen zu glühen. Eine innerliche Wut überkam mich, dass die beiden ausgerechnet hier und jetzt auftauchen mussten. Im selben Augenblick zog die äußerst hübsche brünette Frau ihn von hinten am Ärmel und hackte sich dann ein.

"Kommst du Floh? Der Kellner hat uns den Tisch dahinten zugewiesen." Floh? Sie nannte ihn Floh? Wie abartig seinen Geliebten "Floh" zu nennen. Meine rechte Augenbraue zuckte unweigerlich nach oben, um dort einige Sekunden zu verbleiben. Etwas beschämend, dass wir nun Kenntnis von seinem Spitznamen hatten, trat er unsicher einen Schritt zurück. Er stellte uns seine Begleitung nicht vor, scheinbar legte sie auch keinen Wert darauf.

"Na dann," mit den Händen in den Taschen nickte er uns zu.

"Wünsche ich euch einen schönen Abend." Sie drehten sich um und gingen an ihren Tisch.

"Was war denn das jetzt?" Flüsterte Olivia uns zu.

"Keine Ahnung." Ich schaute betroffen hinter den beiden her.

"Er wollte nur nett sein. Ihr Frauen legt immer alles in die Waagschale. Und übrigens Ivy, wenn das der Typ ist, an den du diesmal dein Herz verloren hast, dann kann ich dir nur sagen..." Er schwieg und guckte zu Christian und seiner Freundin hinüber. Leise flüsternd, obwohl er es von hier sowieso nicht hätte hören können, wollte ich wissen, was er zu sagen hatte.

"...er ist voll verknallt in dich." Mit verschränkten Armen predigte er mir das wie ein Pfarrer, was meiner Seele runterging wie Butter.

"Meinst du? Woher weißt du das?" Olivia begann den Champagner in die Gläser zu füllen und stellte sie uns an die Seite des Gedecks.

"Weil ich ein Mann bin. Männer sehen so etwas."

"Na dann," erhob Olivia ihr Glas zum Anstoßen, lachte und fuhr mit ihrer rechten Hand in den Schritt ihres Freundes, der erschrocken auf dem Stuhl zurückrutschte. Mit verschmitztem Grinsen schaute sie Finley an und bestätigte ihm seine letzte Aussage.

"...und was für einer." Wir lachten über ihren übertrieben aufgesetzten männerfressenden Blick.

Während des Essens konnte ich es mir nicht verkneifen, meinen Blick zu ihm schweifen zu lassen. Ein paarmal ertappte ich ihn dabei, wie er das Gleiche tat und für einen Bruchteil einer Sekunde glaubte ich auch bei ihm einen sehnsüchtigen Ausdruck zu entdecken. Je mehr ich seine Aufmerksamkeit spürte, umso fröhlicher wurde ich. Auch Finley und Olivia hatten Spaß miteinander, das war ihnen deutlich anzumerken und ich freute mich für sie, dass es ihnen so gut ging. Sie hatten zusätzlich eine Flasche Schnaps bestellt, denn Finley war bei gutem Essen mit seinen Kollegen von der Bank einen edlen Tropfen für die "Verdauung" gewöhnt.

Ich hielt mich fern davon, denn ich wusste das die Mischung der zwei Komponenten der Getränke schwer nach hinten losgehen konnte. Als ich das sah, wurde mir bewusst, dass keiner der beiden mehr Autofahren konnte und da ich wenig getrunken hatte, blieb es an mir hängen, den neuen Wagen von Finley mit den beiden Haubitzen nach Hause zu bugsieren.

Der Kellner kam mit der Rechnung und als ich zuguckte, wie schwierig es Finley fiel, die kleine Karte aus seinem Portemonnaie zu ziehen, verstand ich, dass ich nicht drumherum kam zu fahren. Es war mir überhaupt nicht recht, da sein Auto voller Elektronik steckte, die ich nicht kannte und ein mulmiges Gefühl beschlich mich.

"Also....diese Karten, die werden....ja immer kleiner," lallte er fast vor sich her und schwuppdiwupp fiel sie ihm auf den Boden. Seine Reaktion war die einer Schlaftablette. Olivia nuschelte ihm zu, dass sie sie aufheben würde und bückte sich, um auf dem Boden herum zu fischen. Finley grinste zu mir rüber und schüttelte den Kopf.

"Also das ist eine nette Geste von meiner Süßen, nicht wahr?"

Meine Güte. Ich warf einen Blick auf den Aquavit und sah, dass die Flasche fast leer war. Wie hatten sie das geschafft? Zusätzlich zu dem Champagner und dem Bier. Ich war so eingenommen von Christians Anwesenheit gewesen, dass ich das gar nicht bemerkt hatte. Olivia versuchte noch möglichst lässig zu wirken und gab dem Kellner die Karte, die er in das Lesegerät schob und sich vielmals bedankte.

"Ich müsste noch mal wohin ..." Finley stand auf und leicht schwankend versuchte er seinen eigenen Gang zu korrigieren. Olivia und ich sahen ihm nach.

"Hihi, er ist sooo süß, wenn er etwas getrunken hat ..." Weiter kam sie nicht, denn mit einem lauten Krachen am Ende des Raumes stolperte Finley an einem Stuhlbein, an dem er sich versucht hatte, vorbeizuquetschen und landete flach auf dem Boden, von wo sofort ein paar fluchende Worte über den im Weg stehenden Stuhl zu vernehmen waren.

"Etwas getrunken ist gut. Der ist lattenstramm!" Rief ich erschrocken. Wir sprangen auf, um ihm zu Hilfe zu eilen. Die übrigen Gäste hatten sich ebenfalls verschreckt umgedreht, doch es war die typische englische Art, sich nicht großartig darum zu kümmern, wenn jemand über den Durst getrunken hatte. Die Kellner sprangen verantwortungsbewusst zu ihm und auch Christian war sofort neben ihm. In einer kleinen Traube standen wir um ihn herum. Finley hatte sich aufgesetzt und fluchte noch immer, wie es sein könne, dass auf dem Gang zum WC etwas im Weg stehen würde.

"Ist alles in Ordnung?" Hörte ich Christians Stimme als er ihn an dem einen Arm und der Kellner an dem anderen aufhalf und auf das Übel setzte.

"Alles cool", erwiderte Finley und strich sich mit den Händen verlegen die Haare nach hinten, denn ihm war schon bewusst, dass es seine eigene Schuld war.

"Sie wollten auf das WC Sir? Soll ich Ihnen helfen?" Olivia guckte den Kellner dankend an, der scheinbar bereit war mit ihm den unvermeidlichen Gang zu machen. Finley ließ sich von ihm am Arm einhacken und zusammen zogen sie los auf die Herrentoilette.

"Ich geh auch mal eben", flüsterte Olivia und verschwand ebenfalls.

Mit großen Augen beobachtete ich das Geschehen und bemerkte erst jetzt das Christian genau neben mir stand.

"Scheint ein spaßiger Abend gewesen zu sein." Stellte er fest. Seine Nähe beruhigte mich sofort.

"Mir ist das völlig entgangen, dass die beiden so viel getrunken haben." Ich schaute ihn ratlos an und hoffte, dass er meine Gedanken lesen konnte.

"Wie soll ich die bloß nach Hause bringen?"

"Seid ihr nicht mit dem Auto da?"

"Doch, aber ich habe noch nie ein Auto mit dieser neuen Technik gefahren, es ist dunkel und ich kann mit dem Navi nicht umgehen...und...und Olivia kann auch nicht mehr fahren." Mein "Hilferuf" schien ihn zu motivieren. Er überlegte kurz und schaute zu seiner Begleitung, die gerade dabei war, die Rechnung zu übernehmen.

"Ich fahre euch", sagte er kurz entschlossen und teilte das seiner Begleitung mit, die nun auch zu uns herübergekommen war.

"Ist gut. Dann mache ich mich auf den Weg." Sie zog die Augenbrauen nach oben, nahm ihre hauchdünnen Handschuhe aus dem Cape heraus und fingerte sich in das elegante, hellbraune Leder. Sie war nicht die Frau, die man wegschickt, geschweige denn, dass sie Christian weiter bearbeiten würde mit ihr zu fahren und uns drei der Geduld eines Taxifahrers aussetzten würden, denn ich vermutete stark, dass Finley sich im Auto eventuell übergeben müsse. Deshalb äußerte ich meine Bedenken laut und dankte Christian schon jetzt, dass uns die Peinlichkeit im Taxi immerhin erspart, bleiben würde. Finley drängelte sich von hinten zwischen uns.

"Nein, das muss ich nicht, denn das ist gerade dahinten passiert." Christian nickte.

"Schade ums teure á la carte Menü." Ich konnte mir das Lachen nicht verkneifen. Beruhigt, dass er nun bei mir war, übergab ich ihm den Schlüssel für Finleys Wagen. Olivia lachte ständig vor sich hin, so wie sie es immer tat, wenn sie einen zu viel getrunken hatte. Vertrauensvoll schmiss sie ihren Arm um Christian.

"Das ist lieb von dir, weißt du. Wir haben heute Ivys Neustart gefeiert...war wohl ein bisschen doll...ich gebs ja zu, aber man macht sich ja nicht alle Tage selbstständig." Sie schüttelte den Kopf, scheinbar hatte sich der Drehwurm bei ihr eingestellt. Christian legte seinen Arm um ihre Hüfte, denn ihr wankender Schritt verriet einem Blinden, dass auch bei ihr die Wirkung des Alkohols jetzt richtig zuschlug.

"Ivy, holst du vom Kellner eine Tüte, ich denke es ist sicherer." Seine großen Augen folgten mir an den Tresen, wo ich nach dem notwendigen Utensil fragen konnte." Einer der Kellner trabte sofort los in die Küche und kam mit einem großen Müllsack zurück, den ich dankend annahm. Christians Begleitung schaute sich das Debakel einen

Moment mit an. Sie flüsterte Christian etwas zu und verließ das Restaurant.

Zu gerne hätte ich ihn gefragt, wer sie ist, doch ich hielt es für besser, ihn nicht zu provozieren, sonst hätte er mich vielleicht doch mit den beiden sitzen lassen. Was aber wäre dann mit Harper? Würde sie eine andere in seinem Leben dulden? Finley und ich gingen hinter den beiden anderen her, nach draußen.

"Wo steht er denn?" Christians Augen funkelten in der dunklen Nacht, die nur die Beleuchtung des Restaurants reflektierten, als er sich drehte und mich fragte. Finley hatte sich mittlerweile bei mir eingehakt und zeigte mit dem Finger auf seinen Wagen.

"Na wie schön, dass du ihn wenigstens noch wiedererkennst." Noch unkontrolliert schaute er mich an.

"Na hör mal, mein Baby ... das erkenne ich auf tausend Meilen." Leicht stolperte er auf dem unebenen Schotter, zum Glück hatte ich ihn gut im Griff und konnte verhindern, dass er stürzt. Mit einem Druck auf den Schlüssel öffnete Christian den Wagen. Wir hielten es für besser die beiden auf die Rückbank zu setzen und ich drückte Olivia die Tüte auf den Schoß.

"Hier, tu deinem Schatz einen Gefallen, falls es nötig wird."

"Was meinst du?" Mit großen Augen und einer Fahne, die mich fast übel werden ließ, zupfte sie an der Tüte herum.

"Wenn du kotzen musst, Olivia!" Sie schien nicht viel mitzubekommen, weil sie sich schon an Finley lehnte, der trübe durch die Scheibe nach draußen ins dunkel starrte. Wir setzten uns auf die Vordersitze und Christian startete augenblicklich den Wagen. Verrückt wie Männer das machen. Er setzt sich in einen ihm unbekannten Wagen und kann ihn sofort starten.

Ich staunte nicht schlecht, denn zu meiner Verwunderung fragte er nun nach dem Straßennamen und tippte schon an dem Navi herum.

"Ich dachte du bist Arzt und nicht Elektroniker." Meine Bewunderung war echt, denn Finleys neues Auto hatte alle erdenklichen elektrischen Neuigkeiten und ich hätte vermutlich meinen Führerschein erneuern müssen, um ihn fahren zu können.

"Harper fährt einen ähnlichen." Ach so, das hatte ich nicht gewusst, woher auch.

"Wie geht es ihr?" Der Wagen setzte sich in Bewegung. In dem blauen Licht des Navis konnte ich Christians Konturen von der Seite sehen. Er sah toll aus. Braungebrannt von der Sonne, die er mit seiner Freundin heute genossen hatte. Wenn er mit mir sprach, bewegten sich seine Lippen und die weißen Zähne blitzen kurz auf.

"Es geht ihr gut, denke ich. Sie ist eine Woche im Dienst, da sehen wir uns wenig, wenn ich nicht auch im Krankenhaus bin." Plötzlich kam mir die Frage nach ihr dumm vor. Was interessiert mich seine Vielweiberei. Was hatte ich mit ihr oder der anderen zu tun. Ein kurzer Blick nach hinten bestätigte meine Vermutung. Olivia und Finley waren kurz vorm Einschlafen und saßen dicht aneinander gekuschelt. Die Stille im Wagen wurde mir unangenehm. Ich bemerkte, wie auch Christian seine Augen von der Straße immer wieder auf mich gleiten ließ. Mist, genau in dem Moment, als ich ihn wieder anstarrte.

"Und, was habt ihr gefeiert? Deine Selbstständigkeit?" Die Frage kam mir gelegen und ich konnte die Stille auflockern.

"Ein Café. Ich eröffne es in Brighton." Mein Herz begann schneller zu pochen und ich war gespannt, was er davon halten würde.

"In Brighton? Deshalb wart ihr heute da!" Meine Konzentration ließ für einen kleinen Augenblick nach, als ich seine Hände das Steuerrad umfassen sah. Könnte er doch mich so an sich drücken. Mir wurde heiß und ein Kribbeln jagte über meine Beine den Rücken hinauf.

"Ja. Genau." Was hatte er gesagt. Ich konnte mich nicht mehr konzentrieren. Seine muskulösen Beine waren so lang, dass ich auch sie gut neben der Schaltung sehen konnte, leicht auseinandergespreizt, knapp zehn Zentimeter von meinem rechten entfernt hoffte ich, dass sie sich berühren würden.

"Und erzählst du mir mehr darüber?"

"Ein Café eben. Ein kleines. Ein Tiny Haus Café." Stolz rückte ich etwas nach hinten, um größer zu wirken, denn die tief liegenden Sitze ließen mich mir klein vorkommen.

"Hört sich nach einer guten Idee an. Und wo wirst du wohnen?" Vor Freude, dass er mehr über meine Idee wissen wollte, begann es in meiner Magengrube zu kribbeln.

"Zuerst auf alle Fälle auch im Tiny Haus." Erwiderte ich und fügte hinzu: „Es ist zum Glück nicht so ganz klein. Im vorderen Raum kommt das Café und hinten kann ich wohnen."

"Hört sich sehr nach "Aussteiger" an. Coole Idee."

"Wie bitte, nein auf keinen Fall. Wie kommst du denn darauf?" Das Wort Aussteiger hörte sich zu sehr nach Gas kochenden braune Brühe Kocher, die in gefilzten Kleidern herumstreiften, an." In allen Ehren, wer dies tat, doch es lag mir viel daran, meine Tätigkeit auf einem hohen Niveau zu halten, und das hatte Christian offenbar missverstanden. Ich stieß einen leichten Seufzer aus. Schätzte er mich so verlottert ein?

"Ich finde es cool, ehrlich. Weißt du, wie oft ich mir gewünscht habe, mit einer guten Idee einfach aussteigen zu können." Wow, scheinbar hatte ich seine echte Bewunderung erhalten. Eine Alternative gab es derzeit für mich nicht, aber das wusste er nicht.

"Du kannst ja Segeltörns anbieten, daraus lässt sich doch sicher ein Geschäft machen."

"Du bist ja der reinste Coach, um sich selbstständig zu machen. Wenn ich es mir überlege, die Idee ist nicht schlecht. Dann könnte ich auf meiner Yacht leben."

"Ist es nicht das, was dir am besten gefällt?" Ich fühlte, wie er in kurzen Sequenzen öfter zu mir schaute. Was wohl in seinem Kopf vorging. Einen Kaffee für seine Gedanken dachte ich und bot ihm genau dies an, denn wir stoppten gerade durch das Navi, passend platziert vor Olivias und Finleys Wohnung.

"Ich bin dir so dankbar Christian, kommst du auf einen Kaffee mit hoch, dann kann ich dir von dort ein Taxi rufen." Es war die einzige Möglichkeit für ihn, um diese Uhrzeit nach Hause zu kommen. Die Busse hatten den Verkehr um vierundzwanzig Uhr eingestellt und würden erst gegen fünf Uhr früh wieder loslegen.

"Gerne," hörte ich, als er ausstieg, um die Hintertür für die beiden zu öffnen. Der Gedanke ließ mich schmunzeln, ich freute mich, noch ein wenig Zeit mit ihm zu verbringen.

"Sind wir schon da?" Finley schreckte durch die kühle Nachtluft auf, die durch die offene Tür zu ihm in das warme Auto strömte.

"Zu schade, ich hätte noch bis morgen früh weiterfahren können. Schläft sich gut in deinem Wagen Schatz."

Hand in Hand gingen die beiden vor uns die Treppen hinauf. Es dauerte etwas länger als gewöhnlich und auch das Öffnen der Eingangstür ein Akt, der Seinesgleichen suchte, wenn man das Schlüsselloch nicht traf.

"Soll ich?" Hörte ich Christians dunkle Stimme neben mir. Finley ruckelte etwas an der Klinke, als ob es daran liegen würde, während nun Olivia mit voller Konzentration den Schlüssel hineinschob. Sie lachte laut auf.

"Soll mal einer sagen, ich kann das Ding nicht ins Loch schieben." Mir schoss die Röte ins Gesicht. Wie peinlich. Olivias Witz schien die Männer jedoch zu amüsieren, was mich aufatmen ließ. Als wir drinnen waren machten sich meine Freunde sofort auf den Weg ins Badezimmer. Während ich in der Küche die Kaffeemaschine in Betrieb nahm. Christian lehnte sich an die Türzarge.

"Und hier wohnst du nun also?"

"Ja, das war ja schon der Plan gewesen, bevor ich dir auf deinen Fahrersitz gespuckt hatte. Setz dich doch." Ich grinste ihn an. Ich fühlte mich bestätigt, dass er sich so spät die Zeit nahm, um mit mir noch einen Kaffee zu trinken.

Er zog seine Jacke aus, rückte den Stuhl etwas vom Tisch ab und hängte sie an der Rückenlehne auf. Sofort fiel mir seine sexy Figur wieder auf, die sich unter dem Hemd abzeichnete. Puh, dachte ich, ich bin in die Sexschleife geraten und werkelte nervös mit dem Zucker und der Milch herum, obwohl es wirklich kein großer Aufwand war, dies vorzubereiten, denn sie waren gut aufgefüllt gewesen. Verlegen fasste ich mir in den Nacken und quetschte an meiner Haut herum.

"Also...," wandte ich mich zu ihm. "Nochmals vielen Dank, dass du mir so aus der Patsche geholfen hast. Zum zweiten Mal." Es fiel mir auf, dass sich unsere Wege scheinbar immer in Notsituationen kreuzten. Ich stellte ihm den Becher mit dem Kaffee vor ihn auf den Tisch, nahm mir auch einen und setzte mich zu ihm. Verlegen rührten wir die Milch und den Zucker in den Tassen herum. Sag etwas. Bitte sag irgendetwas flehte ich innerlich. Mein Kopf war wie leer gefegt von meinen sonst so einfallsreichen Ideen. Sein Aftershave kam in kleinen Intervallen zu mir herüber, streifte an meiner Nase vorbei und setzte mein Gehirn völlig außer Kraft.

Wir schauten uns an, seine Augen, sprachen Bände, doch irgendetwas hielt ihn zurück.

Kapitel 7

Völlig überraschend streckte er seine Hand über den Tisch und legte sie auf meine.

"Ich wollte nicht, dass du gehst, Ivy. Das Angebot bei mir zu wohnen war ernst gemeint. Warum bist du nicht geblieben?" Mein prüfender Blick fuhr über unsere Hände, in sein

Gesicht. Die Wärme, die er ausstrahlte, tat gut. Er sollte sie da liegenlassen, am besten die ganze Nacht. Ich hielt es für klug, jetzt mit ihm keine Diskussion anzufangen, weil es den Moment zerstört hätte, wenn ich Harper ins Gespräch mit einbezogen hätte.

"Ich hatte das Angebot bekommen, das Tiny Haus zu kaufen und musste mich darum kümmern." Puh, ich merkte wie mir die Röte in die Wangen schoss, denn zu dem Zeitpunkt wusste ich selbst noch nichts darüber.

"Aber das hättest du doch auch von mir aus alles klären können."

Zum Glück hörte ich ein leises Tapsen von nackten Füßen im Flur und Olivia guckte kurz mit dem Kopf um die Ecke in die Küche hinein.

"Sorry, will euch nicht stören. Finley schläft schon. Ivy, bist du so lieb und gibst mir ein Glas Wasser?" Scheinbar war sie nur in Unterwäsche und wollte deshalb nicht in die Küche kommen. Ich stand auf und brachte ihr das Gewünschte.

"Ach, und danke noch mal fürs Herfahren Christian." Er drehte sich auf dem Stuhl, um ihr zu antworten, aber sie war schon wieder in Richtung Schlafzimmer gegangen.

"Die werden bestimmt gut schlafen heute." Schmunzelte ich und als ich an Christian vorbeiging hielt er mich an meinem Handgelenk fest und zog mich sanft auf seinen Schoß.

"Hey," kicherte ich, wobei ich schon registrierte, wie verlangend sein Gesichtsausdruck war.

"Es war schön, dich bei mir zu haben. Mit dir zusammen zu essen und den Wein vor dem Kamin zu genießen. Du gehst mir nicht mehr aus dem Kopf Ivy."

Die Wärme, die von seinen Beinen in meinen Körper aufstieg, berührte alle meine Sinne. Wie eine in mir gezündete Bombe, durchflutet die Hitze meine Adern und brachte mein Blut zum Pulsieren. Ich legte meine Arme auf seine Schultern und zog ihn gelassen dichter an mich heran. Ein erneuter Kuss von ihm würde mich diesmal kopflos machen und ich würde mich ihm hingeben. Mein kleiner Teufel auf der rechten Schulter versuchte es zu verhindern. Dann presste er seine Lippen zusammen und als er sie wieder öffnete war nur noch der eine Gedanke da, dass ich sie unbedingt auf meinen Spüren wollte. Er neigte den Kopf zur Seite und wir verschmolzen in innigen Küssen. Er zog an meinem Kleid. Hastig, bis es unterhalb meines Hinterns saß und ich somit die Beinfreiheit bekam, um mich mit gespreizten Beinen auf ihn zu setzen.

Wir brauchten keine Worte. Mit leidenschaftlichen Küssen über meinen Hals auf mein Dekolleté spürte ich, wie sehr er mich wollte. Die aufgestaute Spannung, die sich zwischen uns im Restaurant und Auto aufgestaut hatte, sollte sich nun entladen. Ich öffnete den Knopf und Reißverschluss seiner Hose, stand kurz auf, um ein Bein meiner Strumpfhose zu entledigen und setzte mich vorsichtig, aber willig auf sein bestes Stück, dass er verlangend in mich presste. Wir seufzten vor Erleichterung, den anderen endlich zu spüren. Sich so nahe zu sein, sich wie eins zu fühlen. Sein tiefes Verlangen in mir drückte mich immer wieder nach oben, bis wir unseren Rhythmus gefunden hatten.

Eine Welle von Liebe und Begierde durchzog mich zwischen meinen Beinen wieder und wieder, als ich plötzlich die Klingel hörte. Erschrocken schauten wir uns an und hielten inne. Ich konnte fühlen, wie er in mir pulsierte. Dann ein erneutes klingeln. Hektisch stand ich auf und versuchte meinen Slip wieder anzuziehen.

"Wer ist das denn jetzt?" Mit hochroten Gesichtern zogen wir uns die Klamotten zurecht. Christian guckte auf die Uhr.

"Erwartet ihr noch jemanden?" Es war fast unmöglich, doch aus irgendeinem Grund wusste ich, dass der nächtliche Besucher nichts mit uns, die hier wohnten zu tun hatte. Ich betätigte den Türöffner, was ich allein um diese Uhrzeit nie gemacht hätte und öffnete die Tür. Unten im Treppenhaus hörte ich Schritte hinaufkommen.

Christian schaute mich verwegen an und stellte sich gespannt neben mich. An der letzten Treppe sahen wir Isaak, der freundlich seinen Herren begrüßte.

"Sir, ich wollte sie abholen. Mrs. Mona hatte mich darum gebeten. Sie meinte, es wäre sicherer zu dieser Zeit." Entschlossen, seinen Auftrag zufrieden ausgeführt zu haben, stand er mit dem Schlüssel in der Hand nun vor uns. Er schaute mich an und grüßte mich mit einem leichten Nicken. "Guten Abend Ivy."

"Guten Abend Isaak. Woher haben sie denn die Adresse?" Verdutzt schaute ich ihn an.

"Das Navi von Sir Christian hat es mir angezeigt. Sie war gespeichert." Erwiderte er freudestrahlend. Wir guckten uns an und rollten die Augen. Natürlich, er war mit mir hier gewesen, als wir auf dem Weg nach Brighton zu seiner Yacht waren.

"Sehr gut Isaak. Sehr gut." Er wusste, dass es nicht Isaak war, der ihn nach Hause holen wollte. So in der Tür stehend versuchte ich mich möglichst lässig zu geben. Isaak musterte uns abwechselnd und es war offensichtlich, dass er uns ansah, was gerade zwischen seinem Brötchengeber und mir stattgefunden haben musste.

"Cool, dann.....", verwegen rieb sich Christian das Kinn. "Dann hole ich eben meine Jacke Isaak. Ich komme gleich runter." Er nickte und ging mit gemütlichen Schritten die Treppe wieder nach unten.

Noch in der Tür zog Christian mich an sich, drehte mich herum, um mich im Flur an die Wand zu drücken.

Hartnäckig presste er seine Lippen auf meine, als wollte er da fortfahren, wo wir aufgehört hatten. Abrupt zog er seinen Kopf zurück und schaute mich an.

"Kommst du mit?" Strahlte er mich an.

"Was? Jetzt? Mitten in der Nacht?" Schwer zog er seinen Atem ein und als er wieder ausatmete saugte ich seinen Geruch betäubend in mich auf. Er rieb sich den Nacken.

"Ist wohl nicht angebracht, oder?" Seine überschwängliche Euphorie fuhr ein paar Grad herunter.

"Du hast recht, es wäre wohl nicht angebracht." Mal abgesehen davon, dass ich noch nicht geantwortet hatte, machte er die komplette Kehrtwendung. Ihm war wohl eingefallen, dass da zu Hause schon jemand auf ihn wartete und so fragte ich mich, ob auch er etwas zu viel getrunken hatte. Zwar hatte ich ihm bisher nichts angemerkt, doch der Rückzieher war echt.

"Ich muss mich morgen um mein Business kümmern, ich hätte sowieso nicht gekonnt." Das war zwar wieder gelogen, aber ich sah nicht ein mir irgendeine Blöße zu geben. Schon gar nicht, von ihm eine Abfuhr zu erhalten, nachdem er mich eigentlich wollte.

"Ok, dann ist es ja in Ordnung." Meine Hände glitten aus seinen, die er festgehalten hatte, als wollte er mich nie wieder loslassen. Dann eilte er in die Küche, nahm seine Jacke.

"Ich hoffe, wir sehen uns bald wieder." Er drückte mir einen zärtlichen Kuss auf den Mund und ich sah ihm hinterher, wie auch er die Treppe hinunter ging.

"Danke dir noch mal, dass du uns hergefahren hast." Rief ich, aber die Tür unten am Hauseingang klackte schon wieder ins Schloss und er war weg. Ich schloss die Haustür und lehnte mich an die Wand an die Stelle, an der er mich gerade noch so heiß und innig geküsst hatte. Wie von selbst erschien sein Gesicht vor mir, seine funkelnden Augen, in denen ich sein Verlangen bis in seine Seele hinein sehen konnte. Ich konnte mich nicht irren. Er wollte mich, doch irgendetwas hielt ihn fern. Langsam schlenderte ich zurück in die Küche, kontrollierte die Kaffeemaschine, machte das Licht aus und ging ins Bett. Am Schlafzimmer von Olivia und Finley vorbei, von wo ein gemeinsames, zufriedenes Schnarchen hörbar war.

Ein zweimal schaute ich noch auf mein Handy und hoffte, dass er mir eine Nachricht schicken würde. Doch er saß neben Isaak und sicher unterhielten sie sich auf dem Weg zurück nach Lewisham. Langsam wurde ich müde und schlief mit dem Handy in der Hand ein.

"Ivy, wir sind ein wenig in Eile. Wir sehen uns heute Abend." Olivia hatte die Türklinke in der Hand, als sie mir die Worte im Halbschlaf in den Raum rief. Mit zu viel Wucht zog sie sie wieder ran und gleich danach wurde auch die Haustür zugeknallt. Verwundert drehte ich mich und tastete mit halb geschlossenen Augen auf der Decke nach meinem Handy. Erschöpft ließ ich mich wieder nach hinten auf das Kopfkissen fallen. Ich hatte so elendig schlecht geschlafen, doch meine Stimmung schwenkte sofort ins Positive, als ich an den vergangenen Tag dachte.

Wer war nur diese Mona. Woher kam sie plötzlich. Ich konnte mich nicht erinnern, dass Christian sie in einem unserer Gespräche erwähnt hätte, aber warum sollte er auch. Wenn sie eine weitere Geliebte war, klar, hätte er mir das nicht auf die Nase gebunden. Ich vergrub meine Hände unter der Bettdecke und verscheuchte die blöden Gedanken. Man soll sich keine Sorgen machen, wenn man noch nichts genaues Weiß. Alte Weisheit, aber doch wahr. Wenn mich jemand so innig küsst, dann ist das mehr als nur eine schnelle Nummer irgendwo auf einem Küchenstuhl. Wieder durchzogen mich warme Wellen bei dem Gedanken, wie ich mich auf ihn gesetzt hatte und ich rutschte grinsend ein Stück tiefer unter die Decke. Eigentlich hatte ich vor aufzustehen, aber zog es vor, mir noch einmal einen kompletten Flashback zu gönnen, damit ich mir selbst bestätigen konnte, wie sehr die Situation von ihm gewollt war.

Nach weiteren zwanzig Minuten schien es mir genug des gestrigen Rückblicks. Es war wichtig, dass ich mich um meine neue Bleibe kümmerte. Ich nahm das Handy und rief Olivia an. Es tutete, aber sie ging nicht ran. Nicht sicher, ob sie heute arbeiten musste, hinterließ ich ihr eine Sprachnachricht, dass sie mich dringend zurückrufen solle. Immerhin musste ich ja irgendwie erfahren, wie es nun weiterging. Es war so viel zu tun an dem Café und ich wollte nicht mehr warten. Loslegen war die Devise. Mein Business sollte nicht darunter leiden, wenn von Christian nichts mehr kommen würde. Hochmotiviert sprang ich unter die Dusche und als ich danach erneut mein Handy kontrollierte, war eine Nachricht von Olivia da.

Sie erzählte mir, dass sie mit Finley in die Stadt gefahren sei, damit er die restlichen formellen Dinge erledigen könnte und sie wollten auf dem Rückweg gleich Farbe mitbringen, denn das Tiny Haus brauchte dringend einen neuen Anstrich, darüber waren sie sich gestern einig gewesen. Nur mit einem Handtuch um den nassen Körper ging ich zurück ins Bad. Mit "formellen Dingen" meinte sie bestimmt das Finanzielle.

Finley würde es also heute überweisen und dann ist es meins. Na ja, wenn ich ihm alles zurückgezahlt habe, aber das schaffe ich. Ich stylte mich nicht zu sehr, denn ich war mir nicht sicher, ob die beiden mit mir erneut eine Tour nach Brighton geplant hatten, um mit den Malerarbeiten zu beginnen.

Jeans und T-Shirt und ein paar alte Sneaker waren genug. Meine Haare ließ ich wie immer Lufttrocknen. Das Blond gefiel mir gut und durch die Sonne gestern an der See waren ein paar Sommersprossen aufgetaucht. Ein bissen Lipgloss, ein letzter zufriedener Blick in den Spiegel.

Dann schnappte ich mir eine taillierte braune Lederjacke und verließ das Haus. Ich wollte meine beiden Freunde mit einem kleinen Brunch überraschen, wenn sie zurückkommen. Wenn schon Café, dann wollte ich es gleich bei den beiden ausprobieren, was meine koch und Backkünste so hergaben. Der Bäcker in der Nähe hatte wie immer die gleiche Ware im Fenster. Von Scones über Buttergebäck war alles da, was das englische Herz begehrte. Ich blieb einen Moment vor dem Fenster stehen und ließ es auf mich wirken. Kurz schalteten meine Neuronen den Küchenstuhl von gestern Abend dazwischen. Ich zog die

Augenbrauen nach oben und sprach mit mir selbst. "Nicht jetzt!"

Erneut fokussierte ich die Auslegeware. Es muss ansprechender aussehen. Nicht so langweilig. Alles hier sieht aus, als ob es aus einem Teig gemacht wurde. Nein, so geht das nicht. Schnell ging ich weiter nach nebenan und holte vom dortigen Feinkostgeschäft das, was ich mir vorstellen konnte. Die selbst gemachten Petit Fours, die Macarons, Minitörtchen mit bunten, essbaren Verzierungen, das war etwas, wo auch das Auge mitessen würde. Der Verkäufer füllte von jedem einen in den edlen aufgemachten Karton. An der Kasse bekam ich einen Schreck, als die Kassiererin den Preis einscannte. Ich furchte die Stirn.

"Was? 17 Pfund für die paar Törtchen?" Sie legte den Kopf schief, rutschte ihre Brille etwas nach vorne auf die Nase, um mich über ihr Gestell mit gekräuselter Stirn missbilligend anzugucken.

"Wollen Sie sie haben oder nicht?"

"Ja, schon, aber ....." Was konnte ich sagen. Ich nahm das Geld aus dem Portemonnaie, wobei mir auffiel, dass nun das blanke Leder Aneinanderreiben würde. Egal, es diente einem guten Zweck. Zufrieden bezahlte ich und machte mich auf den Rückweg.

Aus dem kleinen Radio auf der Fensterbank kam gute Musik. Die Küche war ordentlich aufgeräumt und der Tisch gedeckt. Zu Eiern und Speck durften die typischen roten Bohnen nicht fehlen und zum Glück hatten die beiden einen sortierten Vorrat an diesen. Gerade als der Kaffee fertig war, hörte ich den Schlüssel im Schloss und Olivas lustiges, glucksendes Lachen im Flur.

"Hey, hier riechts ja lecker!" Rief sie und lugte in die Küche.

"Du kannst Gedanken lesen Süße". Finley kam rein und gab mir einen flüchtigen Kuss auf die Wange. Ich war erleichtert. Sie hatten noch nichts gegessen und ich hatte aufgetischt, als wenn wir eine zehnköpfige Familie durchzufüttern hätten.

"Eine Hand wäscht die andere," juchzte ich und wischte mir die Hände am Handtuch ab. Alles fertig wollte ich gerade sagen, aber Finley saß schon und ließ sich das erste teure Küchlein schmecken.

"Sei so lieb und gib mir mal den Kaffee rüber", murmelte er mit halb vollem Mund. Olivia hatte sich einen Pullover übergezogen und wir setzten uns zu Finley. Erwartungsvoll schaute ich die beiden an. Doch sie waren so beschäftigt mit dem Essen, dass es ihnen nicht auffiel. Ich räusperte mich ein wenig.

"Und, habt ihr alles geschafft?" Mein Unterton hätte eigentlich Bände sprechen müssen, aber sie gingen nicht drauf ein. Ich wurde lauter.

"Habt ihr alles geschafft, was ihr vorhattet?" Ich lehnte mich zurück. Auf den Stuhl, auf dem Christian und ich gestern eng umschlungen in einer heißen Position gesessen hatten. Mit vollem Mund antwortete Olivia endlich. Sie legte ihre Hand auf meine, blinzelte mir zu und ihr grinsen ging fast bis zu ihren Ohrläppchen.

"Natürlich, deshalb haben wir uns ja so beeilt." Genussvoll stopfte sie das nächste Küchlein hinein.

"Du solltest auch etwas essen. Du hast viel vor heute ....", sie wartete einen Moment damit, den Satz zu beenden und nahm sich eine weitere Tasse Kaffee. Meine Augen wurden groß, würden sie mit mir erneut nach Brighton fahren?

"Wir haben die Farbe mitgebracht, die du haben wolltest. Ein schönes maritimes türkis."

"Für meinen Geschmack etwas zu grell, aber am Meer, im Sommer könnte es chic sein. Außerdem habe ich mir überlegt, dass es gut sichtbar ist und mit der Farbe heraussticht. Also perfektes Marketing." Ich klatschte in die Hände.

"Prima, dann fahren wir gleich los?"

"Wir können leider nicht Süße, aber ich habe es nach einer halben Stunde geschafft, Finley zu überreden. Meine Hartnäckigkeit hat sich bezahlt gemacht, du darfst sein Auto nehmen. Ich habe heute hier viel zu tun und Finley macht Homeoffice. Du kannst fahren und anfangen deine Hütte auf Vordermann zu bringen. Die Sachen sind alle hinten im Kofferraum."

"Wie, was, ihr wollt nicht mit?" Mein Erstaunen war groß, aber ich musste schnell einsehen, dass die beiden mir nicht weiterhin permanent zur Verfügung stehen konnten.

"Aber bitte heil zurück." Sein flehender Blick von der anderen Seite des Küchentisches war nicht gekünstelt. Weiß der Geier, womit Olivia das geschafft hatte, aber sie hatte ein Wunder vollbracht.

Die Sonne schien und es war ein warmer Nachmittag. Bevor ich losfuhr, hatte Finley mir alles noch zehnmal erklärt.

"Und du brauchst nicht tanken, es reicht dicke hin und zurück." Sein Wort in Gottes Ohr, denn der Einsatz meines Frühstücksbuffets hatte mich ja meine letzten Pfund gekostet. Ich musste zusehen, dass ich mit meinem Tiny Haus Café so schnell wie möglich Einnahmen bekam. Als Finley den großen Kofferraum öffnete traute ich meinen Augen nicht. Er war vollgepackt mit allem, was ich brauchte, um es in Schuss zu kriegen. Auf der einen Seite die Farbe, Malerrollen, und gleich vorne eine edle Kaffeemaschine, scheinbar silberfarben. Ein Karton mit Kaffeegeschirr, Kaffee und Becher "to go". Ich konnte in meiner Freude gar nicht alles erfassen, aber es sah aus, als ob sie an alles gedacht hatten. Mit einer Hand in der Hüfte und der anderen vor dem Mund schaute ich starr auf den Inhalt des Kofferraums.

"Seid ihr noch zu retten? Was habt ihr denn dafür ausgegeben?"

Olivia freute sich wie ein Schneekönig, als sie sah, dass mir das Wasser in die Augen drückte.

"Eigentlich wollten wir dich mitnehmen, damit du alles selbst aussuchen kannst, aber als wir auf dem Rückweg waren und bei dem Baumarkt stoppten, haben wir eben alles eingepackt, was du sowieso brauchst. Das andere musst du dann holen." Finley kam dichter an mich heran und zog seine Brieftasche aus der hinteren Hosentasche. Wie drei Dealer standen wir im Kreis. Er zählte in dem Portemonnaie die Scheine und nahm ein Bündel heraus und gab es mir.

"Hier, das sollte fürs Erste reichen, damit du alles auf Vordermann bringen kannst." Mit offenem Mund stand ich da und guckte auf das Geld, das er mir in die Hand gedrückt hatte." Ich schmunzelte.

"Ihr wollt mich loswerden..." Wir lachten und ich fiel den beiden um den Hals.

"Ich schreibe alles auf und du sammelst die Rechnungen, dann sehen wir weiter, wenn du in Gange bist." Seine beruhigende Bankerstimme, die die Zuversicht ausstrahlte, die ich für mein Vorhaben brauchte, brachte mein Herz zum Strahlen. Wieder schossen mir die Tränen in die Augen. Olivia drückte mich erneut.

"Nun fahr schon endlich los, bevor er sich das mit dem Auto wieder anders überlegt", flüsterte sie. Finley verzog die Mundwinkel. Er gab gerne, aber sein Auto schien bei ihm einen gewissen Baby-Status zu haben und der war schwer zu knacken. Ich holte meine Jacke, Handtasche, Handy und Ladekabel von drinnen und fuhr los. Im Rückspiegel sah ich, wie mir die beiden hinterherschauten. Olivia sicher, weil sie sich für mich freute, Finley in Sorge um sein Auto und ob er es heil wieder sehen würde.

Anfangs machte mir die Elektronik des Wagens etwas zu schaffen, doch meine Laune war so gut, dass ich spielend lernte, wozu die ganzen Knöpfe da waren und was man damit alles Spaßiges anstellen konnte.

"Voll automatisch", sagte ich zu mir selbst, als sei ich der Verkäufer des guten Stücks.

Das Radio hatte einen perfekten Klang und als sie nach den BBC-News ein paar gute Lieder spielten, fühlte ich mich mit der lauen Brise, die mir durch das heruntergelassene Fenster um die Nase wehte, als ob ich endlich alles richtig machen würde.

Es machte Spaß, Finleys Auto zu fahren. Schon nach einer halben Stunde konnte ich nachempfinden, warum er es so liebte. Der Sound aus den Boxen war so klar, dass man meinte, die Band würde auf der Rückbank sitzen und singen. Die laue Luft, die durch die heruntergelassene Fensterscheibe kam und die Sonnenstrahlen, die mich auf dem Arm kitzelten, heizten meine Endorphin Ausschüttung an.

Ab und an schaute ich auf mein Handy. Es wäre zu schön, wenn Christian heute auch in Brighton wäre, doch das war wohl eher unwahrscheinlich, da er ja gestern schon mit Mona da gewesen war. Es war herrlich draußen, die Sonne erkämpfte sich immer mehr den Weg durch die Wolken. Als ich in Brighton ankam, war der Himmel komplett blau. Ich lenkte den Wagen langsam den kleinen Weg am Wasser entlang, bis ich schließlich um die Kurve kam und mein kleines Tiny Haus Café in´s Wesir bekam.

Mein Herz hüpfte, als ich es sah. Es gehörte wirklich mir und ich konnte machen, was ich wollte. Kein Mann konnte mich je wieder vor die Tür setzen. Grinsend dachte ich an Finley. Außer ihm natürlich, wenn ich meine Raten nicht zahlen würde, aber ich hatte fest vor, ihm das Geld so schnell wie möglich wieder zurückzuzahlen. Und wer weiß, vielleicht kann ich hier irgendwann noch anbauen. Einen Wintergarten oder so. Das wäre die nächste Hürde, überlegte ich, während ich gut gelaunt die Sachen aus dem Kofferraum in das Haus trug. Dann könnte ich das Café vergrößern oder meine privaten Räume. In meinem Gehirn rappelte es nur so vor Ideen, bis ich schließlich das Klingeln des Handys wahrnahm.

"Hallo Olivia, ja ich bin angekommen und Finleys Auto ist noch ganz." Ich lachte. Ich hatte mir nicht erst anhören wollen, ob Finley nervös hinter seinem Schreibtisch sitzt und Olivia wegen des Wagens nervt und kam ihr deshalb mit meiner Aussage zuvor.

"Ach, das ist nicht so wichtig. „Hörte ich sie aufgeregt.

"Wie bitte? Natürlich ist das wichtig!" Schrie Finley im Hintergrund.

"Sei doch mal still." Ging sie dazwischen, was allerdings ihrem Liebsten galt.

"Ich habe eine Antwort, das heißt vielmehr du hast eine Antwort. Oh, ich freu mich so für dich."

"Jetzt wird es langsam unheimlich Olivia. Was ist denn nun schon wieder los?"

"Du bist dabei!" Schrie sie in die Muschel und mein Ohr fing pochend an zu summen.

"Kannst du mir nicht so ins Ohr brüllen! Hol Luft und versuche es bitte etwas leiser." Ermahnte ich sie und wechselte die Ohr Seite.

"Du bist dabei, du hast es geschafft! Die Fotos, du bist dabei!" Rappelte sie in einem Affentempo herunter. Ich stand auf der Leitung. Dann machte es klick bei mir.

"Hast du die Fotos von mir abgeschickt?"

"Ja, natürlich. Was glaubst du denn? Es waren doch nur noch zwei Tage bis zum Einsendeschluss und sie haben heute schon geantwortet." Es wäre eine gehörige Untertreibung gewesen, wenn ich jetzt gesagt hätte, dass ich mich freuen würde.

"Was habe ich getan?" Flüsterte ich leise durch den Hörer und ließ mich auf dem nahe gelegenen Stuhl nieder, der zur Einrichtung gehörte. Olivia schwieg einen Augenblick.

"Hä, was meinst du? Was hast du getan?" Sichtlich verwirrt stellte sie stutzend die Frage.

"Es funktioniert alles. Das ist noch nie in meinem Leben so gewesen." Mir lief eine Träne über die Wange, was mich selbst erschreckte.

"Ach so!" Erleichtert atmete Olivia am anderen Ende aus.

"Ich dachte schon es ist etwas passiert. Freu dich doch. Du blinde Henne hast auch endlich ein Korn gefunden." Sie hatte immer die großartige Angewohnheit mich mit typischem englischem Humor aufzurichten.

"Oh Gott, ja ich glaube das bald nicht mehr. Was schreiben sie denn genau?"

"Ich schicke es dir über deine E-Mail, dann kannst du selbst antworten. Sie sind begeistert von dir. Und deinem, meinem Kleid." Fügte sie hinzu, als ob auch sie einen Bruchteil meines Erfolgs durch ihr Kleid anerkannt haben wollte.

"Ok, ich glaube, jetzt brauche ich etwas Stärkeres als einen Kaffee." Ich schaute auf die Kaffeemaschine, die unausgepackt neben mir auf dem Tisch stand.

"Nein, bitte nicht trinken und fahren!" Olivia hatte den Lautsprecher an und Finleys Einwand kam lautstark von hinten durch.

"Hör gar nicht hin," fügte Olivia gelassen hinzu.

"Wir bleiben heute zu Hause und Finley muss erst übermorgen wieder ins Büro. Du kannst also gerne da schlafen und morgen erst zurückkommen, dann schaffst du mehr und stehst nicht so unter Druck."

"Was sollte ich bloß ohne euch machen." Mehr fiel mir nicht ein. Es war perfekt. Ich schickte Küsschen durchs Handy und versprach Fotos von meinen Fortschritten zu senden.

Ich saß nur da. Ich weiß nicht wie lange. Das kleine Chaos um mich herum störte nicht. Es war die Wende, die mein Leben genommen hatte, seit ich bei Ethan ausgezogen war.

Komisch, dass er mir in den Kopf kam. Jetzt, wo ich so selbst bestimmend mein Leben im Griff hatte. Vielleicht würde er sich irgendwann einmal hierher verirren und sehen, zu was ich wirklich im Stande war. Nicht mehr seine Köchin oder Bettgefährtin zu spielen, wenn ihm danach war. Nein, ich war leibhaftig zu viel mehr fähig. Ich schaute auf die Fenster, die Tür und die Stühle, die für den kleinen Raum hier vorne zu viele waren. Mit ziemlicher Sicherheit gehörten sie nach draußen, damit man die Sonne und den Blick aufs Meer genießen konnte.

Wer kam auf die Idee, so etwas zu verkaufen. Diese kleine neue Welt würde ich für immer behalten. Ich erhob mich und ging in den hinteren Raum, der nach Westen lag und dadurch nicht so lichtdurchflutet war. Das Zimmer war bis auf ein paar Kleinigkeiten ganz ok. Das Doppelbett zwar sicher nicht mehr als ein Meter und vierzig, aber es sah noch recht neu aus. Auch hier mussten die Fenster und das angrenzende Bad geputzt werden, doch es schien mir möglich, hier heute die Nacht zu verbringen. Ich schmiss mich auf das Bett und blieb einen Moment liegen. Intuitiv stand ich wieder auf und begann es herumzurücken. So, dass ich das Fenster am Kopfende hatte. Erneut legte ich mich drauf und konnte ohne Weiteres in den Himmel gucken. Als ob ich mir Zementstaub von den Fingern rieb, ließ ich die Handflächen aneinander gleiten. Genau das hatte ich mir immer gewünscht. Wenn ich im Bett liege, dass ich in den Himmel gucken konnte. Ein weiterer Traum, der wahr wurde. Um die Fenster wollte ich mich morgen kümmern. Stück für Stück gestaltete ich mir das Tiny Haus nach meinen Vorstellungen.

Den kleinen Tisch und die Stühle hatte ich draußen platziert und nachdem ich die Küche sauber hatte, packte ich das Prunkstück aus, dass sicher Finley als hobbymäßiger Kaffeetrinker ausgesucht hatte. Sie machte einen edlen Eindruck und ich probierte sofort den mitgelieferten Kaffee. Es dauerte eine Weile, bis ich das System verstand, doch nach zweimaligem Aufbrühen erschien es mir Wert, auf meiner Terrasse einen Geschmacksversuch zu starten. Mit Handy und Kaffee in der Hand zog es mich nach draußen. Eine Möwe flatterte überraschend auf und gab ihr typisches Geschrei von sich. Vermutlich hatte sie bei ihrer Nachmittagserkundung um das Haus keine Störung erwartet. Ich schmunzelte, denn sicher würde sie mit ihren Freunden zurückkommen, wenn erst meine Scones und andere Leckereien ihr den Duft davon in die Nase treiben würden.

Olivia hatte mir die E-Mail geschickt, aber ich hatte sie bewusst noch nicht geöffnet. Es war egal, ob ich bei dem Wettbewerb mitmachen würde. Finley hatte mir so geholfen und das Konzept stand mit oder ohne Gewinn durch die Teilnahme.

Es war nicht das, was mich wirklich interessierte. Hier zu sitzen, am Meer nach getaner Arbeit malen zu können, das war mein Herzenswunsch, der sich nun realisierte. Zwar war noch viel zu tun, aber wie gerne nahm man diese Arbeit auf sich, wenn sie einem das Glück näherbrachte. Ich hielt das Handy in der Hand. Mein Blick richtete sich wieder auf, als ich von Weitem ein Boot kommen sah, dass um die Ecke auf den kleinen Hafen zusteuerte. Die Personen waren nur schwer auszumachen, doch es war deutlich, dass sie sich wegen des bevorstehenden Andockens am Pier aufgeregt mit den Tauen vor und achter platzierten. Sicher einer der typischen Väter, der unsicher beim Reinkommen mit dem Boot war und die Kids zum Vertäuen hin und her schickte.

Es war nicht schwierig, Christian zu verstehen, dem sein Boot über alles ging. Das hier zu genießen oder in einem vermieften Krankenhaus in London Wache zu schieben, war nicht mal der Überlegung wert, was man vorziehen würde.

Wiederholt senkte sich der Blick auf das Handy. Sollte ich Christian eine Nachricht schicken? Ich überlegte einen Moment, als das kleine Licht oben in der Ecke zu blinken begann. Ich wischte mit dem Finger zum Entsperren über das Display und schaute grinsend auf die Meldung.

"Hallo meine Liebe. Zu dumm, dass Isaak gestern dazwischengekommen ist, es war so schön mit dir. Ich hoffe, wir können uns bald sehen und .....Dein Christian"

Ich las die Nachricht einmal, dann noch einmal und ein drittes Mal. Dann hielt ich das Handy vor mir in die Höhe, schaltete die Kamera ein und machte eine Aufnahme von dem vor mir liegenden Paradies. Auf Knopfdruck wurde es abgeschickt und den Rest wollte ich dem Zufall bzw. seinem Verlangen überlassen. Als ich die weitergeleitete E-Mail von Olivia öffnete, fiel mir sofort das Datum des Events ins Auge. Ich überflog die Zeilen. Tatsächlich, sie hatte recht behalten. Eigentlich hatten sie schon die volle Anzahl an Bewerberin, doch mein Foto hatte ihnen so gut gefallen, dass sie mich noch dazu haben wollten. Sozusagen als "Ersatz", wenn jemand ausfallen würde. Das war die offizielle Variante, doch wer auch immer dahinterstecken mochte, ich war mit drin. Schon am nächsten Samstag sollte in London im East Park Hotel das Finale sein. Elf Frauen über dreißig kämpften um den Schönheitstitel der Zeitung. Es war also kein großes Ding, doch das Preisgeld ließ sich sehen. Zehntausend Pfund wären jetzt passend gewesen. Mein Ehrgeiz wurde geweckt. Ich holte mir noch einen Kaffee und begann das Schreiben erneut und genauer zu studieren. Wir würden das Hotelzimmer inkl. allen Mahlzeiten gestellt bekommen. Der zweite und dritte Preis erhält ein Wellnesswochenende, die anderen gehen mit Marketingaktionen in Form von gefüllten Tüten mit

Schönheitsprodukten nach Hause. Ein Wellnesswochenende brauche ich in Zukunft nicht mehr, lachte ich laut und redete mit mir selbst. Hier ist es so schön, entspannter kann ich es mir nicht mehr vorstellen. Eine kurze Rückmeldung sollte man senden, damit die Zimmer fest gebucht und die Veranstaltung reibungslos ablaufen konnte. Das mache ich morgen. Gut gelaunt kippte ich die restlichen Schlucke hinunter. Die Sonne färbte sich rötlich und begann langsam am Horizont ins Meer einzutauchen. Eine Gruppe von Möwen flog über die See, ihre Stimmen eine Wohltat für mein Inneres. Tief atmete ich die Luft ein und sog sie bewusst bis in den Magen. Auf dem kleinen Weg vor meinem Tiny Haus kamen fortlaufend Spaziergänger oder Fahrradfahrer vorbei und grüßten freundlich zu mir herüber. Zu gerne hätte ich hinübergerufen, dass es hier schon bald den leckersten Kaffee und die besten Backwaren jenseits der Beachfront zu erstehen geben würde, aber das hatte noch ein paar Tage Zeit.

So winkte ich freundlich zurück und erhoffte mir dadurch den Grundstein für zukünftige Kunden zu legen. Ich setzte meine Arbeit drinnen fort und entdeckte immer wieder neue Sachen in meinem Haus, über die ich mich riesig freute. Die Küche war doch nicht so kaputt, wie wir dachten. Ich fand sie eigentlich sogar ganz chic. So ein Shabbylook passte gut zu dem Café Stil, vielleicht ein paar Schrauben hier und da nachziehen, ein bisschen Farbe, neue Gardinen, ja, es wurde mit ein paar Handgriffen immer häuslicher und gemütlicher. Von allem war noch etwas dagelassen worden, wahrscheinlich hatte der Verkäufer nicht mehr die Muse gehabt, hier etwas auszuräumen. Im Bad entdeckte ich eine alte Waschmaschine. Zwar mit Antiquariatswert, ein Top Lader, aber als ich sie mit einer Ladung Handtüchern belud und ausprobierte, summte sie, als ob sie froh wäre, endlich wieder gebraucht zu werden. Ich räumte, wusch und rückte die Möbel passend hin und her, als ich plötzlich bemerkte, dass es schon sehr dämmrig geworden war. Ich schaute mich nach den Lichtschaltern um und ob überhaupt Lampen vorhanden wären, den, denen hatte ich bis dahin noch keine Beachtung geschenkt. Es funktionierte. Der Verkäufer hatte den Strom nicht abgemeldet, das passte mir ganz hervorragen. Erst jetzt fiel mir auf, dass kein Fernsehen und kein Radio da war. Doch es störte mich nicht. Ganz im Gegenteil. Die Tür zur Veranda stand noch auf und ich hörte das seichte, aber regelmäßige plätschern der Wellen. Völlig geflasht von dieser romantischen Atmosphäre ging ich zur Tür und lehnte mich in den Rahmen.

Gerade fuhren zwei Fischerboote in den Hafen. Gefolgt von einer Traube Möwen, die sie gierig begleiteten. Fast hatte ich das Gefühl, den Geruch ihres tuckernden Dieselmotors bis hierher zu riechen. Was für ein Träumchen dachte ich. Die erste Nacht, die Olivia und Finley hier verbringen, werden sie sicher mit mir einer Meinung sein, dass sich diese Investition zu eintausend Prozent gelohnt hat. Ich freue mich schon jetzt für sie. Sie haben es wirklich verdient, ab und an eine Auszeit zu nehmen. In Gedanken richtete ich schon alles für sie her, damit sie das perfekte Wochenende hier verbringen konnten. Wer weiß, vielleicht würde Finley in dieser Umgebung seine romantische Seite entdecken und Olivia fragen, ob sie ihn heiraten wollte. Ich schaute den Weg entlang, wo nun die Laternen angeschaltet wurden. Vereinzelt kamen jüngere Leute vorbei, die es sicher in die hiesigen Pubs zog. Plötzlich kribbelte es in meiner Magengrube, als ich weit hinten den Umriss eines Mannes zu erkennen glaubte, von dem ich annahm, dass es Christian sein könnte. Das Licht der Laternen verzerrte seine Konturen. War es Wunschdenken. Bildete ich mir das ein? Es war schwierig. Ich kniff die Augen mehrfach zusammen, aber war nicht sicher. Doch als er endlich näherkam, wurde ich so aufgeregt wie lange nicht mehr. Er war es. Es war ihm anzusehen, dass er unsicher war, wo mein Tiny Haus liegen würde, doch als er mich in der Tür stehen sah, konnte ich deutlich seine weißen Zähne erkennen, die immer aufblitzten, wenn er sich freute.

Jeden Schritt, den er auf mich zu machte, genoss ich, und als er nur noch ein paar Meter von mir entfernt war, konnte auch er an meinen Gesichtszügen erkennen, wie sehr ich mich freute, ihn jetzt und hier zu sehen. Ich hatte mir schon die erste Nacht in meinem Tiny Haus alleine ausgemalt, denn ehrlich, wie hoch war die Chance gewesen, dass er tatsächlich nach meiner Meldung hierherkommen würden. Nun war er da. Er blieb kurz vor mir stehen, ließ seine Augen über mein Gesicht gleiten, dann blieben unsere Blicke kurz aneinanderhängen. Ich fühlte, dass meine Wangen heiß und dadurch sicher rot wurden.

"Hierher hast du dich also verkrochen?" Seine männliche Stimme löste einen kurzen Schauer aus, der sich angenehm über meinen Rücken zog.

"Hallo, wen haben wir denn da?", antwortete ich mit einer Gegenfrage, um mir meine Nervosität nicht anmerken zu lassen. Obwohl wir uns gestern so nahe gewesen waren, war es nun eine andere Situation. Auch Christian schien einen Hauch von Schüchternheit an sich zu haben, den er mit seiner Körpersprache hervorragend versuchte zu übergehen.

"Dein Foto sprach Bände."

"So? Was hat es dir denn gesagt?" Fragte ich frech.

"Du hättest mir auch über Google den Standort durchgeben können, dann wäre es etwas einfacher gewesen." Wow. Sein Selbstbewusstsein war wieder voll da, doch es war nicht anmaßend, sondern zeugte von einem ansprechenden Intellekt, den ich bei Männern bisher vermisst hatte. Erneut wurde mir warm. Glückswellen durchfluteten meinen Körper bis in die Zehenspitzen. Natürlich hatte er mich durchschaut.

"Ich wollte heute sowieso nach Brighton, weil ich zwei Tage frei habe. Die wollte ich auf meiner Yacht verbringen." Dann hast du Mona wohl auch wieder im Gepäck fiel mir ein, doch ich biss mir auf die Lippen. Nicht jetzt, nicht in diesem Moment.

"Ach so," konterte ich überlegen, "dann ist das hier ja nur ein Katzensprung für dich gewesen."

"Du sagst es." Verlegen standen wir da und schauten uns an. Das ist jetzt nicht so gut gelaufen. Wir wussten beide nicht, was wir sagen sollten.

"Möchtest du reinkommen und dir meine neuste Errungenschaft anschauen?" Er atmete tief durch. Als wir reingingen und er neben mir stand zog mir ein zarter Duft seines Aftershaves in die Nase. Es roch so gut, so nach ihm, so nach gestern Nacht. Er ging den kleinen Raum ab und schaute sich alles an.

"Gefällt es dir?", fragte ich und erhoffte eine ehrliche Meinung von ihm.

"Ich kenne es."

"Du kennst es?" Ich stutzte.

"Ja. Hier hat vor langer Zeit ein Bekannter von mir gewohnt. Er war meist in den Sommermonaten oder an den Wochenenden hier." Er ging in die Küche und klopfte mit dem gekrümmten Zeigefinger gegen die Holzbalken.

"Scheinen ja noch in Ordnung zu sein."

"Sag bloß du verstehst etwas vom Mauerwerk!"

"Ja tue ich. Bei der Sanierung meines Hauses musste ich viele Rückschläge, während der Arbeiten hinnehmen, da lernt man viel, das ergibt sich von selbst."

"Was für ein Bekannter war das denn?" Aus irgendeinem Grund machte es mich neugierig, wer hier gewohnt hatte.

"Ach, nicht der Rede wert. Er kam aus London. So ein Typ, der ständig neue Freundin hierher abgeschleppt hatte.

"Oh je, also ist das hier die reinste Lasterhöhle!" Ich ließ mich auf den Stuhl plumpsen und verdrehte die Augen.

"Na ja, sieh es positiv. Nur gute Energien."

"Also ob Ärzte etwas über Energien wissen. Werdet ihr nicht eher auf die Medikamente geschult, die ihr verschreibt? Mit Energien arbeiten doch in euren Augen nur die Quacksalber."

"Wie meine Kollegen damit umgehen, weiß ich nicht, aber ich halte eine ganze Menge von Energien und Schwingungen." Der Satz hätte direkt aus einem Porno sein können dachte ich mir und lachte ihn an. Ohne meine Gedanken auszusprechen, kam er auf mich zu und ging vor mir in die Hocke. Er nahm meine Hand und streichelte zart darüber.

"Zwischen uns scheint ein ziemlicher Austausch von Energien in der Luft zu sein, wenn wir nur im gleichen

Raum sind." Seine braunen Augen funkelten mich an. Automatisch entstand das Verlangen in seine dicken Haare zu fassen und ich ließ meine Hand über seinem rechten Ohr von vorne bis an den Hinterkopf darin entlanggleiten. Es waren nicht nur Schwingungen. Bei unseren Berührungen entstand ein ganzes Feuerwerk. Ich ließ meine Hand dort und zog ihn damit enger an mich heran. Wir spürten unsern Atem und das pulsierende Blut, dass nun mit vielfacher Geschwindigkeit durch unseren Körper rauschte. Dann küssten wir uns.

Ganz anders als gestern Nacht. Viel zärtlicher. Viel inniger. Viel bewusster. Als ob wir mit unseren Küssen ein Pakt fürs Leben schaffen wollten. Es fühlte sich an, als ob er mir Leben einhauchte, dass noch nie da gewesen wäre. Nach Ethan hatte ich nicht vorgehabt, mich wieder zu verlieben, doch das hier mit ihm diese Gefühle übertraft alles, was ich je erlebt hatte. Unsere Erregung steigerte sich im Sekundentakt. Es gab nur noch einen Gedanken. Eins zu werden. Unsere Körper so dicht wie nur irgend möglich zu spüren.

Ich unterbrach uns, indem ich mich aus der Trance der leidenschaftlichen Küsse zurücknahm. Er schaute mich an. In seinen Augen konnte ich sehen, dass unsere Energien uns auf einen höheren Level gehoben hatten. Sein verklärter Blick zeigte mir, wie sehr er mich wollte. Er hob seine Augenbraue und stellte sich hin.

"Wollen wir da anknüpfen, wo wir gestern unterbrochen wurden?" Die Frage bescherte mir eine weitere Gänsehaut. Ich kicherte. Ich hatte keine Ahnung, ob er wieder mit Harper zusammen war oder Mona seine Neue, doch gerade jetzt in diesem Moment war es mir egal. Ich hatte ihn hier bei mir und er wollte mich. Der Schmerz, den Ethan bei mir ausgelöst und durch den ich Christian überhaupt erst kennengelernt hatte, war vielleicht kein Zufall gewesen. Manchmal passieren Dinge einfach, weil sie passieren sollen. Genauso jetzt. Wir hatten alle Zeit der Welt, keiner konnte uns stören.

Er beugte sich etwas nach vorne und küsste mich auf den Kopf. Ich konnte hören, wie er dabei den Duft meines Haares einatmete. Dann nahm er meine Hände und zog mich von dem Stuhl nach oben. Seine Hände legte er um meine Taille, was mein Herz höherschlagen ließ.

Mit einem Funkeln in den Augen zog er seine Lippen erneut zu dem heißesten Grinsen, das ich je gesehen hatte. Wie konnte ich ihm widerstehen. Er legte den Kopf schräg, schwieg eine Sekunde, dann nickte er mir zu, als ob er mir die Entscheidung abnehmen wollte. Ich war genau da, wo ich sein wollte, gefühlt im siebten Himmel.

Ich zog mit den Zähnen etwas an meiner Unterlippe und grinste genauso frech zurück.

"Scheint mir, als wäre das eine gute Idee", stimmte ich ihm zu. Er zögerte nicht länger. Sofort fühlte ich seine Arme um mich und wie er mich in die Höhe hob.

Es war nicht schwierig für ihn, das Schlafzimmer zu finden, den das war der einzige Raum, von wo die Tür neben der Küchenzeile hinführte. Es war noch dunkel im Zimmer, doch das Licht von der Laterne draußen strahlte durch das Fenster und warf einen breiten Lichtstrahl über das Bett. Behutsam setzte er mich darauf ab. Dann ging er zurück in den Vorraum und ich konnte hören, wie er die Tür zu der Veranda schloss und verriegelte. Nun waren wir definitiv ungestört. Er knipste das Licht in der Küche aus und stand mit bloßem Oberkörper in der Tür. In der Hand sein Hemd, dass er sich schon über den Kopf ausgezogen hatte. Meine Augen gewöhnten sich an das schummrige Licht und obwohl er noch drei Meter entfernt von mir stand, konnte ich seine Figur klar erkennen. Ich streckte ihm meine Hand entgegen, worauf er sofort reagierte und zu mir kam. Er glitt neben mir auf das Bett und schaute mich an.

Mit meinem Zeigefinger berührte ich ihn sanft auf der Brust über dem Herzen und fuhr mit zarten Bewegungen um seine Brustwarze, die sich hart zusammengezogen hatte. Schockiert über meine eigene Reaktion, so die Initiative zu ergreifen, wurde ich mit liebevollem Blick von ihm belohnt. Er zog mir mein T-Shirt über den Kopf und legte es neben uns. Er schaute auf meine Brüste, die nur noch mit einem BH bedeckt waren und begann mich liebevoll zu küssen. Erst ganz zart auf die Lippen, dann liebkoste er meinen Hals. Es prickelte auf meiner Haut und ich musste den Kopf lustvoll hin und her wenden.

"Ist das in Ordnung so Liebes?" Hauchte er mir ins Ohr, als er gerade am Ohrläppchen angekommen war. Ich konnte nur noch ein "M-mh" von mir geben und mein Atem stöhnte die Luft schwer aus.

"Ich will dich, schlaf mit mir", hauchte er mich an. Ich legte mich zurück. Auf einem Arm aufgestützt schob er sich neben mich. Dann fuhr er mit seinem Zeigefinger die äußere Spitzenumrandung meines BHs nach.

"Hilfst du mir, ihn auszuziehen?" Sofort fuhr er mit der Hand auf meinen Rücken. Innerhalb von Sekunden war mein Häkchen Verschluss gelöst. Seine Hände glühten auf meiner Haut, als er die Träger sachte nach unten meine Arme entlang streifte. Ich genoss jede Bewegung, mit der er mich berührte. Plötzlich war auch dieser Moment schöner als der gestrige auf dem Küchenstuhl, denn er nahm sich Zeit. Natürlich hätten wir sofort übereinander herfallen können, doch machte es so alles noch wertvoller. Wir erkundeten unsere Körper. Das Faktum, dass er Arzt war, ließ ihn vielleicht viel tiefer eintauchen, dachte ich kurz und genoss weiter seine Wissenschaft, meinen Körper zu studieren. Nach dem BH zog er meine Jeans die Beine hinunter, sodass ich nun nur noch im Slip vor ihm lag. Langsam beugte er sich über mich und begann meine Brüste zu liebkosen. Er ließ seine Zunge gekonnt um meine harten Nippel kreisen, die er wieder und wieder küsste und dabei leicht daran sog. Wie elektrische Schocks durchzog es meinen Körper und ein heißes Kribbeln pulsierte zwischen meinen Schenkeln. Meine Gedanken fingen an, sich nur noch in eine Richtung zu bewegen. Ich will ihn spüren. Ich will ihn fühlen.

Er leckte mit der Zunge von der Brust hinunter zum Bauchnabel, und weil ich meine Gedanken scheinbar laut ausgehaucht hatte, bat er mich, diese zu wiederholen.

Ich bäumte meinen Oberkörper leicht auf und schaute zu ihm herab. Das Licht der Laterne hatte zu flattern begonnen, scheinbar ging die Glühbirne demnächst kaputt. Als ich sein Gesicht in der blinkenden Beleuchtung anschaute, fühlte es sich an, als ob wir uns in einer Zeitmaschine befinden würden.

"Ich will dich in mir spüren," wiederholte ich, diesmal mit kräftiger Stimme, damit er meiner Aufforderung nachkommen würde. Seine Augen reflektierten das Licht und es sah aus, als ob er Blitze aus ihnen schießen würden. Wie in einem Zeitraffer nahmen wir unsere Bewegungen wahr. Er schob seine Hände unter meine Hüfte und zog mich näher heran. Meine Forderung hatte ihn komplett aus seinem Vorspiel katapultiert. Eilig knöpfte er seine Hose auf, riss sie mitsamt Shorts von sich.

Das flackernde Licht wurde immer schneller. Wir küssten uns innig und als er seinen nackten Körper auf mich schob, fühlte ich, wie sich seine Erregung hart zwischen meine Beine drückte. Seine Hand glitt an meinem Kopf vorbei, fasste mir bestimmend die Haare zusammen und bekam so Kontrolle über meine Lage. Mit der anderen schob er mir dominierend die Schenkel auseinander und drückte sich mit erregenden Bewegungen dazwischen. Meine Hüften zuckten wie abgestimmt auf seinen Rhythmus. Seine Erektion war so gewaltig, dass ich das Gefühl hatte, jede unserer Zellen würde sich miteinander verbinden. Seine Bewegungen in mir wurden schneller und der Druck bei uns beiden gleichzeitig höher. Die Hitze zwischen unseren Körpern entwickelte sich zu Feuchtigkeit, die uns auch hier verbinden wollte. Wir küssten uns immer gieriger und fühlten uns wie abgehoben. Unsere Sinne verlagerten sich auf unsere erogenen Zonen, die nur noch nach Erlösung schrien, welche wir beide nicht länger zurückhalten konnten. Christian stieß ein paar Mal heftig zu und ich fühlte, dass sein bestes Stück noch härter in mir wurde, um gleich zu explodieren. Mit einer heißen Welle durchzog es uns gleichzeitig.

Nach einem kurzen Moment rollten wir auseinander und der Hauch der kühlen Luft auf dem nassen Körper tat gut. Erschöpft lagen wir nebeneinander. Erst jetzt merkten wir, dass die Laterne draußen ihren Geist aufgegeben hatte. Ich drehte leicht den Kopf und konnte den Mond durch das Fenster sehen. Er zeigte sich nur halb, aber schien mit klarem Licht zu uns hinein. Gleichzeitig schauten wir einander an.

Kapitel 8

"Das war ganz schön heiß, Doc." Säuselte ich ihm ins Ohr und gab ihm zarte Küsse auf die rechte Gesichtshälfte. Er holte tief Luft und ich hörte, dass sich sein Atem wieder normalisiert hatte. Er stupste mich zurück ins Kopfkissen und beugte sich über mich.

"Hättest du mich mit deinem "Bitten" nicht so verrückt gemacht, hättest du länger etwas davon gehabt." Seine Lippen waren immer noch heiß und als er mich erneut zu küssen begann, entfachte es die gleiche Leidenschaft und Intensität wie vor einer halben Stunde.

"Würdest du noch mal so über mich herfallen?" Wir waren uns so nahe, dass er meine Wimpern an seiner Wange spüren konnte, als ich mit Absicht meine Augen langsam auf und zu machte. Ein paar Mal streichelte ich ihm damit zärtlich durchs Gesicht und ich konnte fühlen, wie er dadurch wieder hart wurde.

"Du brauchst mich nur berühren und ich ...," er vollendete den Satz nicht. Er nahm meine Hand in seine und führte sie in seinen Schritt. Ich konnte fühlen, wie sehr ihn meine Anwesenheit wieder hochbrachte. Ich grub mich mit dem Gesicht in seinen Hals, küsste ihn und massierte fordernd zwischen seinem Schritt.

"Oh Ivy, bist du sicher?"

"Ja, das bin ich, Christian."

Wir schwelgten die ganze Nacht in unserem Universum, dass nur noch aus Gefühlen, Berührungen und Liebe bestand. Ich war mir sicher, dass ich mich mit meinen neununddreißig Jahren noch nie so begehrt und geliebt gefühlt hatte.

Wir hatten uns so verausgabt, dass wir einfach so umschlungen, wie wir da lagen, plötzlich einschliefen. Dass die Sonne aufging, bemerkten wir nicht. Erst ein paar Stunden später, als es im Zimmer wärmer wurde, wurde ich durch Christians Bewegungen geweckt. Ich hatte das Gefühl, als wenn mich ein Bulldozer überfahren hätte. Ich streckte mich und schaute ihn an, wie er neben mir lag. Immerhin ein "schöner Bulldozer", grinste ich. Er schlug die Augen auf und schaute mich an.

"Du grinst schon am Morgen? Dann muss ich wohl etwas richtig gemacht haben?", fragte er leise.

Ich warf mich zurück ins Kissen, kicherte leise und erzählte ihm, dass ich mich wie tot fühlte und es sich zwischen meinem Schritt ziemlich geschwollen zu sein schien, aber der Grund dafür mehr als O. K. sei.

"Wir sind am Meer." Stieß ich aus heiterem Himmel hervor, denn ich hörte die Möwen draußen rufen.

"Ja, das ist gut, dass du das noch weißt. Ich dachte schon ich habe dir das Gehirn raus gevögelt." Christian lachte laut und setzte sich auf. Ich nahm das Kissen hinter mir hoch und haute es ihm liebevoll in die Magengrube.

"Du Doofmann. Ich dachte gerade daran, dass die Dusche noch nicht sauber gemacht ist, aber wir können im Meer baden gehen. Was hältst du von einer Partie zum Strand?"

"Hervorragende Idee, mein Schatz. Ich liebe das frische klare Meerwasser auf meiner Haut."

"Es ist bestimmt ziemlich kalt," versuchte ich einen Rückzieher zu machen, doch Christian war schon Feuer und Flamme für das Bad.

"Dann werde ich dich hinterher wieder ordentlich wärmen." Er ging ins Bad und fand zwei Handtücher, die noch sauber zu sein schienen und warf mir eins davon auf den nackten Bauch.

"Los, hoch mit dir, die Sonne ist auch schon schön warm."

Ich schnappte mir mein T-Shirt von gestern und sah die Jeans daneben auf dem Boden liegen. Der Slip war verschwunden. Weder unter der Bettdecke noch sonst irgendwo auffindbar. Sockenwaschmaschinensyndrom dachte ich nur und zog die Hose ohne Unterhose an. Christian schaute mit einem Auge zu und als er mir beim Anziehen auf den Hintern sah, grinste er frech und kam zu mir rüber.

"Wie willst du denn ohne Slip baden gehen? Nicht das es mich stören würde, wenn du es ohne tätest." Seine Hand fuhr in die noch offene Hose, um erneut nachzuprüfen, dass da auch wirklich nichts ist. Er war recht schnell weiter runtergerutscht als notwendig und schon spürte ich seine Finger erneut an mir herumspielen. Ein süßes Grinsen lag auf seine Lippen.

"Oh, wenn du jetzt nicht aufhörst, dann können wir gleich wieder zurück ins Bett." Mein koketter Augenaufschlag dabei stellte ihn vor die Wahl. Er zog die Hand zurück.

"O. K., dann erst das Bad." Lachte er. Er half mir den Reißverschluss zuzumachen und gab mir einen liebevollen

Kuss auf den Mund. Ich lächelte ihn an. Nein, ich himmelte ihn an. Seit dieser letzten Nacht, wusste ich wie sehr er sich in mich verliebt hatte. Mit langen Schritten ging er in die Küche und ich folgte ihm mit den Handtüchern.

"Kaffee vorher oder nachher?", rief er mir schon aus der Küchenzeile herüber.

"Hinterher, dann können wir uns draußen in der Sonne wärmen und den Kaffee genießen." Fast kam es mir vor, als wenn wir ein altes Ehepaar wären, dass schon immer so gelebt hatte. Weit ab von der Zivilisation nur das Leben genießen, wo wir uns beide so nahe waren. Ich sah, wie er in den Schränken und Schubladen eine kurze Inspektion vornahm. Neugierig fragte ich ihn, was er denn suchen würde.

"Ich wollte nur nachschauen, ob du etwas zum Frühstück dahast, aber außer Mehl und anderen Backwaren kann ich nichts finden."

"Ich hatte eigentlich nicht geplant über Nacht zu bleiben. Ich wollte die Sachen herbringen, ein bisschen mit der Renovierung beginnen. Dann rief Olivia gestern an und meinte sie bräuchten den Wagen erst heute, da bin ich einfach hiergeblieben." Ich zog die Augenbraue nach oben, drehte mich gen Ausgang und wackelte einmal mit der Hüfte.

"Sonst hätte ich auch ein paar mehr Slips eingepackt." Dann lief ich los über die kleine Terrasse und nach links weg zum Strand. Er ließ alles stehen und liegen und rannte mir geradewegs hinterher. Auf der Mitte holte er mich ein und wie Kinder wuchs urplötzlich die Lust auf ein Wettrennen. Ich gab Vollgas und das Ziel war knapp erreicht, als er mich mit seinen langen Beinen überholte.

Der Endspurt durchflutete unsere Körper mit Sauerstoff und wir rissen uns sofort die Klamotten vom Leib. Als er sah, dass ich komplett nackt ins Meer rannte, streifte auch er seine Shorts ab und kam hinter mir her. Das Wasser war kalt und die ersten Sekunden taten fast weh auf dem Körper, doch dann prickelte es und wir schmissen uns in die hohen Wellen, die uns gänzlich mit ihrer Kraft umschlossen und unter sich vergruben.

Ich sah, wie er in dem Strudel zu mir kam und schon schmiegten sich unsere nackten Körper eng aneinander, um zusammen elegant über die nächsten Wellen zu gleiten. Flüchtig küssten wir uns, lachten und dukerten immer wieder unter. Die Sonne strahlte, die Wellen glitzerten wie türkisfarbene Kristalle und die Gischt kräuselte sich obendrauf. Es war die beste Zeit meines Lebens. Mein Körper bestand nur noch aus Glücksgefühlen.

Wie vom Blitz getroffen, stoppte Christian urplötzlich unsere Zweisamkeit und hielt sich mit schwimmenden Bewegungen auf einem Fleck ein Stück weit weg von mir und Schaute erschrocken gen Strand, von dem wir mittlerweile gut fünfzig Meter abgedriftet waren. Ich guckte in seine Richtung und traute meinen Augen kaum. War das Harper, die am Strand stand und zu uns schaute?

"Oh nein," hörte ich und sein Blick verriet mir, dass er sich peinlich erwischt fühlte.

Ohne Weiteres kraulte er sofort in ihre Richtung. Ich biss die Zähne zusammen, vielleicht ein bisschen zu doll, denn mein Kiefer fühlte sich augenblicklich an, als ob ich irgendetwas durchgebissen hätte. Die Wellen wurden wieder höher, denn es kam etwas Wind auf. Ich wusste nicht, was ich tun sollte. Ob ich Hinterherschwimmen sollte, oder würde ihn das bloßstellen? Immerhin war durch unseren Bikini und Badehosenloses Unterfangen nicht schwer zu erkennen, was los war.

Ich entschloss mich einen Moment so zu tun, als würde ich das Bad weiter genießen und lugte zwischen den Wellentälern zu den beiden, um vielleicht anhand der Gestiken auszumachen, was dort vor sich ging. Ich ließ mich noch etwas weiter von den Wogen mitnehmen und entfernte mich immer mehr von der Stelle, wo meine Jeans und T-Shirt lag. Einen Augenblick musste ich mich mir selbst widmen, denn die Wellen kamen schneller und ich musste aufpassen, dass ich sie gut abpassen würde, um nicht mit ihnen mitgerissen zu werden. Ich guckte kurz gen Horizont und sah, dass nun ein paar seichtere Wellen folgten. Neugierig paddelte ich wieder herum und sah, wie Christian sich seine Hose angezogen hatte und mit Harper den Strand gen Straße verließ. Scheiße, das ist jetzt nicht sein Ernst, dass er einfach so mir nichts, dir nichts das Weite sucht und mich hier ohne ein Wort alleine lässt. Der Wind wurde stärker und die Wellen wieder massiver. Meine Stimmung glich einer Meeresnixe, die vor Wut den Meeresgott Neptun beschwor und dieser wütend sein Element in Rage brachte. Nur war ich keine Nixe und langsam begann mir die Anstrengung der immer wieder anrollenden Kraft des Meeres körperlich zu zusetzten. Ich versuchte so schnell wie möglich an den Strand zu kommen, doch wurde ich etliche Male knallhart erwischt und auf den Sand gespült. Ich begann gegen die Strömung zu kämpfen, die mich immer wieder ins Meer zurück sog.

Als ich es endlich geschafft hatte, krabbelte ich erschöpft auf allen vieren aus der Brandung heraus. Wie ein Häufchen Elend, das das Meer in seiner nackten Urform ausgespuckt hatte, lag ich am Strand und fühlte nicht nur die Schande und Traurigkeit des abrupten Verlassens in mir, an meinem rechten Bein leuchtete mir die Haut von dem groben Sand, Steine und Muschelgemisch krebsrot und auf geschrammt entgegen.

Ein alter Mann, den ich erst jetzt wahrgenommen hatte, ging mit seinem Pudel direkt an mir vorbei und schüttelte empört den Kopf, während er auf meine Brust starte.

"Das ist hier kein Nacktbadestrand junge Dame." Er jetzt fiel mir auf, dass meine Sachen ein ganzes Stück in der anderen Richtung lagen. Von Harper und Christian war nichts mehr zu sehen. Ich konnte das Dach meines Tiny Hauses von hier ausmachen und orientierte mich daran, wo ich hinmusste, um schnellstmöglich meine Nacktheit zu bedecken. Der Wind blies mir die Sandkörner heftig an die nasse Haut und ich begann zu laufen, um schneller dieser verzweifelten Situation zu entkommen.

Nachdem ich meine Sachen wieder angezogen hatte, sprintete ich zum Tiny Haus. Eisern versuchte ich meine Tränen zurückzuhalten, die Enttäuschung, dass Christian so etwas mit mir tun würde, war einfach zu groß. Kaum war ich durch die Terrassentür, begannen sie meine Wangen herunterzuströmen. Erschöpft schmiss ich mich auf das Bett und ließ meinem Elend freien Lauf. Ich kapierte nicht, was geschehen war. Es war wie ein Trauma. Vielleicht war es nur ein schlechter Traum gewesen und ich bin gerade aufgewacht? Eine halbe Stunde muss ich dagelegen haben, dann setzte ich mich auf. Es war so affengeil gewesen, hier im Bett. Beherzt griff ich in die Kissen. Nein, es war kein Traum gewesen. Ich angelte mich zum Nachtisch, um an mein Handy zu gelangen. Es wird dafür eine Erklärung geben. Da bin ich sicher. Vielleicht hat er einen Notfall und Harper hat ihn nur benachrichtigen wollen. Immerhin ist er Arzt, da sind Noteinsätze keine Seltenheit. Womöglich ist hinten im Hafenbecken etwas passiert. Zwar machte sich der Gedanke breit, was Harper überhaupt hier in Brighton wollte, doch den verwarf ich geschwind wieder. Ich scrollte durch die Telefonliste und rief Olivia an.

"Hinterlassen sie bitte eine Nachricht nach dem Piepton." Na großartig, sie war nicht zu erreichen. Ich überlegte kurz, ob ich eine Nachricht dalassen sollte, doch wenn sie arbeiten würde, würde sie sie sowieso erst später abhören können, bis dahin war ich wieder zurück bei ihnen zu Hause. Die ausgeladenen Sachen standen von gestern noch überall herum. Eigentlich hatte ich nicht viel geschafft.

Dann fiel mir der Wettbewerb wieder ein, wo sie mich aufgefordert hatten, eine zu oder Absage zu senden. Meine Haare hingen noch halb nass an mir herunter und so ging ich rüber ins Bad, um sie kurz mit einem Gummi zu einem Pferdeschwanz zusammen zu nehmen. Als ich meine verheulten Augen im Spiegel sah, zwickte es mich regelrecht am Herzen, sodass ich zusammenfuhr. "Ach was, es wird eine plausible Erklärung geben und ich werde keine falschen Schlüsse ziehen, bevor ich nicht Bescheid weiß." Ermutigend nickte ich meinem Spiegelbild zu. Die Kartons konnten so stehen bleiben, bis ich wiederkomme. Ich schloss Fenster und Vorhänge. Schickte eine kurze Nachricht an die Zeitung, dass ich an dem Modell Wettbewerb teilnehmen würde und weg hier.

Nachdem ich das Tiny Haus abgeschlossen hatte, ging ich rüber zu Finleys Wagen. Oh je, auch im Rückspiegel sahen meine Augen noch krebsrot aus. Ich legte den Rückwärtsgang ein und schaute noch einmal auf das Haus.

"Er wird mir die Freude daran nicht nehmen, ich ziehe das hier durch." Dachte ich und fuhr langsam an. An der Promenade zum Hafen schaltete ich auf Schritttempo, denn ich wollte sehen, ob jemand auf Christians Yacht war.

Doch sie lag öde und verlassen mit eingewickelten Segeln dort und schaukelte leicht vor sich hin. Mit einem tiefen Seufzer lenkte ich den Wagen langsam durch die kleine Stadt, und als ich auf dem Landweg war, gab ich ordentlich Gas. Ich wollte keine Musik hören, meine Gedanken fantasierten und warfen mir im Minutentakt das hoffentlich verfälschte Ergebnis zu, dass Christian und Harper vielleicht gar nicht in Scheidung leben würden. Dazwischen kamen Sequenzen der letzten Nacht.

"Wie paradox", sagte ich mir selbst. Ich schluckte die Frustration herunter. Das Wetter behielt den verhängten Himmel und ab und an kamen ein paar Regentropfen. Komisch, warum wird das Wetter auch immer schlecht, wenn es einem sowieso nicht gut ging. Die Fahrt zurück zu Olivia und Finley dauerte gefühlt doppelt so lange wie gestern, als ich nach Brighton gefahren war. Als ich überlegte, wie ich Olivia am besten alles erzählen würde, hörte ich schon ihren Kommentar dazu. "Du landest immer zu schnell mit den Männern im Bett. Da liegt der Hase im Pfeffer."

"Zu schnell alleine!" Als ob ich mit jedem Hergelaufenen in die Kiste hüpfen würde. Ihre Worte klangen in meinem Kopf wie die einer besorgten Mutter. Klar hatte sie mir von Christian abgeraten. Noch vor ein paar Tagen hatte sie mir gesagt ich sollte ihn vergessen.

Als ich ankam, kam mir Finley mit dem Mülleimer gerade aus der Haustür entgegen. Man könnte meinen, er hätte schon hinter der Gardine gestanden, um sein über alles geliebtes Auto wieder in Empfang zu nehmen.

"Hey, na, noch alles dran?" Flötete er mir neugierig entgegen.

"Danke, dir auch einen schönen Tag Finley." Im Vorbeigehen drückte ich ihm die Schlüssel in die Hand.

"Danke dir. Tolle Kiste," schnalzte ich und machte mich auf den Weg nach oben. Sicher würde er eine Inspektionsrunde vornehmen, das ließ mir Zeit allein mit Olivia, wenn sie überhaupt zu Hause war. Schnell ging ich die Treppen hoch. Erst jetzt merkte ich, dass die Schürfwunden an meinem

Bein zu brennen begannen. Olivia war in der Küche und räumte ihren Freund den Geschirrspüler leer.

"Wow, du bist wirklich oft mit dem Ding zugange." Ich lachte und nahm sie zur Begrüßung in den Arm.

Ein kurzer Blick in mein Gesicht und sie wusste, was los war. Sie nahm den nächstbesten Küchenstuhl und drehte ihn, herum.

"Setzt dich und erzähle mir alles." Das klang wie ein Befehl und die Tatsache, dass sie mir so schnell auf die Schliche gekommen war, ließ meine Augen wieder feucht werden und ich erzählte in Kurzform die ganze Geschichte.

"Schon verstanden", unterbrach sie mich und schwang die Klappe vom leeren Gerät nach oben.

"Ich hatte es dir doch gesagt. Hände weg von ihm, er hat eine Frau, dann war er mit einer anderen auf seiner Yacht und Essen...diese Mona oder wie die heißt. Der Typ ist der reinste Womanizer. Der verspeist solche wie dich zum Frühstück. Der ist sexsüchtig." Wütend haute sie die Hand auf den Tisch.

"Du bist gerade aus der einen Beziehung raus und machst gleich wieder solchen Scheiß. Was, wenn er dich mit irgendetwas angesteckt hat. Habt ihr zumindest Kondome benutzt?" Gerade kam Finley dazu und schaute belustigt, denn er hatte nur noch das Wort "Kondom" gehört.

Ich biss die Zähne zusammen und verkniff mir die Antwort in seinem Beisein.

Er ging zum Kühlschrank, um sich ein kaltes Aale herauszunehmen und mit einem gekonnten hieb am Küchentisch den Deckel zu entfernen. Dann machte er Anstalten, sich dazusetzen zu wollen, doch Olivia zog ihm den Stuhl wieder weg.

"Oh Mann, du sollst das nicht. Guck mal was hier für Ratscher in die Kante kommen." Olivia schnaubte förmlich, doch wohl weniger über die Tatsache, dass Finley Durst hatte. Sie stand auf und schob ihren Liebsten am Rücken aus der Tür hinaus.

"Frauengespräch! „Er hob die Hand, zog die Schultern nach oben und respektierte Olivias Ansage, nicht dabei sein zu dürfen.

"Ihr hattet die ganze Nacht ungeschützten Sex? Monoman, ich dachte du wärst ein bisschen schlauer Ivy. Nur weil der Typ Arzt ist, heißt das noch lange nicht, dass er nicht etwas mitgeschleppt hat."

"Toll, dass du so aufbauend bist. Du als meine beste Freundin." Ich wusste sie hatte recht und fühlte mich in meiner Haut ziemlich unbehaglich.

"Er wird schon nichts haben, viel schlimmer ist, dass er einfach weg ist. Er hatte noch nicht mal tschüss gesagt."

"Das ist mies. Richtig uncool." Olivia war auf ihrem Stuhl ratlos nach unten gerutscht und ihre breit gegrätschten Beine bewahrten sie davor auf dem Fußboden zu landen. Schlagartig glitt sie wieder nach oben und setzte sich wichtig in Position.

"Ich muss dir was sagen", murmelte sie. Meine Augen verengten sich zu schlitzen. Was kam jetzt?

"Ethan war hier."

"Na und. Ist doch kein Ding. Immerhin seid ihr auch seine Freunde." Ich versuchte es gleichgültig aussehen zu lassen, doch natürlich wollte ich wissen, was er hier zu suchen gehabt hatte. Olivia begann herumzudrucksen.

"Es ist ein paar Tage her. Du wolltest mit Christian nach Brighton. Ihr seid euch fast begegnet. Fünf Minuten nachdem ihr weg wart, kam er hier an. Ich war noch draußen im Garten."

"Warum hast du mir das nicht erzählt? Hat er mir meine restlichen Sachen gebracht?" Wollte ich wissen, denn etwas anderes hatte ich von ihm nicht mehr zu erwarten, so viel stand fest. Olivia ging und setzte einen Kaffee auf. Vermutlich brauchte ich einen, wenn sie mit ihrer Geschichte fertig war.

"Ja, er hat dir ein paar Sachen gebracht, aber es war nur ein Vorwand. Er vermisst dich Ivy. Ich sollte es dir nicht sagen, er wollte sich selbst überlegen, wie er dich wieder zurückkriegen kann." Sie hielt inne und stand mit dem leeren Wassertank der Maschine vor mir. Laut und gekünstelt prustete es aus mir heraus.

"Haben wir heute den ersten April, oder was?"

"Es ist wahr, er ist total geknickt und bereut furchtbar, dass er dich auf die Straße gesetzt hat."

"Tja, sein Pech. Außerdem hat er sich gleich die nächste ins Bett geholt, dann kann es ihm so schlecht ja nicht gehen."

"Nein, sie ist wieder raus. Zwei Tage, dann hat sie die Sachen packen müssen."

"Olivia, deine Empathie für Ethan in allen Ehren, aber ich habe mich gerade wieder verliebt oder glaubst du ich hätte sonst die ganze Nacht mit ihm verbracht?" Sie ließ Wasser durch das kleine Loch in den Tank gurgeln und rastete ihn wieder an der Kaffeemaschine ein.

"Verliebt? Wie kannst du dich denn in diesen Idioten verlieben. Er vögelt dich die ganze Nacht durch und verschwindet. Toller Typ!" Mein Kopf sank unbewusst nach oben und ich zuckte mit den Schultern.

"Keine Ahnung, aber es ist nun mal passiert."

"Und du hast keine Gefühle mehr für Ethan, mit dem du drei tolle Jahre verbracht hast?"

"Minus die siebeneinhalb Wochen, die ER eine andere gevögelt hat", maulte ich trotzig.

"Ja, super, dann .....ist ja alles klar", antwortete sie und ging rüber zu Finley ins Wohnzimmer.

Die Kaffeemaschine ächzte vor sich hin und ich beobachtete wie die letzten Tropfen in die Kanne tropften. Es roch gut. Der frische Duft erinnerte mich an mein Vorhaben, meine Zukunft. Ich stand auf und ging Olivia hinterher.

"Tut mir leid", murmelte ich in der Wohnzimmertür. "Ich wollte nicht, dass wir uns deswegen jetzt streiten Olivia." Es war mir schleierhaft, warum wir uns wegen Männern fast in die Haare kriegten. Die beiden saßen auf dem Sofa. Sie guckten sich an und nickten sich zu. Dann stand Finley auf und kam zu mir.

"Ich konnte nicht umhin, euer Gespräch mitzuhören Ivy. Da ist noch eine Kleinigkeit, die du vielleicht wissen solltest." Misstrauisch schaute ich ihn an, dann zu Olivia und zurück zu Finley.

"Was kommt jetzt?"

"Das Geld für das Tiny Haus Café kommt von Ethan. So, jetzt ist es raus." Er verdrehte die Augen und schlich sich neben mir vorbei aus dem Wohnzimmer." Ich stemmte die Arme in die Hüfte.

"Das ist nicht euer Ernst? Sag mir, dass das nicht stimmt." Ich ließ mich neben Olivia auf das Sofa fallen. Wie ein Hund, der um einen Knochen bettelt, krabbelte sie mit den Händen an meinem T-Shirt entlang.

"Bitte sei nicht sauer, ja? Wir dachten es bringt euch wieder zusammen."

"Olivia, er hat mich rausgeschmissen! Ich bin doch kein Hund, den man vor die Tür setzt und wenn es einem gefällt, lässt man ihn wieder ins warme!" Ich war wütend, aber ich wusste auch, dass Olivia und Finley Ethan immer gerne mochten und sicher hatten sie an die schönen Zeiten gedacht, die wir zu viert mit Ausflügen oder Ähnlichem verbracht hatten.

"Es tut mir leid, es war eine dumme Idee." Voller Sorge stöhnte sie auf.

"Alles gut. Sorry, mach dir keine Gedanken."

"Ich kann es mit Ethan abklären, dann übernehme ich es, wie geplant und er ist raus."

Finley stand in der Wohnzimmertür. Ihm war auch klar, dass sie Mist gebaut hatten. Ich stand auf und ging ein bisschen im Zimmer auf und ab.

"Nein, lasst mich erst mit ihm sprechen. Immerhin habe ich euch mit reingezogen, dann liegt es auch an mir, da aufzuräumen."

"Also mit reingezogen ist übertrieben. Wir haben dir nicht die Wahrheit gesagt."

"Ja, schämt euch." Ich versuchte die Stimmung aufzuheitern, indem ich das Gesicht mit einer bösen Miene verzog, aber dabei lachte.

"Was sollen wie jetzt tun?", fragte Finley verlegen und strich sich nachdenklich über das Kinn.

"Wie ich sagte. Ihr macht nichts. Ich bin am Wochenende bei dem Wettbewerb in London dabei." Olivia sprang auf und kam mir mit großen Schritten entgegen.

"Oh, Ivy, ich wusste du würdest mitmachen." Spaßeshalber schaute ich sie streng an.

"Mir bleibt jetzt keine andere Wahl, oder?"

Beide zuckten verlegen die Schultern nach oben.

"Wenn es O. K. ist, nehme ich jetzt eine Dusche." Sie nickten. Der Schenkel, der mir durch den Sand aufgeschürft wurde, fing an zu piksen und ich hatte das Gefühl, dass ich es dringend säubern sollte. Nachdem ich es vorsichtig abgespült hatte, Haare gewaschen und frische Wäsche angezogen hatte, fühlte ich mich etwas besser. Zwar hing mir wegen Christian ein schwerer Klumpen im Magen, doch ich versuchte mich abzulenken.

Die feinen Risse auf meinem Bein würden sicher von selbst abheilen und um den Druck mit einer Hose darauf nicht zu verstärken, zog ich es vor, ein Kleid anzuziehen.

"Wow, du siehst klasse aus, hätte dich kaum wiedererkannt", lachte Olivia, als ich in die Küche kam.

"Willst wohl schon für Samstag üben, was?"

"Nein, ich habe mir beim Baden im Meer heute Morgen das Bein ein bisschen aufgeratscht und mit einer Hose fühlt sich das so ekelig an." Wir setzten uns.

"Und was macht die Mu? Da wieder alles im Griff?" Ich stützte die Hand auf die Tischplatte.

"Oh Mann, du kannst fragen." Olivia konnte sich ein Gackern nicht verkneifen.

"Also, ich muss ab morgen wieder arbeiten. Finley auch. Wenn du wieder ins Tiny Haus willst, müssten wir dich heute Abend hinfahren." Überrascht schaute ich meine beste Freundin an. Aber sie hatte recht. Was sollte ich hier herumsitzen. Ich musste wieder zurück und weitermachen.

"Würdet ihr das tun? Vielleicht können wir noch kurz an einem Baumarkt halten. Es fehlen mir ein paar Dinge, die ich gestern registriert habe."

"Ja klar." Sie stand auf, um Finley gleich Bescheid zu sagen. Ich zog mein Handy aus der Tasche und überprüfte, ob sich im Fall Christian etwas getan hatte. Keine Nachricht. Es war niederschmetternd so sitzen gelassen zu werden. Womöglich hatten die beiden recht und ich sollte Ethan verzeihen. Einen Fehler kann jeder machen und eigentlich war ich mit unserem Leben ja zufrieden gewesen.

"Rede es dir nicht schön Ivy, du warst eben nur "zufrieden"." flüsterte mein kleiner Engel auf der Schulter sofort in mein Ohr. Zum Glück unterbrach Olivia meine Gedanken.

"Finley meint wir können in einer Stunde losfahren. Er muss noch was schreiben und wegschicken."

"Super. Meinst du ich kann meine Sachen schon ins Auto laden?"

Olivia machte uns schnell etwas zu Essen, während ich die Treppe rauf und runter rannte und so gut wie möglich versuchte, meine Sachen in dem Kofferraum zu verstauen. Ein paar Tüten musste ich dalassen, sonst wäre kein Platz mehr für andere Einkäufe geblieben, doch ich fühlte mich in meiner Haut schon viel wohler, weil ich wusste, dass ich nun einen Platz hatte, wo ich hingehörte. Das Geld, was Finley mir gegeben hatte, würde für die nächsten Wochen reichen und da die Sommersaison kurz bevorstand, war ich mir sicher, schon bald die ersten eigenen Einnahmen zu haben. Zwischendurch überlegte ich, ob ich Ethan eine Nachricht schicken sollte, doch ich hielt es für schlauer, ihn zappeln zu lassen.

Immerhin fehlte zuerst eine Riesenentschuldigung von ihm und was dann wäre, daran wollte ich noch nicht denken. Gut, wenn man sich reflektiert, dachte ich. Im Leben kann immer etwas falsch laufen, wichtig nur, dass man die Fehler nicht wiederholte.

Als sich der Kofferraum schloss, fühlte ich ein Kribbeln in meinem Bauch. Unabhängig von irgendwelchen Männern, mein Traum wird wahr und das Leben in Brighton schien mir ohnehin einfacher. Die Menschen, die sich dort am Meer aufhielten, waren freundlich, weil meist im Urlaub und mit Sicherheit würden sie nach kürzester Zeit mein Café zu schätzen wissen. Es war mir egal, ob ich Ethan das Geld zurückzahlen musste, immerhin war ich drei Jahre lang seine "Frau für alles gewesen" und es gab nichts, was ich nicht für ihn getan hatte.

Finley guckte mich ungläubig an, als er sah, wie vollgestopft sein Auto jetzt schon war.

"Und dann willst du jetzt noch mehr einkaufen?" Der Gedanke, dass ich jetzt Farbe und andere Hausbauutensilien auf den Rücksitz neben mich verfrachten wollte, schnürte ihm die Kehle zu. Er ging in die Garage, während Olivia und ich uns schon zur Abfahrt bereit machten. Mit einer durchsichtigen Plane, die flatternd hinter ihm her wehte kam er zurück. Er bedeckte damit die zwei Sitze neben mir.

"So, scheint mir sicherer." Olivia drehte sich zu mir nach hinten um und rollte die Augen.

"Klar. Kann ich verstehen", murmelte ich ihr zu. Während der Fahrt unterhielten wir uns darüber, wie die beiden das mit dem Geld zwischen Ethan und mir geplant hatten. Finley meinte es wäre kein Problem, ich würde an ihn zurückzahlen und er würde es an meinen Ex weiter überweisen, wenn ich das nicht selbst tun wollte.

"Letztendlich ist es ja egal, ich kann es ihm auch direkt überweisen." Natürlich hatte ich noch den Fotowettbewerb, wo ich mit einem dicken ersten Preis sofort aus der Sache raus wäre, aber erst hieß es neun andere Frauen auszustechen und das sollte sicher nicht einfach werden. Als ob Olivia meine Gedanken lesen konnte, drehte sie sich erneut zu mir.

"Sag mal, was musst du da eigentlich am Samstag anziehen? Musst du selbst Kleider mitbringen?"

"Gute Frage. Das weiß ich noch nicht. Ich denke, dass sie mir das mit den Einscheckzeiten des Hotels noch mitteilen werden."

"Hast du denn Kleider?"

"Klar, solche wohl aber eher nicht. Die ziehen doch immer richtige Ballroben an." Olivia grübelte und zog die Stirn in Falten.

"Es gibt in London ein Geschäft, da kann man solche schnieken Dinger mieten. Guck im Netz, da findest du es sicher.

"Gute Idee, dann kann ich es hinterher gleich wieder dort abliefern und muss es nicht mit in die Bahn nehmen."

"Willst du mit der Bahn nach London?" Fragte sie völlig perplex.

"Ja wie denn sonst? Wolltet ihr mich etwa abholen, ganz nach London rein und dann wieder zurück zu euch? Nein, das kommt nicht infrage. Ich schaffe das schon. Ich denke, ihr habt euch ein ruhiges Wochenende ohne Ivys unsteten Lebenswandel verdient."

"Das hört sich vielleicht an!" Erwiderte Olivia und von der Fahrerseite kam nur: "Cool."

"Wie cool? Hast du etwas vor mein Schatz?" Olivia schaute zu Finley und wartete erwartungsvoll auf seine Antwort.

"Japp, das habe ich." Ich sah es auf dem Hintersitz zwar nicht, konnte aber das Grinsen in seinem Gesicht förmlich vor mir sehen. Aufgeregt klatschte Olivia in die Hände.

"Sag es mir, schnell." Aufgeregt rutschte sie auf dem Sitz hin und her.

"Wir fahren an die See. Ich kenne da ein kleines Haus, das von Samstag auf Sonntag frei ist." Ich lachte und Olivia schüttelte den Kopf.

"Ja was? Das war doch der Plan, dass wir auch öfter an der See ausspannen können."

"Aber natürlich...klar, ihr könnt gleich am Wochenende die erste Nacht dort verbringen", stimmte ich Finley zu. Olivia nickte.

"Tolle Idee, daran hatte ich überhaupt nicht gedacht."

"Außerdem gehe ich davon aus, dass ein paar Sachen an dem Tiny Haus noch eine männliche Hand brauchen."

"Uhhh hu....", jodelten Olivia und ich zusammen los. Natürlich! Wie konnten wir das vergessen. Ohne einen Mann ging nichts. Finley fühlte sich bestätigt und wippte mit dem Kopf erfreut im Takt der Musik.

Die Sonne strahlte, als wir den Baumarkt erreichten. Zu dritt zogen wir durch die Gänge, wobei Finley immer wieder irgendwelche hässlichen Gardinenstoffe oder kitschigen Fliesen herausholte, um uns zu ärgern.

Olivia hatte einen guten Geschmack und wir wurden einig, dass zarte Pastellfarben die bessere Lösung für Bettwäsche, Handtücher und Farbe für die Fensterrahmen war. Als wir nach Brighton kamen, wehte uns vom Meer ein starker Wind entgegen. Die Wolken zogen im Zeitraffertempo am Himmel entlang und es fing an, dunkel zu werden. Olivia und Finley halfen mir noch beim Ausladen.

"Wow, hier sieht es ja noch aus wie Kraut und Rüben. Was hast du denn gestern hier gemacht?" Finley kratzte sich am Kopf und schaute in der Küche umher. Im Vorbeigehen zwinkerte Olivia mir zu. Womit sie mir mitteilen wollte, dass sie es für sich behält, was ich von gestern auf heute hier gemacht hatte.

"Ich habe geputzt, das ist doch vorrangig", erwiderte ich, während ich meine Tüten mit den Klamotten zunächst im Vorraum deponierte.

"Kann ich euch noch einen Kaffee anbieten?" Fragte ich die Zwei als wir fertig waren.

"Lieb von dir, aber wir fahren gleich wieder los. Dann hast du mehr Zeit zum Putzen, denn die wirst du brauchen. Am Wochenende hast du nämlich Gäste und die erwarten eine einwandfreie Einquartierung mit Rundumwohlfühlprogramm." Finley grinste frech und legte Olivia den Arm um die Schulter. Ein bisschen wehmütig schaute ich sie an, denn ich wusste, nun war ich auf mich allein gestellt.

"Ihr seid großartig ihr zwei. Danke für alles. Ich werde es schon hinkriegen, dass ihr euch am Samstag hier wohlfühlen werdet." Wir drückten uns und ich stand vor meinem kleinen Tiny Haus und sah zu, wie sie wegfuhren. Der Wind ließ mir kurz einen kalten Schauer über den Rücken laufen und ich schaute zum Meer. Kaum zu glauben, dass ich da heute Morgen mit Christian baden war. Auf den Straßen war niemand zu sehen. Ich ging rein und verschloss die Tür von innen. Dann klatschte ich in die Hände.

"So Ivy, jetzt bist du dran!" Sagte ich zu mir selbst. Zuerst suchte ich den Wein, den wir gleich im Sechser Pack mitgenommen hatten. Ich öffnete eine Flasche und nachdem ich ein Glas abgewaschen hatte, schenkte ich mir ein.

"Prost. Auf dich, auf uns." Mein Tiny Haus Café entwickelte schon jetzt ein Eigenleben. Zumindest fühlte es sich richtig an, dass ich hier gestrandet war. Meine beschissenen Ex-Freunde konnten mich mal kreuzweise und je mehr ich auspackte und sauber machte, umso wohler begann ich mich zu fühlen. Das Handy gab, außer einer Nachricht von Olivia, dass sie gut wieder zurückgekommen waren, nichts her. Keine Nachricht von Christian und auch keine von Ethan. Komisch dachte ich, als ich die neue Bettwäsche aufzog. Wenn ich jemanden zurückgewinnen will, dann melde ich mich doch. Ich war es nicht gewohnt allein zu sein, das machte mir ein bisschen zu schaffen, aber ich war fest entschlossen, mich daran zu gewöhnen. Ich werde, wenn ich mit den aufräumen und Malerarbeiten fertig bin wieder malen. Irgendwo wird sich eine Ecke für meine Staffelei finden. Dann werde ich als Erstes das Boot malen, das Christian in seinem Esszimmer hängen hatte. Ich scrollte in meiner Handygalerie herum und beguckte mir die Malerei. Es war wirklich einmalig. So voller Power und die See war extrem lebendig. Ich freute mich schon darauf. Allerdings waren meine Malutensilien noch nicht hier, aber einen Teufel werde ich tun, irgendjemandem hinterherzutelefonieren. Da kaufe ich mir lieber alles neu.

Mit jeder Stunde, die ich in den nächsten zwei Tagen allein verbrachte und viel Liebe und Sorgfalt ins Detail des Hauses steckte, dachte ich weniger an Christian.

Mein Handy war wie tot. Ab und an rüttelte ich es, um zu sehen, ob überhaupt Empfang da war. Olivia rief mich abends an und ich freute mich, dass ich eine Person in meinem Leben hatte, der ich nicht egal war und die mein Schaffen positiv mitverfolgte. Freitagnachmittag war das Wetter wieder sommerlich warm. Die graue Decke hatte sich verzogen und machte dem blauen Himmel platz. Ich konnte die Stühle abwischen und wieder draußen sitzen. Ich hatte viel geschafft, es sah sehr gemütlich und maritim aus. Ein bisschen minimalistisch, denn es fehlte zum Beispiel ein Sofa, damit ich meinen Besuch nicht auf dem Bett empfangen musste, aber Olivia und Finley würde das nichts ausmachen. Sie wollten herkommen, um sich zu entspannen, was da hieß, lange Spaziergänge, vielleicht ein Bad, Essen gehen, schlafen oder wer weiß, was noch. Ich grinste. Nie hätte ich gedacht, dass die zwei so gut miteinander auskommen. Für mich waren sie das perfekte Paar.

Von der Agentur, die den Wettbewerb arrangierte, hatte ich die Antwort bekommen, dass die Zimmer in London ab elf Uhr zur Verfügung stehen würden. Um achtzehn Uhr wäre der erste Sektempfang mit allen Sponsoren und um zwanzig Uhr ging es auf die Bühne.

Ich suchte mir die passende Zugverbindung für Samstagmorgen und das Geschäft, das Olivia gemeint hatte, indem es Kleider zu mieten gab, würde ich vorher durchforsten. Als Kleider Ordnung wurde ein Cocktail oder Abendkleid vorgegeben. Ob kurz oder lang stand nicht da. Ich genoss einen Kaffee und schaute aufs Meer. Auf die immer wiederkehrenden Bewegungen der Brandung, die Möwen, die mich mittlerweile in ihrem Gebiet akzeptiert hatten, flogen ihre Kontrollrunden, um keine dicken Happen zu verpassen. Die Düne, die rechts fast bis an die Hauswand reichte, verbarg allerlei Krabbeltiere, wie ich nach kürzester Zeit feststellte. Kleine Salamander, die sich in der Sonne aalten, um schnell in das Dünengras zu huschen, wenn ich draußen herumfuhrwerkte. Strandläufer, die auf dem nassen Sand den Boden nach Insekten und Larven absuchten, liefen mit ihren kleinen tippelnden Bewegungen den Wellen davon. Von unechten Nägeln, gefärbten Haaren und gewachsten Muschis war ich auf einmal in eine ornithologische Welt katapultiert worden und es gefiel mir. Während ich die Fenster putze, überlegte ich mir, ob ich für die Möwen Frischwasser zur Verfügung stellen sollte, denn das Meerwasser konnten sie wohl auch nicht trinken.

Äußerlichkeiten spielten hier keine Rolle. Hier, mitten in der Natur. Warum war ich auf die Idee nicht viel früher gekommen. Mein Tunnelblick in Bezug auf zwei ganz bestimmte Männer erweiterte sich zusehends. Die frische und für mich ungewohnte Meeresluft machte supermüde, sodass es am Abend kein Problem war, alleine in meinem Bett einzuschlafen.

Am Samstagmorgen stand ich besonders früh auf. Die Sonne war schon am Horizont aufgegangen und ich entschloss mich, eine kleine Runde am Strand zu joggen, bevor ich mich zum Bahnhof aufmachen wollte. Während ich lief, fühlte ich wie die Natur mich wie eine Batterie auflud. Ich war gewappnet für den heutigen Abend und verließ das Tiny Haus mit gutem Gefühl, morgen wieder hier zu sein.

Pünktlich kam ich um neun in London an. Mit einem Taxi ließ ich mich direkt vor das Bekleidungsgeschäft fahren. Die Angestellten kamen gleich im Dreierpulk auf mich zu. Versnobte Damen, die meinten, ihnen würde das Geschäft gehören, versuchten sofort mit allen Tricks mir ein Kleid anzudrehen. Als ich dennoch durchblicken ließ, dass ich nur daran interessiert wäre, eins zu mieten, verschwanden abrupt zwei der Ladys. Selbst für Mietkleider waren die Preise hoch, ein Kleid in Höhe von mehreren tausend Pfund zu kaufen empfand ich als unnötig. In Gedanken investierte ich eher in Outdoor und Sportbekleidung, wenn ich an mein zukünftiges Leben dachte.

Nach einer Stunde hatte ich mehrere Kleider anprobiert und fand eins, dass mich selbst umhaute, als ich mich darin im Spiegel sah. Es war schlicht geschnitten, dennoch irgendwie raffiniert weiblich. Silber mit Pailletten in Karoform. Der Rücken komplett bis zum Steiß ausgeschnitten, hochgeschlitzt, dass man fast den Slip sehen konnte.

"Was haben Sie denn da gemacht? Autsch!" Die Verkäuferin, die sich mittlerweile auf einem normalen Gesprächsniveau mit mir verständigen konnte, entdeckte meine Schürfwunde, die der Schlitz freigab und zog den Stoff noch mehr zur Seite.

"Nicht weiter tragisch", antwortete ich, sah aber selbst auch, dass es ziemlich rot aussah.

"Damit sollten Sie zu einem Arzt, kann sich übel entzünden so was. Sind Sie gestürzt?" Ich versuchte nicht so auf ihre Entdeckung einzugehen, doch als ich genauer hinsah, konnte ich ihr nur zustimmen.

"Ja, vielleicht haben Sie recht. Oder ich hole mir noch ein bisschen Desinfektionsmittel. Gibt es hier eine Apotheke in der Nähe?" Vorsichtig pulte ich mit einem Nagel am Rand der Kruste herum, doch es tat weh und ich zuckte zusammen. Vor lauter Arbeit am Tiny Haus hatte ich das so gar nicht mehr auf dem Schirm gehabt. Ich dachte, es heilt von allein ab.

"Schräg gegenüber, können Sie nicht verfehlen. Und für heute Abend würde ich mir gleichzeitig noch eine gute Covercreme besorgen. Keiner will so einen roten Fleck unter so einem Kleid hervorblitzen sehen." Da war sie wieder, ihre hochmütige Art. Doch sie hatte recht. Das Kleid war das absolute Highlight, aber nicht mit einem roten Fleck, der die Zuschauer und Jury regelrecht ansprang.

Sie packte alles ein. Strumpfhose und Schuhe kaufte ich dort gleich mit. Dann zog ich los, die angedachten Rettungsutensilien zu holen, bevor ich ins Hotel ging.

Draußen in den Einkaufsstraßen fiel mir sofort der stinkende Verkehr der Londoner Innenstadt auf. Die Menschen, die wie irre von A nach B wuselten, um irgendwelche wichtigen Dinge zu erledigen. Gott, was war ich froh, diesem Wirrwarr entkommen zu sein. Grinsend klapperte ich die Apotheke und den Drogeriemarkt ab. Wie hatte ich nur so lange hier leben können. Zufrieden checkte ich um halb zwölf in mein Zimmer im East Park Hotel ein.

Als ich die Zimmertür hinter mir zufallen ließ, sah ich mitten im Raum eine rollbare Garderobe stehen, die mit diversen Kleidern war. Ist nicht ihr Ernst, dachte ich und wollte schon den Service anrufen, dass mein soeben geliehenes Kleid zurückgebracht wird, als ich gerade noch den Zettel las, der vorne dranhing. Dort stand, dass hiervon eins für die erste Runde zu wählen sei, da das ganze durch Sponsoren finanziert wird und hier eine Insider Designerin aus London gerne ihre neue Kollektion an den Mann gebracht hätte.

Ich schob die Kleider quietschend mit den Bügeln zur Seite und fischte mir ein schwarzes mit enganliegenden Schößchen und nach unten weit abfallend heraus.

Das ist das Pendant zu meinem anderen, dachte ich und schnupperte an dem großen Blumenstrauß, der neben dem Obstkorb stand. Pralinen und eine Flasche Sekt waren ebenfalls hübsch auf dem Glastisch bereitgestellt worden.

Ich schaute kurz auf mein Handy, aber außer Olivias Neugierde, die mich im Zehnminutentakt fragte, wie das

Zimmer sei, ob ich schon die anderen getroffen hätte und so weiter war keine andere Meldung gekommen. Worauf wartete ich auch?

Auf einen Arzt, der gleich zwei Frauen hat und sich nach einer durchgevögelten Nacht mit mir schwuppdiwupp in Luft auflöst? Ich öffnete mir den Sekt und nahm einen großen Schluck. Und noch einen und gleich den nächsten hinterher. Es tat gut und belebte meine trüben Sinne.

Woher hatten die Netflix Regisseure ihre vernebelte Wahrnehmung, wenn sie Liebesfilme drehten? Oder wussten sie, wie hart die Realität war und machten ihre Storys deshalb extra so fürs Herz. Ich legte die Füße einen Moment hoch, um Resümee zu ziehen. Mein aufgeschürftes Bein tat wieder weh und um es nicht beachten zu müssen, schenkte ich noch mal nach.

Da klopfte es an der Tür. In meinem Kopf herrschte eine angenehme Leichtigkeit und als ich sie öffnete, fiel mir fast die Kinnlade herunter.

"Ethan? Was machst du denn hier?" Er schaute mich an und zuckte die Schultern nach oben.

"Ich wollte dich unterstützen," grinste er und als ich an ihm hinunterschaute, sah ich, dass er sich in seinen feinen Anzug gesteckt hatte. Der Geruch, den ich früher immer so sehr an ihm mochte, stieg mir sofort in die Nase, aber aus irgendeinem Grund, war mir weder der noch Ethan gerade angenehm.

"Danke, ich brauche keine Unterstützung. Zumindest nicht deine." Es sprudelte aus mir heraus. Obwohl ich Olivia versprochen hatte, erst mal nichts über das Geld wegen des Tiny Hauses zu sagen, fuhr ich fort.

"Und dein Geld, für das Haus, bekommst du auch demnächst zurück. Investiere doch lieber in ein neues.....". Ich räusperte mich, um Zeit zu schinden und zu überlegen. Er schaute mich fast mitleidig an und sah aus, als ob er Jahre für seine Entschuldigungsrede geübt hätte, die ihm nun irgendwo im Hals stecken blieb.

"Ivy, lass mich bitte rein, ich muss mit dir reden. Danach kannst du mich wieder rausschmeißen," bettelte er.

"Noch besser, ich las dich gar nicht erst rein." Ich warf ihm die Tür vor der Nase zu und ging zurück zum Sekt und schenkte erneut ein. Auf Ex. Die Kohlensäure kribbelte hoch bis in die Nase und ich musste laut niesen.

"Gesundheit." Hörte ich von der anderen Seite der Zimmertür. Mit langen Schritten ging ich zurück und riss die Tür wieder auf.

"Also, du hast eine Minute." Demonstrativ stemmte ich die Arme in die Hüfte. Es schmerzte in meinem Magen und ich wusste nicht, ob es der zu schnell herunter gekippte Sekt war, oder die Tatsache, dass ich merkte, dass ich Ethan nach so kurzer Zeit überhaupt nicht mehr auf dem Zettel hatte. Es war mir egal, was er vorbringen würde. Wie eine Kobra, die jeden Moment zubeißen würde, beobachtete ich ihn, wie er eine Runde im Zimmer drehte und flüchtig auf die Kleider schaute.

"Nun? Ich habe nicht ewig Zeit, immerhin bin ich nicht zum Vergnügen hier." Er verzog seine Lippen zu einem Grinsen.

"Ach, du kannst das doch auch lassen. Pack deine Sachen ein und komm mit zu mir, dann können wir in Ruhe reden." Es wirkte fast etwas unsicher und mir fiel auf, dass er in seiner rechten Anzugtasche herumnestelte."

Kapitel 9

Du hast vielleicht Nerven, das muss man dir lassen. Erst setzt du mich vor die Tür und nun, wo ich mir ein eigenes Leben aufbaue, soll ich alles hinschmeißen, um dir wieder in die Arme zu fallen?" Ich winkte ab und schüttelte den Kopf.

"Nein nein, das kannst du vergessen. London ist für mich nur noch eine Erinnerung. Ich lebe jetzt in Brighton und da bleibe ich auch." Seine Augenlider zuckten nervös. Fast tat er mir leid, aber ich sah nichts mehr in ihm. Als wenn die letzten Jahre nicht existiert hätten.

"Wenn du mich jetzt entschuldigen würdest?" Höflich versuchte ich ihn daran zu erinnern, dass seine Minute abgelaufen war.

"Vermisst du mich denn gar nicht?" Wollte er wissen und kam auf mich zu.

"Nein, ich habe einen Neuen, das kann bei Frauen nämlich genauso schnell gehen, wie bei Männern." Seine grünen Augen wurden leicht glasig, was bei mir ein Erstaunen hervorrief. Er, der coole Anwalt, den nichts schocken konnte, bekam plötzlich Pipi in den Augen. Seine Hand steckte immer noch in der Tasche. Er zog sie heraus und mit ihr ein kleines blaues Kästchen. Schlagartig wurde mein

Mund trocken und ich musste tief durchatmen. Er kniete vor mir nieder, öffnete die kleine Schatulle und hielt mir einen blitzenden Ring in Höhe meines Magens entgegen.

"Was?"

"Heirate mich Ivy. Heirate mich," wiederholte er und in seiner Stimme schwang ein zittriger Unterton mit.

"Ich verschränkte die Arme vor der Brust und starrte gebannt auf den Klunker, den, und dafür konnte ich meine Hand ins Feuer legen, Olivia mit ihm ausgesucht hatte. Erleichtert, sein Anliegen endlich los zu sein, atmete er aus.

"Was sagst du?" Er stand auf und sah mir tief in die Augen. Einen Moment ließ ich es zu, doch dann drehte ich mich weg. Hätte er mich das vor ein paar Monaten gefragt, hätte ich nicht gezögert, aber jetzt war alles anders.

"Es hat sich viel verändert Ethan....," wollte ich beginnen, doch er unterbrach mich und nahm den Ring aus dem Kästchen.

"Hier, probiere ihn doch wenigstens mal an und du brauchst auch nicht sofort zu antworten. Nimm dir etwas Zeit."

Typisch Anwalt, wenn sie merken das die Chancen schlecht stehen, werden sie handzahm und rudern zurück.

"Und du meinst, damit wäre alles vergessen?"

"Ich weiß. Ich habe Mist gebaut, aber kann das nicht jedem passieren. Wir sind alle nur Menschen." Natürlich konnte das jedem passieren, aber es ist dir passiert und du hast mich rausgeschmissen. Mein Unterbewusstsein wollte sich nicht kleinkriegen lassen und rebellierte gegen den Sündenbock. Da klopfte es wieder an der Tür. Wir schauten uns kurz an, als ob einer von uns wissen würde, wer das sein könnte. Dann ging ich und öffnete. Vor der Tür stand ein junger Mann mit Headset in den Ohren, der mir höflich mitteilte, dass das Kleid, das ich mir von der Garderobe nehmen sollte, nun anzuziehen sei, da bald der Empfang der Sponsoren anstand. Ich bedankte mich für die Info, fragte ihn noch in welchem Raum dieser stattfinden würde und schloss die Tür.

"Wie du mitbekommen hast, muss ich mich jetzt fertigmachen."

"Und, willst du ihn mal anprobieren?" Noch immer hielt er den Ring in der Hand.

"Nein Ethan, es macht keinen Sinn. Es macht alles keinen Sinn. Bitte geh jetzt." Ich drehte mich zum Fenster und wartete das er geht. Seinem Atem war leicht zu entnehmen, dass er sauer war. Das Zuschnappen der Schmuckdose, als er den Ring wieder hineinsteckte, seine Schritte, die in Richtung Tür eilten. Dann klackte die Tür mit etwas zu viel Schmackes ins Schloss, sodass ich leicht zusammenzuckte. Er war weg und erneut drückte mich ein trauriger Schmerz in der Magengegend.

Jetzt nur nicht wieder eine Panikattacke kriegen, dachte ich. Die Zeiten habe ich hinter mir. Er musste eine Lektion bekommen. Ich schaute auf die Uhr und fing an, meine Utensilien im Bad auszubreiten, damit ich mich schminken konnte. Nachdem ich mich ausgezogen hatte und gerade das Kleid anziehen wollte, setzte ich mich auf die Toilette, um die Kruste auf dem Bein mit dem Desinfektionsmittel zu behandeln. Autsch, es brannte widerlich, doch ich musste gleich die Perlon drüberziehen. Kaum war das Mittel eingetrocknet, versuchte ich es mit der Camouflage creme, doch das tat noch mehr weh und so beschloss ich, es zu lassen. Ich musste mein Bein eben etwas mehr verdeckt halten, dann würde es schon gehen. Als ich fertig angezogen war und mich in dem großen Garderobenspiegel von oben bis unten beguckte, mich hin und her drehte, freute ich mich, dass ich mit dabei war. Es tat mir gut, meinem Ego und der kleinen traurigen Ecke in meinem Herzen, die wusste, dass ich nun ganz allein war.

Schnell holte ich mein Handy und machte im Spiegel ein Selfie, dass ich an Olivia und Finley schickte. Sie hatte schon wieder etliche Nachrichten losgefeuert. Wahrscheinlich platzten sie gerade vor Neugierde, denn sicher hatte Ethan ihnen gesagt, dass er heute um meine Hand anhalten wollte. Mit einem Victory Zeichen schickte ich das Foto ab und es kam sofort Retour in Form von Glückskleeblättern von Olivia. Meine Haare hatte ich nach oben gesteckt, erst heute Abend mit dem richtigen sexy Abendkleid wollte ich meine Haarpracht präsentieren. Zwar kam der Rotstich langsam wieder durch, doch es sah spannend aus, weil mein Gesicht in den letzten Tagen auch noch mehr Farbe an der See bekommen hatte.

Pünktlich verließ ich mein Zimmer und suchte den Raum, der für den Empfang vorgesehen war. Unten in der Lobby traf ich auf meine Konkurrentin und auch wenn ich definitiv mithalten konnte, wurde mein Mut etwas gedämpft. Sie sahen alle toll aus, als ob sie gerade einem en vogue Magazin entsprungen wären. Es glitzerte überall. Selbst jetzt am Nachmittag hatten viele von ihnen alles ausgereizt. Mit

Diademen und paillettenbestickten Kleidern. Glitzerndem Make-Up und Pumps, bei denen ich der Höhe wegen sicher umgeknickt wäre. Einige hatten sich schon bekannt gemacht und liefen freudestrahlend voraus. Ich schloss mich ihnen an, hielt mich aber ein Stück hinter ihnen. Der Raum war hübsch dekoriert. Es war eingedeckt mit Kaffee, Kuchen und Sekt mit oder ohne Orangensaft. An der Seite der Bühne war ein extra Fotohintergrund montiert worden, damit die ersten Shootings der Anwärterin gemacht werden konnten. Mit großem Interesse schob ich mich dichter an das Buffet heran, als mich hektisch jemand von hinten einhakte.

"Sie sind?" Eine Frau mit abgefahrener rosa Brille und einem verdrehten Augenpaar darunter schaute mich fragend an.

"Ivy. Ich heiße Ivy," wiederholte ich mich und wusste nicht in welches Auge ich meinem Gegenüber dabei zuerst schauen sollte.

Ihr Headset saß ebenfalls schief und ich ging davon aus, dass sie hier die Koordination am Laufen hatte, wenn auch leicht gestresst. Sie suchte meinen Namen auf ihrer Liste und machte ein kleines Kreuz dahinter.

"Wunderbar, dann sind alle vollzählig. Ivy, kannst du bitte mit zu den anderen gehen, wir machen gleich die ersten Fotos." Sie schob mich mit dem Ellenbogen in Richtung der anderen. Es fühlte sich an wie eine Herde Kühe, die am Abend zum Melken auf der Wiese zusammengetrieben wurde. Beengt stellten wir uns vor die Leinwand und mehrere Fotografen knipsten gleichzeitig wild drauflos. Na, das kann was werden dachte ich, denn durch das Gedränge hatte ich das Gefühl, überhaupt nur mit dem Kopf draufzukommen. Die Damen in der vorderen Reihe machten sich so breit, dass die hinteren fünf, zu denen ich gehörte, kaum eine Chance für ein komplettes Bild bekamen. Die Sponsoren standen mit ihren Sektgläsern in der Hand und beobachteten das Treiben. Zum Glück verlangte einer der Fotografen, dass die Plätze bitte getauscht werden sollten, sodass auch wir nach vorne rutschten. Danach folgten Einzelaufnahmen und nachdem ich an der Reihe war, musste ich unbedingt auf die Toilette. Der ganze Sekt zwischendurch zeigte seine Wirkung und so stahl ich mich aus dem Raum. Vorne an der Rezeption fragte ich nach einer Toilette und die nette Dame erklärte mir den Weg. Es sollte gleich um die Ecke im nächsten Gang sein, doch nahm ich die falsche Tür, und als ich sie öffnete, stand ich am hinteren Eingang eines riesigen Saals. Er war komplett mit

Zuschauern gefüllt, die einem Vortrag auf der Bühne lauschten. Neben dem Redner saßen drei andere, die scheinbar auf ihren Einsatz warteten. Die Bühne war mindestens fünfzig Meter entfernt. Gerade wollte ich die Tür schließen, als ich genau vor meinen Augen das Schild "Saal C Ärztekongress" las. Erneut öffnete ich sie wieder einen Spalt, denn ich brauchte Gewissheit. Dachte ich doch, einen der Redner auf der Bühne als Christian erkannt zu haben. Tatsächlich, er war es. Entspannt saß er da oben neben den anderen Ärzten und wartete auf seinen Einsatz. Worüber er wohl reden würde. Was für ein Zufall, dass er ausgerechnet an diesem Wochenende hier seinen Kongress hat. Mein Herz fing sofort schneller an zu schlagen, doch ich wollte es ihm verbieten. Leise schloss ich die Tür wieder und machte mich weiter auf die Suche nach der Toilette. Als ich mich endlich hinsetzten konnte, um meinen Druck loszuwerden, begann ich selber mit mir zu reden. Ich fing sogar an zu lachen. Obwohl ich jemanden kommen hörte, war es mir egal. Laut sprach ich mit mir selber, wie ich so dahockte.

"Zwei Trottel gleichzeitig am selben Fleck. Was für ein Karma habe ich denn?" Die Tür neben mir fiel ins Schloss und eine Stimme lachte, während ich hörte, dass sie sich auszog und ebenfalls hinsetzte.

"Ja, das Schicksal hat manchmal echt verrückte Sachen im Gepäck." Ich war nicht sicher, aber doch, sie musste mich meinen. Ich räusperte mich verlegen und versuchte mein Kleid wieder ordentlich nach unten zu sortieren.

Beim Händewaschen schaute ich neugierig auf die Tür, wer das wohl war, mir zu antworten, ohne dass wir uns kannten.

Mit großem Schwung öffnete sie sich und eine hübsche Blonde, etwa mein Alter kam zu mir ans Waschbecken. Unsere Augen trafen sich im Spiegel.

"Ich habe das alles schon hundertmal durch. Wenn du dir nicht nimmst, was dir gefällt, dann stehst du am Ende allein da, glaub mir Schätzchen." Verlegen grinste ich sie an und nickte.

"Das mag stimmen, aber wenn man keinen der Deppen mehr haben will und sie kreisen um einen wie die Fliegen um den Teufel, was soll man dann machen?"

"Links liegen lassen, das zieht immer." Ihr hochrot geschminkter Mund zog sich fast bis zu den Ohrläppchen, was wiederum ihre sorgfältig gebleichten Zähne freigab. Dann stöckelte sie davon. Erneut betrachtete ich mich im Spiegel. Das hatte ich mit Ethan durchgezogen, denn von ihm wollte ich wirklich nichts mehr, aber Christian war mir zumindest noch eine Erklärung schuldig.

Er konnte in dieser Nacht nicht alles erlogen haben, was er mir ins Ohr geflüstert hatte. Ich rollte die Augen, packte meinen Lippenstift wieder in die Clutch und ging zurück zu den anderen.

Die erste Runde auf dem Laufsteg hatte begonnen und ich wurde schon seit mehreren Minuten vermisst. Als Letzte wurde ich aufgerufen. Ein freundlicher Herr im Smoking las laut meinen Namen durchs Mikrofon vor und schon ging es mit Musik und Scheinwerfern auf mich gerichtet los. Von der Bühne bis nach vorne, kurze Drehung und dann wieder zurück. Es klappte prima. Die Zuschauer klatschten und automatisch begann ich zu grinsen, als gäbe es kein Morgen mehr. Hinten an der Bar dachte ich kurz Ethan gesehen zu haben, doch es konnte täuschen, denn die Fotografen hielten auch jetzt ununterbrochenen mit ihren Kameras auf mich und die Flashlights blendeten. Ach, wenn Olivia mich so sehen könnte. Sie wäre stolz auf mich. Ziel getroffen. Ich hatte ein gutes Gefühl. Als wir mit dem ersten Durchgang fertig waren, gingen wir erneut nacheinander nach vorne und sollten über den Laufsteg verteilt stehen bleiben, damit sich die Zuschauer ein Bild von uns machen konnten. Ich stand und versuchte wie die anderen so entspannt wie möglich auszusehen. Bauch rein, Schultern nach unten und ein Bein leicht angewinkelt, damit die Taille höher erschien. Der Moderator kam und stellte jeder von uns eine Frage, die wir vorher von der Koordinatorin in die Hand gedrückt bekommen hatten. Es diente einzig der Unterhaltung, denn letztendlich war ich sicher, würde die Jury nach dem Aussehen urteilen. So gut es ging beantwortete ich meine Frage und schaute in die Menge, die wegen des schwachen Lichtes kaum sichtbar war. Doch ich sah Ethan. Er war es. Er hatte die Frechheit gehabt sich hier mit hereinzuschmuggeln. Aber er saß nicht wie die anderen, sondern marschierte frech mit einem Glas in der Hand an den Sitzenden vorbei, blieb stehen und starrte mich an. Ich wurde nervös, denn es schien mir, als ob er leicht wanken würde.

Oh Gott, hatte er sich aufgrund meines Rausschmisses betrunken? Er würde doch wohl jetzt keine Szene machen! Das war eigentlich nicht seine Art, aber wer weiß schon, wie ein abservierter betrunkener Rechtsanwalt in solchen Momenten reagierte? Ich schluckte. Zum Glück durften wir die Bühne vorerst verlassen und eine weitere Runde war in zwei Stunden geplant. Kaum war ich dahinter, versuchte ich durch den Vorhang zu lugen, um zu sehen, wo Ethan abgeblieben war. Zwischen den Zuschauern, die auch gerade ihre Plätze verließen und die Getränkeversorgung und Toiletten stürmten, war er nicht mehr aufzufinden. Ich atmete auf. Hoffentlich hatte er sich ein Taxi genommen und ist nach Hause gefahren, dachte ich.

Ich ging auf mein Zimmer, um das Kleid zu tauschen und die Haare anders zu stylen. Kaum war ich fünf Minuten dabei, ich stand noch in Unterwäsche, im Bad, klopfte es erneut an der Tür. Mist, dachte ich, so kann ich nicht öffnen. Außerdem, wenn das Ethan ist, will ich mich mit ihm nicht auf eine weitere Diskussion einlassen, schon gar nicht, wenn er etwas getrunken hat. Ich versuchte das Klopfen zu ignorieren, doch es hörte nicht auf. Scheiße, wer ist das denn, der mich jetzt hier nerven will. Wütend ging ich zur Tür und riss sie mit einem Ruck auf.

"Was gibt es denn schon wieder?" Schnauzte ich den Hotelpagen an, der mich mit ängstlichem Gesichtsausdruck musterte, weil ich fast nackt vor ihm stand.

"Äh, ein Brief für Sie Mam, scheint wichtig zu sein." Er gab mir einen Umschlag und machte, dass er wegkam, denn es war ihm sichtlich unangenehm, dass ich ihn so angebrüllt hatte. Ich musste schmunzeln, konnte ja nicht ahnen, wer es war. Natürlich hatte ich angenommen, dass es Ethan war. Ich öffnete den Brief und sah sofort, dass es die Schrift meines Ex Freundes war. Er saß unten in der Bar und wollte dort auf mich warten. Egal wie lange es dauern würde. Oh mein Gott, was sollte ich denn bloß machen. Sicher würde er nur noch mehr trinken und wenn ich dann wieder auf die Bühne muss, grätscht er vielleicht dazwischen.

Ich musste Olivia anrufen, vielleicht konnte sie ihn dazu bewegen, nach Hause zu fahren.

"Hallo, na, wie läuft es bei dir? Hast du die zehntausend Pfund schon in der Tasche?" Sie lachte am anderen Ende und Finley rief auch etwas von hinten ein, was ich aber nicht verstehen konnte.

"Olivia, du musst mir helfen. Ethan sitzt in der Hotelbar und ist total betrunken. Wenn er so weiter säuft, macht er mir alles kaputt." Mit einem tiefen Seufzer ließ ich mich auf der Ecke des Bettes nieder.

"Wieso ist er betrunken?" Rief sie gleichzeitig zu mir und Finley, damit er auch mitbekam, was los war.

"Er ist voll!" Schnaufte ich verzweifelt. "Er wird mir alles kaputtmachen.

"Was?" Finley riss Olivia das Handy aus der Hand.

"Dieser Hornochse. Er wollte dir einen Heiratsantrag machen und lässt sich volllaufen?"

"Ja. Den Antrag hat er mir gemacht, aber ich habe ihn rausgeschmissen."

"O. K. Dann wird mir so einiges klar. Hm." Finley grübelte laut.

"Ich rufe ihn an und versuche ihn von dir abzuziehen."

"Ja, genau das musst du machen, sonst ist es aus mit dem Gewinn."

Die Verzweiflung in meiner Stimme war nicht zu überhören. Finley wollte Ethan sofort anrufen und mit ihm sprechen. Das gab mir Zeit, mich weiter fertigzumachen, denn auf einmal merkte ich, was ich noch alles machen musste. Mein Bein sah nicht gut aus und erneut versuchte ich es mit der Covercreme, doch auch der Versuch missglückte jämmerlich an den Schmerzen, die sofort stechend auftraten, wenn ich es nur berührte. Toll, dachte ich, hoffentlich entzündet sich das nicht noch. Als ich fertig war, drehte ich mich erneut vor dem Spiegel und mit den offenen Haaren, dem Kleid, das fast meinen ganzen Rücken zeigte, fühlte ich mich mehr als gewappnet, meine Konkurrentin auszustechen. Am Aufzug traf ich ein paar Gäste, die, als sie mich sahen, sich sofort etwas zu tuschelten. Ich konnte nur ein "Wow" raushören, was mich vollends bestätigte. Unten im Foyer war es zu meiner Überraschung voller Menschen.

Anscheinend war der Kongress gerade zu Ende gegangen und es mussten Hunderte sein, die aus den Ausgängen des großen Saals strömten. Es war ihnen anzusehen, dass sie nur für die Vorlesungen dagewesen waren, denn sie hatten alle normale Klamotten an. Um überhaupt irgendwie durch das Gedränge auf die andere Seite zu kommen, wo ich hinmusste, drängelte ich mich so gut es ging an der Wand entlang. Durch die Höhe meiner Pumps war ich mit meinem funkelnden Abendkleid jedoch sehr auffällig und es war kein Augenpaar, dass nicht kurz auf mich schielte. Die konservativ angezogenen Frauen eher mit schiefem Blick, vermutlich eine Menge Ärztin unter ihnen, die sich meist "bequem" anzogen. Fast hatte ich es geschafft, doch gerade als ich an dem letzten Ausgang des Saals vorüber huschen wollte, kam Christian mit einem Kollegen dort hinaus. Wie versteinert blieb ich stehen. Ich wusste nicht, was ich sagen sollte und ihm schien es ähnlich zu ergehen, denn er beendete abrupt seine Unterhaltung und starrte mich an.

Seine Augen scannten mich von oben bis unten ab. Ich schluckte schwer, hob mein Kleid leicht an und ging zügig an ihm vorbei. Ich hörte noch, wie er sich bei seinem Bekannten entschuldigte und das er gleich wieder da sei, dann kam er hinter mir her.

"Ivy, warte doch mal." Er hielt mich am Arm fest, sodass ich anhalten musste.

Mein Herz pochte so laut, dass ich dachte alle würden es hören. Es war mir zwar bewusst gewesen, dass er hier war, aber so plötzlich vor ihm zu stehen, damit hatte ich nicht gerechnet. Um meine Aufregung zu überspielen, drehte ich mich mit einem abstrafenden und herablassenden Blick zu ihm.

"Was ist, was willst du von mir?" Seine vollen Lippen zuckten irritiert. Mit dieser Reaktion von mir hatte er nicht gerechnet. Verlegen rieb er sich über die Stirn und weiter nach hinten in die Haare am Nacken. Ich schaute ihm genau in die Augen und wartete auf seine Antwort.

"Scheiße, ich weiß ich hätte mich melden müssen, aber es ist so viel passiert. Was machst du hier überhaupt?" Wieder musterte er mich von oben bis unten.

"Du siehst umwerfend auf."

"Danke, das muss ich auch, denn es findet gleich die Endausscheidung einer Misswahl statt und darum muss ich jetzt gehen." Mir war zum Heulen zumute. Wie konnte er mich dastehen lassen, ohne mich berühren zu wollen. Sein Abstand zu mir betrug mindestens fünfzig Zentimeter.

"Können wir uns nachher auf einen Drink in der Bar treffen, dann erkläre ich dir alles. Bitte." Er kam einen Schritt auf mich zu und hauchte mir das "Bitte" direkt ins Ohr, sodass ich sofort eine Gänsehaut am ganzen Körper spürte.

"Ich weiß nicht, wie lange das hier dauert. Aber es besteht immer die Möglichkeit sich bei mir via Handy zu melden." Auch wenn ich am liebsten sofort mit ihm auf mein Zimmer gegangen wäre, aber diese Vielweiberei, die er führte, konnte ich nicht akzeptieren. Ich musste aufpassen, dass mir nicht die Tränen rausdrückten, das wäre ausgerechnet jetzt das Schlimmste, was mir passieren konnte.

"Machs gut Christian, ich wünsche dir ein schönes Wochenende." Ich wollte mich normal benehmen und auch wenn meine Stimme sich durch das Drücken in meiner Kehle leicht quietschend anhörte, bekam ich die Wörter heraus.

Ich wünsche dir ein schönes Leben, wollte ich mit anfügen, doch das wäre zu endgültig gewesen, dann hätte er sich vielleicht nie wieder gemeldet. Ich ging weiter in den Saal, indem nun der Abschluss der Veranstaltung stattfinden sollte. Leicht zittrig war ich noch, doch es gelang mir schnell, die Balance auf den hohen Schuhen wiederzubekommen und ich ging selbstbewusst zu den anderen. Nur am Rande bekam ich mit, wie es nun weiter gehen sollte. Vielmehr beschäftigte mich die Frage, ob Christian hier im Hotel bleiben oder ob er nach Hause fahren würde. Würde er sich noch melden und mir erklären, warum er dies bis heute nicht getan hatte? Vielleicht hat er es auch nur so gesagt, weil er genauso überrascht war und deshalb irgendetwas sagen wollte. Meine Gedanken kreisten um ihn. Der Wettbewerb ging weiter und erneut liefen wir über den Laufsteg. Die Zuschauer, die sich in der Zwischenzeit gut mit Getränken versorgt hatten, standen nun von ihren Plätzen auf und klatschten im Takt der Musik. Sie bejubelten uns und es machte einen Höllenspaß dabei zu sein. Von Ethan war weit und breit nichts mehr zu sehen und ich ging davon aus, dass Finley es geschafft hatte, ihn nach Hause zu schicken. Zwei Stunden dauerte der Durchgang, dann konnten wir eine halbe Stunde entspannen, bevor das Ergebnis verkündet werden sollte.

Ich nutzte die Gelegenheit und suchte die Bar des Hotels. Ich wollte nur einen kleinen Blick riskieren, vielleicht war Christian noch da und wartete auf mich. Unterschwellig hoffte ich es so sehr, doch als ich in den großen, mit schwerem dunklem Holz ausgestatteten Raum umherschaute, war nichts von ihm zu sehen. Ich ging zum Tresen und bestellte mir einen Wein. Ich war so auf Christian ausgerichtet, dass ich überhaupt nicht mitbekommen hatte, dass Ethan zwei Plätze weiter an der Bar saß. Oh Mist, gerade wollte ich noch schnell umdrehen, als er mich registrierte.

Mit einem aufgesetzten Grinsen guckte ich ihn an.

"Ethan! Ich dachte du wärst nach Hause gefahren?"

"Das könnte dir so passen!" Lallte er und schenkte sich erneut aus der Whisky Flasche ein, die vor ihm stand und fast leer war.

"Meinst du nicht, du hast genug getrunken?" Ich ging zu ihm rüber. Irgendwie tat er mir leid so wie er dasaß. Ein Häufchen Elend, dass seine Fehler bereute.

"Du willst mich ja nicht heiraten, also hast du mir gar nichts zu sagen." Wie ein trotziger kleiner Junge kippte er das Zeug nur noch schneller in sich. Ich nahm ihm das Glas aus der Hand und stellte es dem Barkeeper auf den Tresen.

"Hier... räumen Sie das mal ab. Sehen Sie nicht, dass er genug hat?" Er polierte seine Gläser und antwortet lässig.

"Mam, der junge Mann ist volljährig und einen Teufel werde ich tun und ihn dabei stören, wie er seine Sorgen ertrinkt."

"Tolle Kiste, schon mal was von einer Alkoholvergiftung gehört? Sie machen sich ja mit strafbar, wenn sie da so zugucken." Bam, dem hab ichs gegeben. Sofort legte er das Handtuch bei Seite und kam zu uns rüber.

"Er sitzt noch und solange er noch sitzen kann, sehe ich keine Veranlassung ihn aus meiner Bar entfernen zu lassen." Er stellte Ethan das Glas wieder vor die Nase. Siegessicher wackelte er mit dem Kopf und begann erneut einzuschenken.

"Was kann ich tun, damit du dich in ein Taxi setzt und nach Hause fährst?" Langsam fing meine Zeit an knapp zu werden, aber ich wollte ihn nicht so allein sitzen lassen.

"Wenn du mitkommst," grinste er breit und drehte sich zu mir.

"Ich kann nicht Ethan, es geht hier um wirklich viel für mich. Fahr du nach Hause und morgen können wir in aller Seelenruhe reden." Auch wenn das schlichtweg gelogen war, dachte ich doch es sei eine gute Möglichkeit ihn hier wegzubekommen.

"Wo ist der Penner?" Pöbelte er plötzlich los. "Wo ist der verdammte Penner, der mir meine Ivy weggenommen hat." Der Barkeeper und ich schauten uns an.

"Heißen Sie Ivy?" Fragte er mich mit hochgezogener Augenbraue.

"Ja, das ist zufälligerweise mein Name."

"Also sitzt der Trauerkloß wegen Ihnen hier?"

"Nein, er sitzt hier, weil er einen Fehler gemacht hat. Er kann sich selbst an die Nase fassen."

"Aber er sitzt doch wegen Ihnen hier. Er hat mir schon die ganze Zeit von Ihnen erzählt. Gehen Sie doch zurück zu ihm, dann hat...." Ich ließ ihn nicht ausreden. Auf meinen Pumps stellte ich mich auf die Stange, die für die Füße gedacht war, wenn man auf den Barhockern saß und lehnte mich über den Tresen.

"Wissen Sie was? Sie können mich mal. Rufen Sie ihm nun ein Taxi, ich habe keine Lust mehr hier den Babysitter zu spielen." Wild fauchte ich ihn an, denn meine Geduld war zu Ende. Ethan hatte hier gesessen und ihm einen vorgejammert. Mit Sicherheit hat er das klitzekleine Detail ausgelassen, dass er mich rausgeschmissen hatte. Ich stieg wieder von der Fußablage und zog mein Kleid zurecht. Der Typ hinter dem Tresen war durch meinen Auftritt etwas eingeschüchtert und ich hörte, wie er Ethan fragte, ob er ihm nicht ein Taxi rufen sollte.

"Hey, da bist du ja. Ich habe dich schon gesucht. Können wir reden?" Ich schaute auf und genau in Christians Gesicht, das zu einem breiten Grinsen verzogen war.

"Ich....ich....," stammelte ich. "Ich habe jetzt überhaupt keine Zeit, ich muss zurück zur Show." Ethan bemerkte, dass ich mit dem Mann an meiner Seite zu reden begann und er drehte sich zu uns.

"Ist er das? Da haben wir den Grund." Aufgeregt und bestätigend wedelte er mit der Hand in Christians Richtung, um den Barkeeper endlich den Feind zu präsentieren.

"Die anderen Gäste an den Tischen wurden langsam aufmerksam, denn Ethan lallte nicht gerade leise. Es schien, als hätte er die Lautstärke seiner Stimme nicht mehr unter Kontrolle.

"Das ist er. Diese Schweinebacke. Deshalb will sie mich nicht heiraten." Immer noch zeigte er mit dem Finger auf Christian.

"Ethan, lass gut sein," versuchte ich ihn zu beruhigen, aber er hisste sich so hoch, dass wir glaubten, er wollte mit Christian absichtlich einen Streit beginnen. Er kam zu schnell von seinem Hocker hoch und wollte gerade auf ihn zustürmen, als er stolperte und den Barhocker mit sich riss und dieser mir genau auf mein Bein mit der Schürfwunde flog.

"Au, verdammt." Es war ein Schmerz, der in mir sofort die Übelkeit hochtrieb und ich krümmte mich zusammen.

"Oh Gott, was habe ich gemacht." Ethan versuchte sofort den Stuhl wieder hochzustellen, doch er entglitt ihm erneut und knallte laut auf den Boden. Cristian hielt meinen Arm fest und versuchte mich abzustützen. Langsam kam ich mit dem Kopf wieder nach oben. Der Schmerz ließ etwas nach und ich guckte die beiden wütend an. Die anderen Gäste sprangen empört auf, doch als sie sahen, dass niemand wirklich zu Schaden gekommen war, setzten sie sich wieder und tranken ihr Bier weiter, als wäre nichts passiert.

Der Barkeeper kam vom Tresen herum auf unsere Seite und brachte mir ein Handtuch voll mit Eis. Ethan murmelte verzweifelt, wie leid es ihm tat vor sich her und Christian wollte mich partout aufs Zimmer tragen, damit die Stelle ordentlich gekühlt werden konnte. Ich nahm das Eis dankend an, dann wendete ich mich Ethan zu.

"Ich glaube es reicht für heute, fahr nach Hause, bevor du noch mehr anrichtest in deinem Suff." Ich war wütend, enttäuscht und traurig über das, was hier passiert war. Hätte ich den Stuhl nicht aufs Bein bekommen, hätten sie sich vielleicht geprügelt, wer weiß. Ethan ließ den Kopf hängen und legte seine Hand auf meine Schulter.

"Es tut mir leid Ivy, so leid." Dann ging er an Christian vorbei und würdigte ihn keines Blickes mehr. Erschrocken schaute ich auf die große Uhr, die hinter dem Tresen an der Holzvertäfelung angebracht war.

"Oh mein Gott schon so spät. Ich muss unbedingt zurück."

"Du kannst doch so nicht weitermachen?" Christian schien aufrichtig besorgt, denn natürlich waren ihm die Schürfwunden auf meinem Bein nicht entgangen.

"Und ob, das werden wir ja mal sehen. Wenn ich mir etwas in den Kopf gesetzt habe, dann ziehe ich das auch durch." Ich legte das Handtuch mit dem Eis zurück auf den Tresen und verließ humpelnd die Bar. Es war mir egal, ob Christian mir folgte oder nicht, ich wollte dabei sein. Die halbe Stunde würde ich auch mit den Schmerzen aushalten, Hauptsache, es würde nicht anschwellen. Es pochte in meinem Oberschenkel, als wir alle wieder zusammen auf der Bühne standen. Der Hauptsponsor der Veranstaltung begann die Siegerin von hinten aufzurufen und als nur noch zwei andere und ich übrig waren, standen wir zu dritt und hielten uns an den Händen. Es war die reinste Körperkontrolle, dass ich zu grinsen vermochte.

Damit hatte ich nicht gerechnet. Nachdem der Name des zweiten Platzes aufgerufen wurde, war nur noch ich übrig und der Veranstalter kam mit Blumen, Scherpe und Krone auf mich zu gerannt. Ich wusste überhaupt nicht, wie mir geschah, alles ging so schnell. Die Umarmungen, irgendwer stülpte mir die Schärpe über und zack hatte ich die Krone auf dem Kopf. Es war wie in einem Traum, aus dem man nicht gerne aufwachen wollte.

Ich freute mich zwar, doch dieser Rummel wurde mir plötzlich zu viel. Es drehte sich in meinem Kopf und ich fühlte nur noch, wie mein Körper unkontrollierbar hin und her schwankte. Dann muss ich einen Schwächeanfall bekommen haben, denn ich wachte in dem Bett meines Hotelzimmers wieder auf.

Erst hörte ich leise Stimmen, dann wurden sie lauter, als ob sie näherkamen. Doch es war nur mein Unterbewusstsein, das langsam wieder erwachte und als ich die Augen öffnete, sah ich zuerst in Christians Gesicht, dann in zwei Augen, die mir bekannt vorkamen, aber ich nicht einordnen konnte. Mein Körper fühlte sich wie eine Wärmflasche an und ich begann meine Beine zu bewegen, damit ich sie irgendwo ertasten konnte, um sie von mir wegzuschieben. Christian sah, dass ich etwas unter der Decke suchte.

"Bleib ruhig liegen Ivy, du hast Fieber."

"Fieber? Wieso, was ist denn passiert?" Jetzt fühlte ich, dass um mein Bein scheinbar ein Verband angelegt worden war. Vorsichtig tastete ich mit der Hand darauf herum.

"Die Schürfwunde?" Fragte ich und schüttelte den Kopf über meine eigene Dummheit.

"Ja, wo hast du die denn her? Ich habe sie gereinigt und dir eine Antibiotikaspritze gegeben. Brauchst du etwas gegen das Fieber?"

"Keine Ahnung, sag du es mir. Ich fühle mich wie überfahren, mein ganzer Körper ist schwer wie Blei." Natürlich wusste ich, dass eine Entzündung im Körper nicht gut war, aber das sie sich so entwickeln würde, damit hatte ich nicht gerechnet.

"Na fein, dann sind Sie ja gut versorgt hier," hörte ich den Mann hinter Christian sagen.

"Dann gehe ich wieder runter. Machen Sie sich keine Sorgen Ivy, sie haben gewonnen. Wir werden Ihnen den Scheck an der Rezeption hinterlegen." Mehr als ein verkniffenes Grinsen und gehauchtes "Danke" schaffte ich nicht. Er bedankte sich bei Christian und er begleitete ihn noch bis zur Tür. Dann kam er zurück und setzte sich neben mich auf das Bett.

"Wie konntest du nur. So etwas kann ganz schön nach hinten losgehen." Er schien besorgt und legte seine Hand auf meine. Sofort fühlte ich das Pochen zwischen unserer Berührung. Ich schluckte und schaute neben mich, ob irgendwo ein Glas mit Wasser stand. Er reichte es mir von dem Nachtisch herüber und gierig trank ich davon. Es fühlte sich kalt und klar an, wie es meine Kehle hinablief und als ob ein paar Lebensgeister damit in mich zurückkehrten.

"Schon komisch, du scheinst immer da zu sein, wenn ich Hilfe brauche." Ich gab ihm das leere Glas zurück und als unsere Hände sich erneut berührten, reagierten wir beide mit einem tiefen Blick in die Augen des anderen. Ich versuchte den Grad seiner Gefühle für mich darin auszumachen, Antworten zu finden, doch spürte ich erneut eine tiefe Müdigkeit über mich kommen und fiel erneut in einen tiefen Schlaf. Als ich ein paar Stunden später erwachte, war die Schwere meines Körpers gewichen. Es fühlte sich an, als ob das Antibiotika seine Wirkung tun würde. Olivia fiel mir um den Hals.

"Was machst du denn für Sachen? Dich kann man auch keinen Moment alleine lassen." Sie stand auf und holte mir ein frisches Glas Wasser. Auch Finley hatte sie im Schlepptau. Er warf sich weniger sorgenvoll neben mich ins Bett und legte mir den Arm um die Schulter.

"Du hast uns einen ganz schönen Schrecken eingejagt. Wie hast du das denn geschafft?" Er hob die Decke an und starrte auf meinen verbundenen Oberschenkel.

"Lange Geschichte," lächelte ich zu Olivia, die sich schon denken konnte, dass es etwas mit der Nacht und Christian im Tiny Haus zu tun gehabt hatte.

"Hier, trink etwas. Du musst viel trinken hat der Doc gesagt."

"Habt ihr ihn noch gesehen?"

"Nein, er hat mich angerufen, sonst hätten wir ja nie erfahren, was passiert ist." "Er hat dich angerufen?" Finley kramte auf dem Nachtisch die Menükarte für den Zimmerservice hervor.

"Hast du Hunger? Haben leckere Sachen hier auf dem Menü."

Typisch Finley, dachte ich.

"Und....Wo ist er jetzt?" Wollte ich wissen.

"Er hat heute Spätschicht im Krankenhaus und musste los. Ich soll dich schön grüßen und dir gute Besserung wünschen."

"So? Das ist alles?" Enttäuscht rutschte ich an der Bettengabel etwas nach unten.

"Alles? Er hat dir gerade mal das Leben gerettet Ivy." Olivias Empathie war dramatisch.

"Also Leben gerettet würde ich das jetzt nicht nennen," fügte Finley mit ein, "aber es war gut, dass er da war, sonst hätten sie dich ins Krankenhaus gebracht." Ich sagte es nicht laut, aber insgeheim hätte ich mir gewünscht, dass das passiert wäre, dann hätte er öfter nach mir gucken können. Ich behielt diese Gedanken jedoch für mich.

"So, und da du nun ein reiches Mädchen bist, lass uns den Zimmerservice in Anspruch nehmen." Grinste er breit.

Olivia setzte sich auf die andere Seite des Bettes.

"Es ist so cool. Du hast gerade so lange durchgehalten, bis der Sieger feststand, dann hast du leider schlappgemacht." Ich rutschte wieder etwas nach oben trank erneut das Glas leer.

"Stimmt ja. Ich habe gewonnen. Was für ein Hammer. Damit hätte ich nie gerechnet." Erst jetzt fiel mir auf, dass ich das Kleid nicht mehr anhatte. Christian musste es mir ausgezogen haben. Das T-Shirt, das ich stattdessen anhatte, war verkehrt herum und auf links gedreht. Ich grinste in Gedanken, wie er da an mir herumgewurstelt haben muss.

"Du solltest ihm eine Nachricht schicken und dich bedanken." Meinte Olivia.

"Ja, klar, mache ich, aber erst will ich hier mal wieder aus checken."

"Aber mit Sicherheit nicht heute Madame," befahl Olivia streng.

"Du hast genug Geld, um dich hier ein paar Tage verwöhnen zu lassen. Werde erst mal wieder richtig gesund, oder ...." Sie schaute Finley an und holte sich in Gedanken seine Zustimmung.

"..oder du musst dich bei uns auf dem kleinen Gästebett abquälen?" Sie hob die Schultern kurz nach oben und guckte mich dabei fragend an. Erst dachte ich, ich hätte ein Blackout, von dem Moment vor der Siegerehrung, doch dann fiel mir Ethan und seine unschöne Szene in der Bar wieder ein.

"Habt ihr was von Ethan gehört?"

"Nein, der ist sicher nach Hause."

"Das kann ich nur hoffen."

"Wieso, was war denn? "

"Er war so betrunken, dass er auf Christian losgehen wollte. Leider, oder Gott sei Dank, ist dann der Barhocker auf mein Bein geknallt. Finley verzieht schmerzhaft das Gesicht.

"Aua, das muss ja wehgetan haben."
"Was ist bloß in ihn gefahren, er ist doch sonst nicht so aggressiv?"

"Eifersucht", erwidert Finley lässig.

"Und deswegen will er auf Christian drauflosgehen? Das sieht ihm nicht ähnlich." Ich konnte es nicht glauben, dass er sich so danebenbenommen hatte und konnte mir ein Grinsen nicht verkneifen.

"Wenn es nicht so traurig wäre, wäre es fast lustig", warf ich ein. Wir bestellten uns etwas von der Menükarte und machten es uns auf dem Zimmer gemütlich. Ich war froh, dass ich nicht alleine war, denn der Moment auf der Bühne, in dem ich das Bewusstsein verloren hatte, war im Nachhinein angsteinflößend.

Es ging mir zwar besser, doch mir war klar, dass es viel schlimmer hätte kommen können. Umso mehr genoss ich, dass meine besten Freunde bei mir waren.

Gegen Mitternacht machten sie sich auf den Weg und wir verblieben so, dass Olivia mich morgen nach der Arbeit hier abholen und ich noch ein paar Tage bei ihnen schlafen würde, bis ich wieder nach Brighton zurückkonnte. Erst als die beiden weg waren, begann ich zu realisieren, dass ich den Wettbewerb tatsächlich gewonnen hatte und ein Scheck über zehntausend Pfund auf mich wartete. Der Gedanke daran und was ich alles damit machen konnte, hielt mich die ganze Nacht wach. Ethan würde sein Geld zurückbekommen und ich war frei zu tun und zu lassen, was ich wollte. Ich konnte das Tiny Haus Café sofort fertig machen und vielleicht würde noch reichen, um es um ein Zimmer zu vergrößern.

Ich fühlte mich unendlich dankbar und die Glückshormone, die somit meinen Körper fluteten, schienen auch die Entzündung schneller abheilen zu lassen.

Als ich am nächsten Morgen aufwachte fühlte ich mich so gut, dass ich aufstand und mich anzog. Erst wollte ich zum Frühstücken runter gehen, doch ich merkte schnell, dass das noch übereilt gewesen wäre. Etwas Ruhe musste ich meinem Körper wohl noch gönnen und so kam eine halbe Stunde später der Kellner mit einem kleinen Wagen an die Tür, auf dem alles sehr appetitlich angerichtet worden war. Es sah so gut aus, dass ich ein Foto davon machen wollte, um eine weitere Idee für ein Frühstück in meinem Tiny Haus Café zu haben. Ich suchte nach meinem Handy und als ich mit dem Finger drüber schweifte, poppten zwei Nachrichten von Christian hoch, die von gestern Abend waren.

"Liebe Ivy, ich hoffe, es geht dir besser. Bitte melde dich und sag mir, ob du etwas brauchst. Ich hoffe, wir sehen uns bald." Da er Nachtwache gehabt hatte, hatte er ein paar Stunden später erneut eine geschickt, ob es mir gut ginge. Es war ein schönes Gefühl, dass er sich Sorgen machte, doch hätte er nicht einfach zum Frühstück hierherkommen können? Vermutlich musste er nach Hause zu seiner Frau oder wem auch immer. Ich fotografierte das Frühstück von allen Seiten und schenkte mir einen Kaffee ein. Der erste Schluck, der durch meinen Körper rann, fühlte sich an als ob ich neu aufgeladen würde. Der Duft der frischen Scones mit Erdbeermarmelade war so gut, dass ich nicht sicher war, ob es an der Qualität des Gebäcks lag oder der Tatsache, dass ich mich besser fühlte. Ich verputze alles was mir gebracht worden war und lehnte mich entspannt und zufrieden im Sofa zurück. Ich schaute im Zimmer umher und sah das Kleid auf einem Stuhl liegen. Es hatte mir zum Sieg verholfen und einen kurzen Moment überlegte ich, ob ich es kaufen sollte, doch schien es mir überflüssig in meinem neuen Leben in Brighton und ich rief den Zimmerservice an, damit sie es am nächsten Tag zu dem Geschäft zurückbringen sollten. Gleichzeitig fragte ich, ob mir jemand den Brief von der Rezeption mitbringen konnte.

Fünf Minuten später klopfte es an der Tür und ich übergab dem Boten das Kleid mit der Adresse und er händigte mir den Brief aus. Neugierig riss ich ihn auf und tatsächlich, da war er. Mein Scheck über zehntausend Pfund. Ich hatte noch nie so viel Geld auf einmal besessen, und als ich das befreiende Gefühl, dass meinen Körper durchzog erkundete, wurde mir klar, wie wichtig es ist, sein eigenes Einkommen zu haben. Dafür wollte ich von jetzt an sorgen. Nie wieder wollte ich mich abhängig machen. Von niemandem. Mein Café würde ein voller Erfolg werden und ich hatte außerdem noch Zeit, die maritime Landschaft um mich herum zu malen. Voller Glücksgefühle, die mich durchrauschten, nahm ich mein Handy, um Christian eine Nachricht zu schicken. Ich wolle mich kurzhalten, denn auch wenn er mir geholfen hatte, hatte er doch nicht den Mut, hier aufzukreuzen. Ich erinnerte mich an den tiefen Blick in die Augen, bevor ich wieder eingeschlafen war. Warum hatte er mich da nicht geküsst? Wenn er es gewollt hätte, hätte er die Nacht bei mir bleiben können. Wollte er aber nicht. Also, Ivy, lass es sein. Ich sagte mir selbst, dass ich ihn aus meinem Kopf bekommen musste.

"Hallo Christian, vielen Dank für deine Hilfe. Es geht mir schon viel besser. Sei lieb..." Sei lieb gegrüßt, wollte ich schreiben, entschied mich aber doch um für: „Viele Grüße, Ivy" Er war nicht hiergeblieben, was ich als einen Akt des Desinteresses seinerseits deutete. Ich schickte die Nachricht ab und wollte versuchen nicht an ihn zu denken. Ehtan wollte ich nur das Geld überweisen, sobald es auf meinem Konto eingezahlt war und dann stand einem Neustart in Brighton nichts mehr im Wege. Ohne Männer, ohne

Schulden. Nur die Möwen und ich und das Rauschen der Wellen. Ich freute mich so sehr und obwohl es noch ein paar Stunden hin war, bis Olivia mich abholen wollte, fing ich an, meine Sachen zusammen zu packen.

Es war möglich, mich vorsichtig mit dem Verband am Bein zu bewegen. Eine Stütze wäre unter Umständen hilfreich gewesen, doch ich schaffte es auch so und hangelte mich an den Schränken und anderen Vorsprüngen entlang.

Als Olivia am späten Nachmittag kam, lag ich gerade auf dem Bett und hatte mich eine Stunde ausgeruht. Von Christian kam keine Nachricht mehr zurück, was mich eigentlich nicht wunderte. Mein gekränktes ich versuchte die Enttäuschung zu überspielen, doch er hatte sich mittlerweile so in mein Gehirn festgesetzt, dass egal, was ich mit meiner besten Freundin besprach, er war immer anwesend. Erst als wir bei ihr und Finley zu Hause ankamen, vergaß ich ihn einen Moment, denn Finley hatte lecker für uns gekocht und Olivia meinte, es könne nicht schaden, etwas Wein auf das Antibiotika zu trinken, denn ich hätte es ja gestern bekommen. Wie die drei Musketiere saßen wir an dem kleinen Küchentisch und prosteten uns auf meinen Sieg zu.

Es wärmte mein Herz, das sie davon sprach, zu mir zu kommen. Unsere Freundschaft war mir viel Wert und ich hatte unterschwellig Angst gehabt, dass wir uns nicht mehr so oft sehen würden, wenn ich erst mal ganz dort leben würde. Aber ich musste mir keine Sorgen machen und das fühlte ich jetzt ganz stark. Olivia zog es genauso zu mir, wie andersherum und so würde sie mich sicher so oft sie konnte in Brighton besuchen. Auch Finley, der sich in meiner Not als echter Freund bewiesen hatte, sollte immer willkommen sein. Ich erzählte den beiden deshalb von meiner Idee, noch ein weiteres Zimmer an das Tiny Haus anzubauen.

Finley war überwältigt von der Idee, weil es in seinen Banker-Augen natürlich eine Wertsteigerung bedeutete und das, meinte er, wäre immer gut angelegtes Geld.

"Klasse, dann können wir zu dir kommen, wenn du da bist." Olivia mochte die Idee, denn auch wenn sie mit Finley gerne Zeit allein verbrachte, so spürte sie, dass uns die letzten Wochen mehr zusammengeschweißt hatten als all die Jahre davor.

Finley hatte gleich gute Ideen, wer den Anbau für wenig Geld ausführen könnte. Er kannte sich gut aus in dem Geschäft und tätigte einige Anrufe, nachdem wir fertig gegessen hatten. Olivia und ich saßen allein in der Küche und nippten an den letzten Weinresten in unseren Gläsern.

"Und, was machst du nun?" Wollte sie wissen.

"Was meinst du?" Fragte ich leicht müde, denn der Wein schien doch seine Wirkung auf die Medizin in meinem Blut zu haben.

"Na, mit Ehtan oder Christian?"

Ich hatte die Ellenbogen auf den Tisch gestützt und versenkte mein Kinn in meinen Händen.

"Nichts werde ich machen. Es ist mir klar geworden, dass ich Ethan nie richtig geliebt habe und der Mann, in den ich total verliebt bin, ist an mir nicht interessiert, wie ich es gedacht hatte. Was soll ich also machen?" Es war die frustrierende Realität. Von Christian kam auch in den nächsten Stunden keine Nachricht zurück und gedanklich versuchte ich unsere kurze Affäre als sogenannten One night stand zu verbuchen. Olivia und ich guckten uns noch Notthing Hill auf Netflix an, während Finley etwas an seinem Schreibtisch zu erledigen hatte.

Am nächsten Tag ging es mir so viel besser, dass ich Lust hatte, nach Brighton zu fahren, um dort weiter an meinem Café arbeiten zu können. Olivia und Finley waren früh morgens nach London reingefahren, sie mussten beide zur Arbeit. Ich hatte ihnen versprechen müssen, nicht zu viel zu tun, doch es kribbelte mir in den Händen, mein Projekt voranzutreiben und nur hier herumzusitzen erschien mir als vertane Zeit. Ich packte meinen Koffer, erkundigte mich, wann die Busse nach Brighton fuhren und humpelte passend zwei Stunden später auf die andere Seite der Straße, wo er auch pünktlich eintraf. Als der Busfahrer sah, dass mit meinem Bein etwas nicht in Ordnung war, half er mir freundlicherweise mit dem Koffer und so konnte ich mir gleich einen Platz suchen, ohne das schwere Ding irgendwo hinaufzubefördern. Anderthalb Stunden würde es dauern, dann war ich wieder in Brighton. Zu Hause in meinem neuen Heim, dass nun auch wirklich ganz und gar mir gehörte. Finley hatte den Scheck für mich bei meiner Bank eingereicht und die hatten den Betrag gleich gutgeschrieben. Ethans Bankdaten hatte ich noch in meinem Portemonnaie auf einem kleinen Zettel gefunden und ihm dir komplette Summe zurücküberwiesen. Ich war frei. Frei von allem. Die Zeitung hatte mir via E-Mail die schönsten Fotos des Abends geschickt und ich staunte nicht schlecht, als ich mich selbst sah, wie gut ich ausgesehen hatte. Im Nachhinein war der Tag wie ein Déjà-vu an mir vorbeigezogen, was wohl der Entzündung zu Schulden war. Darum freute ich mich über die Fotos, zumindest hatte ich dadurch eine Erinnerung. Es war wohl eher zweifelhaft, dass ich so einen Wettbewerb noch einmal mitmachen würde.

Die meiste Zeit im Bus hielt ich das Handy in der Hand. Die Landschaft flog an mir vorbei und je näher wir dem Wasser kamen, desto schöner wurde das Wetter. Der Wind scheuchte die letzten Wolken auseinander und die Sonne strahlte so hell am Himmel, dass ich mich freute, die Tour mit dem Bus auf mich genommen zu haben. Es war jede Minute wert, in Brighton zu sein. Die Atmosphäre war wie immer entspannt. Ein paar Busse, denen einige Reisegruppen entstiegen standen am Kai und die ältliche Generation hielt Ausschau nach dem nächsten Café, wo sie sich vor dem eigentlichen shopping-trip durch Brighton stärken konnten. Ich ging an ihnen vorbei und zog meinen Koffer mühselig hinter mir her. Es war nicht weit bis zum Tiny Haus, aber das Gewicht hatte ich unterschätzt. Wiederholt musste ich kleine Pausen einlegen, damit ich mein Bein nicht zu sehr belastete. Die Touris wuselten hektisch an mir vorbei, weil jeder erster in Almas kleinem Café sein wollte.

Es war sogar im hiesigen Reiseführer eingetragen und in Gedanken schrieb ich mir eine Liste, was ich als Marketingaktion einsetzen würde. Natürlich musste ich auch in dem Prospekt erscheinen und ich freute mich über die Idee und sah die Busse schon vor meinem Tiny Haus Café parken.

Mein Vorteil war der direkte Blick aufs Meer und ich wollte ein paar mehr Tische und Stühle auf die Terrasse stellen, damit auch größere Gruppen platz hatten. Die Möwen begrüßten mich wie immer, als ich die Tür zu meinem Neuen zu Hause aufschloss. Drinnen hatte es sich durch die Sonne aufgeheizt und ich empfand die Wärme, die mir entgegen strömte, als angenehm sommerlich. Die Tour hatte mich mehr angestrengt, als ich gedacht hatte, und so schloss ich die Tür von innen ab und legte mich entspannt auf mein Bett, um das Bein etwas zu entlasten.

Ich hörte mein Handy in der Handtasche piepen, diese lag aber in der Küche und ich war für einen Moment so erschöpft, dass ich zwar noch hingehen wollte, um es zu holen, jedoch zuerst einen Moment die Augen zu machen wollte, um auszuruhen. Ich schlief ein und träumte einen dieser realistischen Träume, die so wahnsinnig echt sind.

Christian hatte mich im Krankenhaus rund um die Uhr versorgt. Im Traum spürte ich seine Liebe zu mir so realistisch, dass ich ein nicht zu beschreibendes wohliges Gefühl hatte, als ich wieder erwachte. Ich konnte nur eine Stunde geschlafen haben, denn draußen schien die Sonne immer noch. Ich lag einen Moment da und ließ den Traum erneut durch meine Synapsen jagen. Schon irre, wie einem das Gehirn etwas vorgaukeln konnte. Ich stand auf und mittlerweile war es so warm geworden, dass ich die Terrassentür öffnete. Sofort wehte die frische Seeluft herein und ich fühlte wie meine Seele die Elemente um mich herum förmlich aufsaugte.

Olivia hatte als Erste entdeckt, dass ich nicht mehr da war und rief mich an.

"Hey, ich dachte, du wolltest ein paar Tage bei uns bleiben?"

"Ich weiß, sei nicht böse. Mir war so langweilig und da habe ich kurzerhand meine Sachen gepackt und bin nach Brighton abgedüst."

"Wenn du lange Weile gehabt hast, hättest du ja bei mir sauber machen können", lachte sie frech.

"Nein, alles gut, ich bin froh, wenn es dir wieder besser geht. Hat sich schon einer der Herren gemeldet?", wollte sie wissen.

"Nein. Und das brauchen sie auch nicht. Ethan habe ich sein Geld überwiesen und Christian kann mir auch den Buckel runterrutschen. Du, ich habe super Ideen für ein paar Marketingaktionen, wenn es hier losgeht. Ich freue mich schon so, dass haut all den Mist der vergangenen Wochen wieder raus."

"O. K. Versprich mir, dass du dich nicht übernimmst. Leg das Bein immer wieder hoch, hörst du?"

"Ja, Mama, ich habe eben schon eine Stunde geschlafen, jetzt werde ich einen kleinen Spaziergang zum Wasser machen."

"Haha, na da hast du es ja auf alle Fälle nicht weit. Dann brauche ich mir keine Sorgen machen." Wir verabschiedeten uns und wollten am nächsten Tag wieder telefonieren. Der Gedanke war mir eben erst gekommen, als ich mit Olivia telefoniert hatte und ich hatte wirklich totale Lust, barfuß in den auslaufenden Wellen spazieren zu gehen. Es waren viele Spaziergänger unterwegs, die meisten hatten wie ich die

Schuhe ausgezogen und gingen barfuß in dem nassen Sand. Ich sammelte ein paar Muscheln und Steine. Irgendetwas wollte ich damit dekorieren. Vielleicht Lichter, die draußen auf den Tischen stehen sollten, damit es gen Abend etwas gemütlicher wirkte. Es wäre ja auch schön, wenn man ein Glas Wein anbieten könnte und den Sonnenuntergang dabei beobachten konnte. Immer mehr Ideen sprudelten aus mir heraus. Als ich fast zurück am Tiny Haus war, drehte ich mich um. Ich konnte mein Glück kaum fassen. Mein Blick glitt über das Meer, den angrenzenden Hafen und die Seebrücke von Brighton. Olivia könnte hier schöne Fotos schießen, dachte ich. Ich schaute rüber zum Hafenbecken und sah die Boote und Yachten, die vermehrt um die Uhrzeit wieder zurückkamen. Nicht ganz sicher, dachte ich Christians Yacht zu sehen, wie sie auf ihrem Platz lag. Aber es war sehr weit weg und links und rechts waren die Bootsplätze frei. Es bewegte sich jemand darauf, aber ich konnte nicht ausmachen, ob er es war. Mit einem Kopfschütteln überzeugte ich mich selbst, dass er es nicht sein konnte. Er hatte Nachtwache gehabt und lag sicher zu Hause in seinem Bett, um sich auszuschlafen. Ich schaute noch zweimal hinüber, aber es war niemand mehr zu sehen und so ging ich zurück nach Hause. Auf dem Küchentresen stand eine Kiste Wein. Einen Moment dachte ich an das

Antibiotika, doch ich hatte gestern auch ein Glas bei Olivia und Finley getrunken und es war gut gegangen, dann konnte ich mir jetzt auch einen kleinen Schluck genehmigen. Ich öffnete einen Rotwein und setzte mich nach draußen, um die Abendsonne zu genießen.

"Was für ein Leben, so lasse ich es mir gefallen." Ich zog einen Stuhl heran und legte das verbundene Bein hinauf. Die Entlastung tat gut und ich wackelte mit den Zehen, die mit der Pediküre richtig chic aussahen. Die Sonne schien noch immer so intensiv, dass sie auf meinem Gesicht brannte, doch sie musste jeden Augenblick anfangen in das Meer am Horizont einzutauchen. Ein paar Strähnchen meiner Hochsteckfrisur hatten sich gelöst und der Wind wirbelte sie durch mein Gesicht. Die Grillen setzten ihren Gesang ein und ich schaute interessiert, ob ich sie in den großen Halmen erblicken würde, doch sie versteckten sich zu gut vor den Salamandern, was verständlich war, um nicht auf deren Abendbrotliste zu landen.

Der Wein schmeckte in meiner Wohlfühloase doppelt gut und ich schenkte mir erneut ein. Als mein Handy klingelte und auf der Küchenbank vibrierte, ließ ich mich nicht davon aufschrecken. Wer immer es war, es hatte Zeit. Es musste

Zeit haben, denn solche Momente hier draußen zwischen Dünen und Meer wollten genossen werden.

Als ich eine halbe Stunde später zur Toilette musste, schaute ich im Vorbeigehen, ob ich die Nummer kannte, die mich angebimmelt hatte. Es war Christian. Sofort pochte mein Herz höher, obwohl ich eisern versuchte, cool zu bleiben. Um mir selbst mein vorgegaukeltes Desinteresse zu bekunden, ließ ich es liegen und setzte meinen Weg zum WC fort.

Die Neugierde übermannte mich und so schnell hatte ich noch nie gepinkelt. Noch nicht mal die Hose richtig hochgezogen ertappte ich mich, wie ich nachschaute, ob er eine Nachricht hinterlassen hatte. Die nette Ansage der Sprachbox nervte mich augenblicklich, als sie mir mitteilte, dass keine Nachricht hinterlassen worden war. Ich stapfte wütend mit dem Fuß auf, was mir sofort bis hoch in den Oberschenkel zog und meine Wut dämpfte.

"Hätte er nicht etwas sagen können. Nein, wie gewöhnlich, er kriegt den Mund nicht auf." Enttäuscht und wütend zugleich machte ich meinem Zorn Luft und ging um den Küchenblock, während ich lauthals fluchte.

"Wer kriegt den Mund nicht auf?" Eine tiefe mir sehr gut bekannte Stimme wiederholte im Terrasseneingang meine Worte. Ich zuckte zusammen und war nicht sicher, wie viel er noch gehört hatte. Die Hitze schoss mir in den Kopf. Christian stand mit einem roten Strauß Rosen wie angewurzelt da und ich starrte ihn mit offenem Mund an. Ich wollte etwas sagen, aber mir fiel nichts ein. Meine Stimme war wie vereist und es kam beim besten Willen nichts heraus.

Er kam näher und hielt mir den Strauß vor die Hände.

"Ich wollte mal nachschauen, wie es meiner Patientin geht, aber ich sehe, ich brauche mir, um dich keine Sorgen zu machen." Sag was Ivy, sag was. Mir schwirrten die Wörter ungeordnet im Kopf herum. Sie wollten sich nicht zu einem vollständigen Satz zusammenfügen.

„Äh, danke." Na ja, das war doch schon mal was applaudierte mein innerer Schweinehund.

Er zeigte mit der Hand auf meinen Oberschenkel.

"Hast du den Verband denn schon mal gewechselt?"

"Ich muss ihn wechseln?" Saublöde, natürlich musste ich ihn wechseln, aber wann, das hatte mir niemand gesagt.

"Ja, ich hatte es aufgeschrieben und auf den Tisch im Hotel gelegt. Jemand sollte für dich neue Verbandsrollen aus der Apotheke holen."

"Ja, natürlich, das ist klar, völlig. Habe ich gemacht." Ich log und es war nicht schwierig für ihn mir das in meinem Gesicht anzusehen, dass sich von der aufgestiegenen Hitze noch nicht erholt hatte.

„Also nicht. Gut, nun bin ich schon mal da, dann gucke ich mir das mal an. „

"Bist du sicher?" Ich kann auch morgen hier zu einem Arzt gehen.

"Wenn du bis morgen warten willst, bitte. Aber falls es sich heute Nacht wieder entzündet, dann musst du ins Krankenhaus. Solche Keime können verdammt hartnäckig sein." Nicht das ich etwas gegen seine Nähe im Krankenhaus gehabt hätte, aber wenn sich das mit der Entzündung umgehen ließe, wäre es doch sicher die klügere Variante. Also willigte ich ein.

"Aber du hast kein Verband zeug hier?" Teilte ich aufmerksam mit.

"Ich nehme das aus dem Wagen. Ich habe an der Seite geparkt." Er ging und holte zwei Rollen Verbandszeug aus seinem Kofferraum. Er schaute sich kurz um, dann hob er mich hoch und setzte mich auf der Küchenbank ab. Seine Nähe machte mich nervös und gleichzeitig waren seine starken Arme ein Trostpflaster für meine Seele, die nichts lieber wollte, als von ihm geliebt zu werden.

"Du musst die Hose schon etwas nach unten ziehen, sonst komme ich nicht ran."

Mit großen Augen schaute ich ihn an. Ich sollte meine Hose herunterziehen, hier auf der Küchenbank? Mit hin und her rutschendem Hinterteil zog ich die Hose Zentimeter um Zentimeter unter meinem Hintern weg. Als ich mit nackten Oberschenkeln vor ihm saß, begann er den Verband an der Seite zu lösen. Er hob mit seiner linken Hand mein Bein in die Höhe und wickelte ihn mit der Rechten ab. Seine Hand unter meinem Knie fühlte sich warm an. Sein Kopf war nach unten geneigt und ich konnte vor meinem Gesicht direkt auf seine dicken dunklen Haare gucken.

"Es sieht nicht allzu schlecht aus......", kommentierte er die Wunde als alles ab war.

"Meinst du? Oder ist es noch entzündet?"

"Es ist wichtig, dass du jeden Tag den Verband neu wechselst, das ist die absolute Voraussetzung dafür, dass es schnell abheilt.

"Aye Sir. Habe ich jetzt verstanden." Mit gekonnten Griffen wickelte er alles wieder ein.

"So, und jetzt erzählst du mir, was du vorhin gemeint hast?" Ich saß immer noch auf der Küchenbank und er stütze seine Hände rechts und links neben meiner Hüfte auf die Platte. Er war mir mit seinem Gesicht so nahe, das es für mich kein Entkommen gab.

"Es war nur, ich war.... nur ...wütend. Du bist verschwunden und hast dich nicht mehr gemeldet. Was hättest du denn gedacht?"

Er nahm die Hände weg und drehte sich vor mir einmal im Kreis herum.

"Und du bist einfach weg, ohne dich zu verabschieden. Was glaubst du, wie es mir da ging?"

"Harper hatte mir das nahegelegt." Ich überkreuzte meine Arme vor der Brust. Dass meine Hose noch nicht hochgezogen war, störte mich nicht.

"Harper? Wieso, was hat sie denn damit zu tun? Harper und ich sind, wie du weißt, schon lange nicht mehr zusammen." Ich zog die Augenbrauen nach oben.

"Scheinbar sieht sie das nicht so." Er rieb sich die Stirn und ging in dem kleinen Vorzimmer des Tiny Hauses auf und ab.

"Warum hast du mir das nicht gesagt? Ich dachte du wolltest nicht bei mir wohnen und bist deshalb ohne Nachricht verschwunden."

Wir schauten uns an. Seine Augen fragten mich, ob das Stimmen würde.

"Ich wäre gerne bei dir geblieben." Mit leisen Worten gestand ich ihm, wie sehr es mir bei ihm gefallen hatte. Er ließ sich auf den Küchenstuhl fallen lehnte sich nach vorne, stütze die Arme auf den Knien ab und steckte den Kopf in die Hände.

"Und dann war da nicht nur Harper!" Er tat mir leid, wie er da auf dem Stuhl saß. Und obwohl ich mir mehr als vorstellen konnte, dass Harper ein Biest war, wer war Mona und was hatte er mit ihr zu tun?

"Es sollte wohl nicht sein", gab ich mit beschlagener Stimme zu.

Er sprang auf und kam wieder zu mir zurück.

"Es ist verrückt. Dann hat Harper das alles inszeniert, um mich von dir fernzuhalten. Neulich, als sie mich hier am Meer geholt hatte, hatte sie mir erzählt, dass es einem alten Patienten von mir nicht gut ging. Als ich dann nach London kam, ging es ihm wie immer. Langsam fing ich an zu verstehen, dass Christian auch hereingelegt wurde.

"Und wer ist Mona?" Ich wollte nicht eifersüchtig sein, nicht gleich am Anfang einer Beziehung, aber es ließ mir keine Ruhe, ich musste wissen, wer das war.

"Es ist meine Schwester. Sie kommt einmal im Monat mit mir nach Brighton zum Segeln. Sie liebt es genauso wie ich und seit unsere Eltern tot sind, versuchen wir das regelmäßig hinzubekommen."

Er kam näher und wir schauten uns tief in die Augen. Unsere Gesichter entspannten sich bis wir anfingen uns anzugrinsen und endlich erleichtert zu lachen.

"Du gehörst hier in dein Tiny Haus. Und ich auf meine Yacht und wir beide gehören nach Brighton."

Ich spreizte meine Beine und er lehnte sich dazwischen. Seine Arme legten sich um meine Schulter und Hüfte während er mich dicht an sich zog und unsere Lippen sich zu zärtlichen Küssen vereinten.

"Ich war von Anfang an in dich verliebt, hast du das nicht gefühlt?" Flüsterte er mir zärtlich ins Ohr.

Mein Körper begann zu beben vor Glück und endlich erlaubte ich mir das vollkommene Gefühl des Verliebtseins in meinem Tiny Haus Café.

"Doch Christian, es war die ganze Zeit da, aber jetzt weiß ich, dass es echt ist."

ENDE

P.S. Wenn euch meine Geschichte gefallen hat, würdet ihr mir unglaublich helfen, indem ihr eine Rezension auf dem Buchportal eurer Wahl schreibt. Dann bekommen vielleicht noch weitere Leser und Leserinnen die Möglichkeit, meine Geschichten kennenzulernen.

Vielen Dank hierfür

Mira P. Long